마지막 기억

마지막 기억

윤정옥

북지마을

나는 늘 진솔한 이야기에 감동받고 싶다.

인생을 관조하는 눈, 인간에 대한 깊은 통찰이 스민 둔중한 울림을 주는 이야기가 나의 정서를 사로잡는다. 흡인력 없는 글은 싫다. 쉽고도 예리한 시선으로 엮어 내린 감격적인 글을 만나고 싶다.

한동안 필을 놓고 다른 일을 하며 시간을 보냈는데 하나도 즐겁지가 않았다. 쓰고 있지 않을 때는 내 존재가치를 느낄 수가 없었다. 꼭 내 노는 모습이 혼이 나간 육신 같았다. 다시 쓰는데 몰두 하면서 생기가 나기 시작했다. 그리고 행복했다. 물고기는 물에서 놀아야 신이 난다던가. 이야기 속에 등장하는 주인공들과 따뜻한 손을 잡고 그들을 사랑할 수밖에 없었다.

이렇게 정신을 다른데 팔고 사니 엄마로서 살림을 병행하는 주부로서 낙제점수를 받는다. 젊은 시절엔 전부 합격점을 받으려고 기를 썼는데 나이 먹으며 소진되는 체력의 한계로 따라갈 수가 없다. 머리의 기억까지도 내 관심 분야에서만 빛이 나고 나머진 안개로 자욱하다. 그렇게 오랜 세월 훈련한 탓이리라.

인간은 작은 기대치의 어긋남 하나로 얼마나 나락으로 떨어질 수 있는 존재인가.

나이 먹어가면서 뭔지 모르게 슬플 때가 있다. 아마도 내 안에는 슬픔을 즐기는 DNA가 있는 것 같다. 그러나 형편없이 굴러 떨어지지 않도록 나는 모든 시간을 읽고 생각하고 쓰는데 소비한다. 과연 잘 살고 있는 것인지 알 수가 없다.

때론 누군가와 편하게 앉아서 차를 마시며 허심탄회하게 사는 이야기들을 하고, 듣고, 기대고 싶다. 그 많은 이야기 중에는 나의 벌거벗은 모습도 있을 것이요, 상대의 아픔을 들으며 같이 울 수도 있으리라. 이것이 삶이 아니던가.

행복에 도달하고 싶은 인간의 욕망이 서사에 깔린다. 문장은 어떻게 우리의 영혼을 구성해 가는가. 그간 쌓여왔던 이야기보따리 들을 독자들에게 이렇게 풀어 놓게 되었다. 그리고 질책을 기다린다. 또다시 이야기의 질곡 속으로 들어간다. 글 속에서만이 느끼는 나의 행복을 결코 놓칠 수가 없다.

그리하여 만들어낸 작품이 우리의 영혼에 먹이가 되어줄 수 있다면…….

올 초 이른 봄에 연희창작촌에서 글을 쓰며 혼자만의 시간 속에 갇혀 있었는데 이런 결과를 갖게 되어 기쁘다. 아울러 출판을 해주시고, 애써주신 '북치는마을' 편집자 여러분께 고마운 마음 전한다.

창밖의 햇살이 한가득히 방안으로 밀려들어온다. 바람에 흔들리는 나무의 초록 잎들이 희망을 준다.

2014년 깊은 가을에
저자 윤 정 옥

| 차례 |

· 작가의 생각

감춰진 꿈

감춰진 꿈

1. 상흔

솔잎 사이로 빠져나가는 바람소리. 빠져나간 바람이 나뭇가지를 휘몰아치더니 어디선가 강물소리가 아련히 들려왔다. 그 소린 법희의 가슴속에서 나는 것 같기도 했다. 좌선으로 무아지경에 빠져든 그녀의 머릿속에 흑백 영화처럼 언젠가 보았던 장면이 다시 그려지고 있었다.

어머니였다. 깊은 강을 건너야 했다. 법희의 손을 잡고 어떻게든 건너보려고 애를 쓰던 어머니 앞에 작고 낡은 배가 떠내려 왔다. 어머닌 반색을 하며 배를 움켜잡았다. 그런데 그 배는 한 사람 외엔 더 이상 앉을 곳이 없었다. 어찌해야 하나 쩔쩔매던 어머닌 다섯 살의 순애를 품에 안고 배에 올랐다. 오르는 순간 배는 기우뚱이며 가라앉으려 했다. 몇 번이고 시도해 봤으나 순애를 내려놓고 타면 평화롭게 떠가는 배였다. 안타깝게 몸부림 할 때 먼 곳에서 검은 옷을 입은 사람들이 두 모녀를 잡으려고 고개를 넘어 오고 있었다. 아마도 검은 옷이란 어린 순애의 부실한 기억 속에서 상상이 덧칠된 것인지도 모른다. 어머닌 순애를 혼자 태워 떠나보낼 수도, 순애를 버리고 자신만이 가버릴 수도 없어 안타까운 눈물을 흘리다 다급해서야 자갈밭에 순애를 떼버리고 혼자만이 배에 올랐다. 흐느끼며 떠내려가는 어미를 보며 순애는 발버둥 치며 울었다.

순애의 흐르는 눈물은 핏물로 변하고 강물을 적시며 떠가는 배 주위를 물들였는데 어미의 눈에 순애의 서슬 시퍼런 눈이 칼날처럼 번뜩였다. 점점 멀어져 가고 있는 어미의 옆모습에 머리칼이 바람에 쓸리며 귀밑의 까만 점이 보였다.

순애를 버린 미웠던 어머니. 가끔 의식 속에 나타났던 어머닌 현실에 없고 분명 꿈은 아니었다. 언제부터인가 머릿속에 안개가 되어 자리 잡은 무의식이었다.

사미니계를 받고 칠년 여가 지나갔다. 깨달음이 얼마나 깊은 고통과 냉혹한 인내를 요구하는지 법회는 알 수 있었다. 법복을 입고 머리를 깎는 것 이런 것은 하나의 외형적 상징일 뿐이다. 그런데 그 상징을 '참眞'으로 알고 흠모하며 몰입하다 보면 깨달음은 달아나고 관습만 남는 것이다. 형식에 집착하다보면 남는 것은 허무뿐이 없다. 그녀는 대주선사의 말을 피부로 느낀다.

조주는 이렇게 이르고 있다. 도는 먼 곳에 있는 것이 아니다. 도란 곧 생활이다. 삶 자체가 참선인 것이다. 자기생활은 제대로 챙기지 못하면서 참선 운운하는 것은 어리석은 것이다. 법회는 지금까지의 자기 존재가 얼마나 보잘 것 없는 허수아비였던가 문득 깨닫는다.

묘인 스님은 한쪽 엉덩이와 같은 쪽 어깨를 장지문에 기댄 채 연꽃잎을 들었다. 주름진 꽃분홍의 종이 꽃잎은 그녀의 손끝에서 마무리졌고 한쪽 끝이 잎사귀 끝 모양 뾰족하게 접히고 여러 꽃잎을 모아 한 덩이로 만드니 풍성한 연꽃이 되었다. 거기에 초록 잎을 부치니 자연의 그것보다 더욱 화사했다.

초파일을 일주일 앞두고 이곳 운곡사에서는 노장인 묘인

스님과 법회승, 동자승, 그리고 공양주 보살과 신도 보살이
와서 일손을 돕고 있다. 세수 올해 칠십 이세인 묘인 스님은
낯선 신도 보살에게 자주 시선을 준다. 어디서 봤더라 가늠
하는 것 같기도 하고 경계 하는듯한 표정이 되기도 한다.

"보살은 어디서 오셨소?"

노스님이 묻는다.

"네?"

"어디서 예까지 오셨냐구?"

"예, 일산서 왔습니다. 스님."

"음……."

다시 조용히 그들은 종이 꽃잎을 집어 끝을 마무리고 있다.

"성씨가 뭐요?"

"박 씨예요."

"어디 박 씨?"

"밀양 박 씨요."

"음, 밀양 박 씨라, 거, 양반이지."

박 보살의 얼굴에 미소가 뜬다. 법희는 묘인 스님을 본다.
넘어져서 한쪽 다리를 부러뜨려 깁스 한 채 두 달간 병원에
있다가 이제 퇴원한지 보름이 된 큰스님이다. 정신도 돌아오
려나 하는 희망이 법희의 눈에서 빛난다.

"스님 누우시지요, 힘드실 텐데."

법회가 묘인의 힘부침을 보며 권한다.

"아니다. 내 손 아니면 이걸 다 언제 만들겠느냐?"

다쳤던 한쪽 다리를 한 가운데로 뻗은 자세가 더욱 옆에
사람에게 거추장스러움을 주는데도 스님은 고집이다.

"젊어서 6·25 났을 때 피난을 못 갔는데 주변 스님들이
내게 자꾸 말렸지. 스님은 너무 고와서 세수도 하지 말라고.
옷도 누더기를 입고 얼굴을 밖에 내밀지 말라고 했어. 누구
든 보면 업어갈 것처럼 고왔던 게야."

스님의 말대로 정말 묘인 노스님은 고왔다. 계란형의 얼굴
에 주름도 별로 없고 반달 같은 눈이나 가녀린 턱선이 고전
적 미인을 연상케 했다. 가냘픈 손가락이나 하얀 피부가 젊
은 묘인을 상상하기에 어렵지 않았다. 병상에서도 옆의 환자
들에게 자신의 미모를 자랑하였다.

"보살은 어디서 오셨소?"

"예? 예– 일산서 왔습니다."

"성씨가 뭐요?"

"밀양 박 씨입니다"

"음, 거 밀양 박 씨 양반이지."

두 번째 미소가 박 보살의 얼굴에 번졌다.

"내 젊을 때 너무 고와서 큰스님이나 주변 스님들이 날보고 세수도 하지 말고 옷도 궁상맞은걸 입고 있으라 했어."

연등을 만드는 보살들은 바쁜 손놀림을 계속했다. 세 번째 박 보살에게 또다시 어디서 왔느냐, 성씨가 뭐냐, 밀양 박씨가 양반이지 할 때는 이 노스님이 치매인가 하는 시선으로 박 보살은 묘인 스님의 고운 얼굴을 더듬었다.

법희는 못들은 척 했다. 다리 수술을 하고 병상에 있을 때부터 이상한 소리를 계속하는 것이 심상치 않더니 결국 치매 시작이란 걸 알게 되었다. 오십 년 속세를 등지고 도를 닦은 도인이 한낮 병상에 누워 치매의 모습이라니 허무한 말년에 법희는 차라리 분노가 끓어올랐다.

보살은 어디서 오셨소? 성씨가 뭐요? 같은 질문이 또다시 묘인의 입에서 나오자 박 보살은 물었다.

"몸이 성하면 뭘 해요? 정신이 더 중요하지. 언제부터 저러셨답니까?"

"넘어져서 다치시기 전까진 몰랐는데 병원에서 수술 받고 나서부터 저런 증상이 보여요."

법희의 얼굴에 근심이 구름같이 드리운다.

"내 젊을 땐 너무 고와서 세수도 하지 말라고 했어."

그 말에 박 보살 입에서 혀를 차는 소리가 낮게 깔린다. 바

람이 부는가. 여지껏 들리지 않던 풍경소리가 자지러들듯 울
어댄다. 법희는 연꽃을 만들던 손을 놓고 법당으로 간다.

아담한 대웅전에는 정갈한 고요가 머물러 있다. 박 보살이
절에 들어오면서 법당부터 들렸는가 파란 지폐 한 장이 부처
님 무릎아래 놓여있다. 법희는 촛불을 켠다. 고요한 산사에
법희의 독경소리가 청량한 물소리처럼 흘러가기 시작한다.

> 똑 똑 또르르……
> ……
> 더 위없이 높고 깊은 부처님법 묘한 진리
> 백 천만 겁 지내어도 만나 뵙기 어렵습니다.
> 제가 이제 듣고 보고 마음에 두어 외우오니
> 부처님의 참다운 뜻 사무쳐 깨달아 지이다.
> 똑 똑 또르르……
> ……

……잊게 하여 주옵소서. 어쩔 수 없지 않았습니까. 결국
어머니 이 전에 인간인걸요.

배는 위태롭게 기우뚱거렸다. 다섯 살의 순애를 안고 왔던
어머닌 배가 뒤집혀질까봐 순식간에 순애를 자갈밭에 내려
놓았다. 배는 그제야 그녀를 태우고 평화롭게 떠가기 시작했

다. 엄마를 놓친 순애의 울부짖음이 천지를 찢는 듯 했다.

　단 한 번도 잡념 없이 예불을 끝낸 적이 없다. 어느 듯 몸속에 스며드는 산소이듯 그녀의 머릿속에 스며드는 잡념들……. 법희는 목탁을 놓는다. 부처님께 죄를 짓는 듯하다. 정성으로 삼배를 올린다. 저를 용서하소서. 바라보면 부처님의 미소가 때론 따스함이 없다. 세월과는 무관한 냉정한 미소이다. 대자대비하신 부처님 저를 용서하소서. 다시 엎드린다. 어미를 용서하소서. 아니 그녀를 용서할 도량을 제게 주옵소서.

　법희가 예불 끝내고 요사채로 돌아왔을 때 박 보살과 공양주인 신 보살은 언성을 높이고 있었다. 묘인 스님은 옆방에 누운 채 코를 골고 있다. 박 보살의 가느다란 눈 끝이 살짝 올라간 게 살기가 돌았다.

　"신 보살 그런 소리 마소. 그 이 보살이 무슨 인격자요? 강의를 해? 책을 냈다고? 흥 허풍이 절반이겠구만."

　"박 보살이야말로 그러지 마셔유, 이 보살은 모두 좋아할 뿐 아니라 그 글은 전부 내가 아는 사실이구먼유."

　서슬퍼런 박 보살의 안색이 더욱 차가와 진다.

　"그렇게 신심 좋은 여자가 남의 돈을 떼먹어? 어이쿠 두 번 강의를 했다간 절간 문 닫겠다."

"참선을 을매나 열심히 한다구유? 지도 이 보살한테 배웠는디."

"흥, 경전을 알고 참선도 하는 거지."

"성불은 참선이 지름길이란 걸 못 들어 보셨슈?"

불교지식은 많으나 참선이 잘되지 않는 박 보살은 무식하면서 선에 몰입이 잘된다는 신 보살이 아니꼬운 것이다. 아니 무시하고픈 것이다. 더구나 자기 돈을 떼먹은 이 보살을 영웅처럼 받들고 있지 않은가. 역시 무식한 자들이라니……

'아는 것만 많으면 뭘혀? 백 시간 앉았어두 참선 문도 못 여는 걸.'

신 보살은 속으로 중얼거리며 연등 만들다 말고 저녁공양 준비하러 부엌으로 나온다. 헌 건물을 뜯어내고 새로 지은 요사채에 일반 가정집처럼 욕실과 입식부엌을 방 끝에 붙였다. 개인절이다 보니 법당만 절 모습이고 요사채 건물은 한옥과 같았다.

신 보살은 습관대로 쌀을 씻는다. 방문 사이로 힐끗 보이는 박 보살의 모습은 콩쥐 계모처럼 정나미가 붙질 않는다. 동글납작한 얼굴에 눈 꼬리가 약간 올라간 듯 길고 눈동자는 고양이처럼 살기가 붙은 게 섬뜩해지는 표정을 하고 있다.

단정해 보이는 입매나 앞가르마에 흰머리가 약간 섞인 긴 머리를 땋아내려 다시 위로 올려붙인 머리는 그녀의 나이 62세보다 훨씬 더 들어 보이게 한다. 여학교 가사 선생이었다는 박 보살.

어느 틈에 왔는지 동자승이 박 보살 있는 방문을 빼꼼이 열어본다. 고양이 같은 차거운 박 보살의 시선이 동승을 바라본다. 눈이 마주친 동자승이 움찔 고개를 숙인다.

"어른을 보면 인살해야지."

"안녕하세요?"

여섯 살의 동승 보현은 주눅들은 목소리로 인사를 한다.

"가서 손 씻고 와라. 여기 연시 줄게."

"예."

보현은 연시란 말에 호르륵 나르는 나비같이 마당 수돗가로 뛴다. 보현의 뒷통수에 박 보살의 높은 언성이 꽂힌다.

"어디 누구 신을 신고 가는 거냐?"

보현은 얼결에 검정 어른 고무신을 발에 끼웠는데 박 보살의 신이었던 것이다.

"냉큼 와서 벗어놓지 않구 뭐해?"

박 보살의 소리가 울리는 마당에 신 보살은 보현을 보며 어서 벗어드리고 오라고 손짓을 한다. 보현의 뛰어가는 모습을 보며 신 보살은 이그러진 웃음을 짓는다. 저러니 혼자 살지. 잘사는 두 아들과도 못살고, 성품이 저러니.

"절에는 절법이 있는 게야. 경전보다 먼저 예법이 중요한 것이다. 알겠느냐?"

보현에게 이르는 박 보살의 음성이 반찬 만드는 신 보살의 귀에 호령하듯 들린다. 절 지을 때 시주 좀 했다고 되게 큰 소리 치는구면, 허긴 스님도 절절매시니깐. 한 살 때 노스님 등에 업혀 와서 절에 사니 불쌍한 동승인데. 무슨 업보로 에미 애비 잃고 산중 절간에서 살고 있능감.

부엌문이 열리더니 보현이 연시 하나 들고 들어온다. 식탁에 앉아 껍질을 벗기려 하고 있다. 꼬질꼬질한 보현의 얼굴을 보면서 신 보살이 묻는다.

"시님, 오늘 어디서 놀다 왔소?"

"보살님, 저 윗동네에 갔었어요. 교회 마당에서 애들과 놀았어요. 그런데 나 애들하고 놀 때는 이 옷 벗으면 안 돼요?"

"왜 그런디요?"

"애들이 놀려요. 옷고름을 잡아 당기구요."

"아이고 시님, 그 옷은 큰 시님이 되실 사람만 입는 거예유. 아무나 못 입어유. 훌륭한 시님 되시야지유."

"싫어, 아무도 이런 옷 입은 애들 못 봤어."

"쉬! 큰 시님 들으실라, 다음에 거 가지 마세유. 이리 줘유 내 까드릴게."

신 보살은 연시를 들고 껍질을 까주려 하다 고개를 갸우뚱한다. 분명 박 보살 있는 방안 구석엔 연시가 세 개 있었는데 빌어먹을 년 가장 싱싱한 대봉감은 제쳐두고 이렇게 터진 곯은 연시를 줘? 어린애한테. 말은 최고의 인격자인척 허는 년이. 네 속 못 속인다. 돈푼이나 좀 있다고…….

신 보살은 한 귀퉁이에 상한 냄새가 나는 곳을 칼로 도려낸 뒤 껍질을 까서 보현에게 쥐어준다.

"어서 드세유."

보현은 맛있게 먹기 시작한다. 부엌문이 열리며 법희승의 얼굴이 들어온다.

"목욕물 받아 놨어요. 신 보살, 큰스님 닦아 드려야죠."

말하면서 법희승은 보현에게

"너두 큰스님 목욕 후 옷 벗고 들어와."

보현은 민머리를 끄덕인다.

법희와 신 보살은 묘인 스님을 붙잡고 마고자를 벗기고 속내의를 벗긴다. 봉긋한 젖가슴이 노인의 것 같지 않게 탄력은 없어도 늘어지진 않았다. 묘인 스님의 알몸은 형광등 아래서 하얗게 빛났다. 뽀오얀 피부에 보드라운 감촉이 여성임을 상기 시켜준다. 흔히 감추어진 부분에 흉하게 한 두 개쯤 흉터가 있기 쉬운데 풍만하지도 허술하지도 않은 아랫도리는 점 하나 없이 수줍은 소녀처럼 크림 빛을 띄우는 속살에 법희는 새삼 놀랍다.

신공양주 보살이 머리를 안고 세수 비누로 거품을 내었다. 민머리에 하얀 거품이 싸락눈처럼 한켜 앉았다가 물에 씻겨 내려간다. 어느새 김이 욕실 가득 찼다. 신 보살의 앞이마에 흐르는 땀이 내려온 앞 머리칼을 적신다. 법희는 가쁜 한 묘인의 상체에 비누칠을 한다. 어쩐 일인지 따뜻한 목욕물이 살갗에 닿으면 묘인은 엄마 품에 안긴 아가처럼 조용히 순응한다. 스님의 표정은 꿈을 꾸듯 먼 신기루를 이제서 끌어안은 것처럼 품에 안긴다.

비누칠을 목, 팔, 겨드랑, 봉긋한 두 가슴 사이를 통해 배허리까지 칠한다. 가끔 간지러운 듯 키득키득 웃음소리를 낼때도 있다. 물로 헹군 후 큰 타월로 상체를 감싸 안는다. 신보살은 노스님의 다친 한쪽 다리는 밖으로 내놓고 하체를 물에 적신 후 벌려 주면 법희는 비누질한 수건으로 엉덩이와 사타구니를 문지르며 발가락 쪽으로 내려간다. 자주 오줌을 지리는 사타구니에 손길이 닿을 땐 스님의 몸속에서 나는 소리가 입 밖으로 나온다. 끼 끽 끄 끅 끄─젊었을 적 육체의 그리움이 환상 속에 떠오르는 것일까. 그럴 때 노스님 가슴의 젖꼭지가 봉긋 솟으며 긴장되고 스님의 사타구니는 뜨거워진다. 법희는 이 연세의 꺼져가는 육신에서도 육욕의 잔불이 타고 있었다니, 소름이 오소소 돋아남을 느낀다. 이미 생산의 능력을 잃은 육체임에도 신은 그 육신의 욕망을 생산 외에 쾌락의 도구로 주셨음을 확연히 깨닫는다. 노인의 발정난 듯한 가슴과 뒤트는 몸짓에 신 보살과 법희는 서로 시선을 피한다. 두 사람은 모른 체 하고 싶은 것이다.

묘인 스님은 이런 분이 아니었다. 길을 가도 올곧은 모습으로 산길 다 내려가도록 곁눈질 한 번 안주고 옆에서 툭 건드려야만 눈을 위로 떠서 바라보던 분이었다. 세 마디 물으면 한마디 겨우 대답을 짤막하게 할 뿐 구차한 설명을 싫어하는 분이었다. 모든 걸 속으로 삭히는 데 익숙한 분이었다. 충족스럽지 못해 한스러웠던 부분이 치매에 걸리면 가장 두드러지게 나타난다는데 수도생활하면서 육욕을 가장 참아내기 힘들었었나 하는 생각을 해본다. 그러나 중노릇은 자기가 선택한 길 아닌가.

묘인 스님은 부처님의 말씀을 가르쳤었다.

"열반은 분명히 있다. 해탈을 이르는 길이 저마다 달리 오되 어느 날 갑자기 손님처럼 찾아오는 것은 아니다. 고뇌의 절망적 상황에서 끝까지 좌절하지 않고 고뇌할 때 어떤 기연을 만나 해탈하게 되는 것이다. 원효는 촉루에 기연하여 대각에 이르렀고 서산대사는 계명에 기연하여 견성하셨다고 했다. 이것이 무얼 말하는 것인가. 무심히 흘려보냈던 주위의 제현상 하나가 연유되어 그간의 깊은 고뇌를 붙잡아 깨달음을 얻은 것이다. 아니 그 말은 최극의 고통을 쌓아온 고뇌가 사소로운 현상 하나에 깨닫게 되는 것이다. 화두는 성불의 목표가 아니라 간접적 방법일 뿐이다."

장좌불와를 하리라 다짐했던 스님들 열 명 중에 세 명이 사흘 안에 탈락했고 나흘 만에 또 두 명이 탈락했을 때 묘인 스님은 엄숙히 입을 열었다. 그때 그 말씀을 해주실 때 스님의 몸에서 빛나던 그 오로라 빛은 법희에게 가까이 갈 수 없는 성인의 그것과 같이 보였었다. 죽비소리까지 들리지 않는다는 무아지경. 탈락한 스님들은 절망적이요 열패감 때문에 자학하고 싶었고 수마를 이겨내고 용맹정진을 무사히 마친 스님들은 더욱 정진할 것을 다짐하였다.

묘인 스님의 속가는 충청도인데 원래 조상 때부터 내려오던 토지가 많아 처음엔 중이 되는 걸 반대하였던 아버지가 돌아가실 때에는 외동딸인 묘인에게 포교에 쓰라고 헌납하였다. 묘인은 물려받은 재산을 처분하여 여기에 절을 지었다. 진정한 불교는 승속을 떠나 중생을 구제하는 것이라고 주장하던 묘인승은 포교의 중요성을 늘 염두에 두었기 때문이었다.

남보다 두터운 업장을 소멸하기 위하여 묘인은 하루 한 끼만 먹고 참선에 들었다. 그때가 50대 때였다. 스스로 고통의 길을 선택한 것이다. 법희는 부유한 집에 태어나 부족한 것 모르고 산 묘인 스님이 어떻게 그렇게 고통스런 길을 택할 수 있으며 지탱해 나갈 수 있는 인내가 어디서 오는 것인지 궁금해질 때가 많았다.

속세의 고통을 피해 산사에 숨어들었다면 그 고통이 사라지면 다시 나갈 수밖에 없는 법. 실연을 하고 머리 깎게 해달라는 처녀가 있으면 묘인 스님은 냉정히 절 밖으로 쫓았다. 육체가 병들면 정신이 고통을 받고 정신이 병들면 육체를 온전히 보살필 수가 없다. 영과 육의 불가분의 관계인 것이다. 육체와 정신 어느 것이 더 중요한가라는 질문은 근본적으로 동전의 앞뒷면과 같아서 가릴 수 없는 것 아닐까. 몸이 없고서 정신이 존재한다고 할 수도 없고 그렇다고 정신세계를 부정할 수도 없는 일이다.

노스님을 어린애처럼 큰 타월로 감싼 뒤 방안에 앉히고 내의와 손질한 승복을 입혀 드렸다. 평화가 묘인 스님의 표정에 배어 나왔다.

다음으로 법희는 동승의 얼굴을 씻기고 발가벗겨 욕조에 들어앉힌다. 팔뚝과 어린애 가슴, 앙징스런 고추가 법희를 즐겁게 해준다. 보현은 장난이 하고 싶어 샤워기를 법희의 머리에 붓는다. 아잇, 법희의 얼굴에 뿌려대는 샤워기를 잡은 보현의 손. 옷을 적신 채 탕 속에 들어가 보현과 서로 물 끼얹기를 하는 법희. 장난치며 둘은 까르륵 까르륵 웃어댄다.

그럴 땐 순애와 어머니의 모습이 그려진다. 젖가슴을 입술로 물어주는 어미. 키드득대는 순애. 아 어머니…… 동승 보현은 어미의 숨결을 잊었을까. 불쌍한 보현……. 두 사람의 피부의 마찰은 엄마와 아들, 그 이상도 그 이하도 아니었다.

법희승은 보현에게 유치원 과정의 학습을 가르친다. 텃밭에 나가 감자도 캐고 호박도 따온다. 배추 속에 있는 배추벌레를 집어 땅에 던지고 짓밟는 보현을 보며 법희승은 이른다.

"보현아, 네가 배추벌레였다면 어쩌겠니? 다시는 죽이지 마라. 불쌍하지 않아?"

배추 잎을 갉아먹는 벌레를 죽이는 것은 당연한데 이상하다 하는 눈으로 법희를 바라보는 보현. 법희는 보현의 행동에서 인간의 본성을 깨닫는다. 절간에 사는 모든 곤충들은 자기가 보호받고 있다는 것을 알고 있는 듯하다. 쫓아도 놀라지 않는 새. 여유 만만한 방아깨비며 굼벵이. 배추벌레 등. 오랜 동안 살의 없는 곳에서 살다보면 적개심도 사라지는 것일까. 고통 모르는 그 미물들이 때론 법희의 눈에 부러워 보이기도 한다.

자비가 있는 곳에서 커온 아이들은 자비를 배우고, 괴롭힘을 당하고 보복하는 것만 보아온 아이들은 적개심만 키운다. 처음에 이웃동네에 가서 놀다 울고만 오던 보현은 날이 갈수록 영악해져 갔다. 요령을 터득하고 영리해져 가는 것이다.

어느 날인가 먹을 갈고 난을 치는 법희에게 보현이 방문을 열고 스님! 하고 들어왔다. 표정이 시무룩해서 왜? 누구하고 싸웠어? 물으니 보현은 고개만 내 저었다. 눈길도 주지 않고 법희는 계속 난을 치는데 도저히 못 참겠는지 보현이 불쑥 내 뱉었다.

"스님, 우리 엄마 아버지 얼굴 좀 그려줘요."

"……?"

"애들이 중놈이라고 놀려요. 엄마 아빠가 다리 밑에다 버린 걸 스님이 주어왔다고요. 내가 가지고 가서 미국에 있는 엄마 아빠라고 보여 줄래요."

보현은 사진을 본적이 없어서 사진 이야긴 꺼내지 못한다. 법희는 불쌍한 보현의 소망을, 그 어리석은 바람을 달래주고 싶었다. 그래? 그려주마! 새로운 한지를 한 장 꺼내 상위에 펴놓았다. 법희는 어떤 모습일까 잠깐 생각했다. 어미가 떠올랐다. 강물에 홀로 떠가던 어미가. 다섯 살의 순애는 가물거리는 어미의 모습을 똑똑히 그려내려고 진땀이 났다. 보현은 흐뭇하게 엄마 모습이 그려지는 화선지를 바라보았다. 눈, 코, 입, 귀…… 머릿결 귀밑의 점까지 그린 법희는 조용해서 고개를 들어보니 보현은 어느새 잠들어 있었다. 법희는 보현을 바로 뉘이고 베개를 고여 주고 담요를 꺼내 보현 위에 덮어주었다.

이런 불쌍한 어린것을 떼어놓는 어미가 어디 있단 말인가. 오, 그 업장을 어찌 다스릴 수 있단 말인가. 나무 관세음보살……. 그날은 종일 보현의 상처로 인해 법희의 마음도 흐려 있었다.

2. 천도재

"스님 타시죠."

법희가 산언덕을 올라가고 있을 때 흰색 자가용차 한 대가 법희 옆에 서더니 문이 열렸다.

"절에 가시는 것 아닌가요?"

사내는 다시 물었다.

"맞습니다. 괜찮습니다."

법희는 다시 걷기 시작하는데 빵빵 경적이 산 숲으로 울려 퍼졌다.

"스님은 힘들게 걸어서 가시고 그 옆을 어떻게 편히 지나가라고 그러세요? 타세요!"

사내는 이젠 사뭇 명령적이다.

법희가 차에 올랐다.

"운곡사 스님 아니세요?"

"예, 맞습니다."

"저도 운곡사 갑니다. 오년 전에 어머니 따라 한 번 가본 일이 있는데 그때 그 스님 맞죠?"

"맞겠죠. 절엔 노스님과 저뿐이니까요."

사내는 옆의 법희 얼굴을 자세히 살피며 옛 모습을 찾아내려 한다.

"운곡사에 무슨 일로 가십니까?"

"천도재를 지내드리려구요."

"어머니?"

"예, 원래 불효자거든요 제가, 어머니 돌아가시고 바로 뉴욕으로 파견근무를 나가는 바람에 여지껏 천도를 못해 드렸어요."

"혹시 김정숙 보살님……?"

"어? 예, 기억하시는군요."

"우리 절 신도는 많지 않기 때문에 거의 다 기억합니다. 한동안 안보이시더니 어느 날 돌아가신 분으로 꿈에 나타나시더군요."

"그랬었군요. 심장마비로 꼭 4년 됐습니다. 마음속에 걸렸었어요. 어머니 천도재를 못해 드린 게. 이번에 휴가 나오자 다른 스케줄 다 접어놓고 이렇게 절부터 달려오는 겁니다."

서른다섯에서 여덟까지 정도로 차분해 보이는 사내였다. 침착하면서 곧은 성품이 운전하는 그의 자세에서 느껴지기도 했다. 초록이 짙다 못해 검푸른 산은 온갖 곤충들 소리를 동반하고 있었다. 숲이 내는 비명소리 같았다. 그 중 매미 소리가 제일 그악스럽게 들린다. 두 사람은 매미소리에 빠져 있는 듯 차가 흔들어 주는 대로 가고 있다.

드디어 차를 절 앞마당에 주차시키고 정민석은 이마의 땀을 닦는다. 법회의 먹물 모시 마고자 등에 땀이 배어 나온다. 커다란 밀짚모자로 바람을 인다. 민석은 큰스님께 합장을 한 다음 대웅전으로 곧장 들어가 참배를 올린다. 법당 안에 어머니의 숨결이 어딘가 배어 있는 것 같아 잠시 그는 숙연해진다. 그는 새로 지은 요사채 뒤편 어딘가에 약수터가 있던 것을 떠올린다. 그리로 가볼까 하고 나온다.

"저녁공양 드세유."

신 보살은 법당에서 나오는 민석에게 이른다. 발걸음을 옮긴다. 식당에는 두 상이 놓여있고 노스님과 법희승, 보현과 신 보살이 큰상에 앉아있고 작은 밥상에는 민석을 앉으라 권한다. 식사를 조용히 하던 민석이 겸연쩍은 표정으로 큰스님께 여쭌다.

"스님 어머님 천도재를 드리러 왔는데 저 며칠 묵어가도 되겠습니까?"

"어디서 오셨소?"

법희가 대신 답변을 한다.

"저 그 왜 서울 은평구에서 오시던 김정숙 보살님 있죠? 그 분 자제분이시래요."

"그래? 몇 해 동안 통 본 일이 없었는데."

저럴 때 노스님의 기억은 여느 노인 같지 않게 정확하다.

"예, 맞습니다. 4년 전에 돌아 가셨습니다."

민석의 대답에 고개를 끄덕이시는 묘인 스님.

"호오 열반하셨구먼. 무소식이 희소식인가 했더니만."

"스님, 허락하시는 거죠?"

"아무럼 절에서 오는 사람 내쫓을까?"

인적 없는 산중에서 묘인도 사람이 그리운지라 내심 새 손님이 반가웠는지 모른다. 저녁공양 후 법회는 맨 끝에 쓰지 않던 방을 열고 민석을 거기서 묵으라고 가르쳐 준다. 방안에는 네모반듯하게 개켜진 요와 이불이 있을 뿐 벽에 옷걸이 하나뿐이다. 벽에 걸린 달력이 방문 여는 바람에 잠시 펄럭였을 뿐.

민석은 고맙다고 인사한 뒤 방안에 들어가 누었다. 도대체 이 산중에서 저리도 매력적인 여승이 젊음을 죽이고 있단 말인가. 차안에서 봤던 승의 옆모습은 비너스의 모습보다 더 선이 곱고 움직이는 마네킹 같았다. 아이러니컬하게도 뜨거움이 배어있는 차가운 시선. 길고 검은 눈썹이 그림자를 드리운 눈. 턱선이 모가 난 듯하면서도 동그란 원형. 오랜 고요함으로 굳어 있는 표정엔 얼핏 얼핏 티 없는 어린애의 웃음이 나타났다 사라지곤 했다. 빈방에서 여승의 모습을 그리고 있다니 문득 민석은 쓴웃음을 짓는다.

얼마 만에 가져 보는 혼자만의 시간인가. 민석은 일에만 미쳐서 살아온 최근 몇 년간의 자신이 떠올랐다. 좀 더 스릴 있고 감동까지 느껴지는 정신을 빼앗는 한 차원 높은 게임 프로그램을 위해서 밤이고 낮이고 컴퓨터 앞에서 연구에 몰두했다. 한계에 부딪칠 땐 자괴감이 들기도 했다.

그런 자신의 건강을 위해 미숫가루며 김 등을 손수 재어서 만들어 미국까지 부쳐주시던 어머니. 얌전한 색싯감 구해서 결혼을 잊은 채 일에만 미쳐서 사는 아들 노총각 면제시키려고 애쓰셨던 어머니가 그리웠다. 어느덧 서른여섯이란 나이가 중압감을 느끼게 했다.

"요번 휴가 때 가서 꼭 신붓감 하나 얻어서 같이 들어오라고."

자신을 아끼는 선배는 결혼을 종용했었다.

산새소리가 물방울 소리처럼 청량하게 들린다. 그 속에 목탁소리가 함께 묻혀온다. 법당에서 염불소리가 구성지다. 법회승이었다. 민석은 법당으로 갔다. 목탁 두드리며 경을 읊는 승의 자태에선 속인이 함부로 범접할 수 없는 위엄이 서려 있었다. 스님이 절을 할 때마다 서툰 절이나마 민석도 뒤에 선 채 정성껏 같이 따라했다.

"내 어머니 제사 아닙니까?"

이튿날 민석은 법회승의 김정숙 보살의 제수를 장만하러 나간다는 것을 설득하여 차에 태우고 같이 읍내로 갔다. 그들은 장에 들어섰다. 마침 장날이었다. 장에는 민들레며 돌미나리 쑥 등을 캐서 다듬어 파는 시골 할머니들이 땡볕에 앉아서 손짓하고 있었다. 순대국밥 집에서는 솥에서 뿜는 김과 함께 술 한 잔씩 들이켜는 장돌뱅이들로 붐볐다. 생선가게며 찐빵가게는 손님이 둘러서서 사람사이를 헤치고 봐야 했고 옷가게에선 아이들 옷을 사 입히는 엄마들이 옷을 고르며 흥정하느라 법석이었다. 시골 장은 역시 생기가 있었다.

법희승은 제수 장을 봤다. 먼저 과일가게에 들려서 흥정을 했다. 수박, 참외, 바나나를 사고 두부와 부침개 재료를 샀다. 그간 절에서 필요했던 수세미 소쿠리도 샀다. 제수용 떡을 맞추고 그들은 음식점을 찾았다.

민석은 맛있는 걸 사드리고 싶은데 무얼 드시겠느냐고 법희에게 물었다. 민석은 평소 절에서 들지 않는 것을 배려해 고르느라 음식점 간판들을 훑었다. 시골 장터라서 모양새를 갖춘 음식점이 띄지 않았다. 굳이 안 먹어도 괜찮다는 법희의 말에 맞춘 떡이 다 될 때까지 자기가 배고프다며 민석은 굳이 먹어야 된다는 것이다. 그들은 시장통 한 가운데 있는 콩국수 빈대떡 집으로 들어갔다.

"스님, 곡차 한잔해요."

음주운전을 생각했는지 법희의 얼굴에 놀람과 걱정스러움을 훔쳐본 민석은 미소를 짓는다.

"괜찮아요, 막걸리 한두 잔은. 떡 찾을 시간까지는 넉넉합니다."

인삼막걸리를 주문했다. 법희는 사람들의 시선도 있고 영 거북해지는 것이었다.

"술은 적당히 먹으면 인간의 정신을 맑게 씻어줍니다. 술을 먹고 취해야만 청정해지는 내 모습을 볼 수 있죠. 한 병 사갈까요? 어머니도 이 막걸리만큼은 좋아 하셨어요."

"……."

"중생을 제도하려면 먼저 중생의 마음에 들어와서 읽고 알아야 하지 않을까요?"

선생님이 여학생을 앞에 놓고 그림책을 설명하듯 민석은 막걸릴 법희 앞의 잔에 부어주며 그렇게 말하고 있었다.

"……."

"저는 중생입니다. 중생이 더 좋습니다. 타인을 배척하고 나란 존재만 있어서 깨끗하게 살면 석가처럼 죄 안 짓고 신선하게 살 수 있습니까?"

"……."

한 잔을 단숨에 다 비운 그는 잔을 내려놓으며 굳은 얼굴이 된다.

"혼탁한 모순의 세상에서 참으로 이름만 들어도 거룩한, 그 이름의 가면을 쓰고 죽어도 서럽지 않을 만큼 청정보살로 깨끗할 수 있느냐 말입니다."

그는 현대의 불교 제도 모순에 대해서 비판을 했다. 법희는 법복을 입은 자신에게 민망하기도 하고 묘한 반발도 느껴졌다. 인간은 불완전한 존재인 만큼 떳떳할 수가 없는 것. 아무 것도 잘난 게 없다. 한낱 중생의 아상我相밖에 없다. 어찌 산 것을 부정하고 부처를 이룰 수 있단 말인가. 사상과 관념에서도 한계가 있고 정신과 능력에도 하나같이 인간에게는 한계가 있다. 그러나 영겁에 의해 해탈된 열반은 있는 것이다. 법희는 그걸 믿는다. 어떻게 세상을 체험하고 인간을 극복하느냐 그것이 고통이었다. 삶도 도道요 구도 또한 도일 것이다. 현재의 그녀에게는 불법은 마음 밖에 더 이상 무엇을 깨달을 게 없었다. 그 이상을 능가하고 싶어서 고통스런 승僧의 길을 걷고 있는 것이 아닌가. 법희는 문득 슬퍼진다.

"중생이 좋으면 절망한 중생으로 계속 사십시오."

법희는 한마디하고 냉정히 자리에서 일어나 버렸다.

"스님, 화 나셨습니까?"

이어서 뛰쳐나온 민석이 그녀의 얼굴을 탐색하며 지그시 쏘아보았다.

"스님은 웃는 얼굴보다 화난 얼굴이 더 매력 있어요. 이런 표현도 불쾌하시죠?"

대꾸 없는 법희를 보며 그는 멋쩍은 듯 뒤통수를 긁적인다. 그들은 떡집에서 김이 나는 떡을 찾아 그것 모두 다 차 트렁크에 싣는다.

절에 도착하자 신 보살이 마중 나와서 장본 물건들을 부엌으로 날랐다. 법희승이 부엌으로 들어서자 신 보살이 걱정스럽게 입을 열었다.

"아까 스님 읍에 나가신 뒤 큰스님 밭에서 고추 몇 개 따오시더니 느닷없이 이러시잖어유?"

"고기 좀 사다가 끓여드려라. 김정숙 보살님은 우리 절에 큰 도움을 주셨다. 그 자제분 아니시냐? 곡차도 사오너라."

"큰스님 농담 하세유? 하니께 석가세존도 사람이었잖느냐? 그 눈빛이 어찌 퍼렇던지 그만 예, 예 하고 말었어유."

신 보살과 법희는 시선을 맞추면서 동시에 한숨을 지었다. 한 번 견성한 사람도 다시 퇴보하여 평인이 되기도 하는가.

제상은 정성스럽게 고여졌다.

법희는 김보살의 영가천도를 위해 경을 읊는다. 민석은 어머니의 혼이 자신을 내려다보고 쓰다듬는 것 같은 전율을 느낀다. 과연 육신은 없어져도 혼은 영계에 살고 있는 것일까. 법희승의 예불독송이 끊어질 듯 이어지며 가끔 섞이는 목탁 소리가 어머니의 체취를 가깝게 맡게 하는 것 같다. 집에서 일을 하실 때에도 어머닌 천수경과 금강경을 틀으며 몸을 움직이셨다.

김정숙 보살의 천도재 외에 매일 매일 여러 명의 영가 천도가 법희승에 의해서 올려졌다.

일주일째 되던 날 독송하던 법희승이 갑자기 법당에서 쓰러졌다.

"스님!"

민석은 놀라 법희승을 불렀다.

"스님, 스님!"

법희는 혼수상태였다. 법복 안에 싸인 몸이 가늘고 핏기가 없어서 약해 보였었다. 민석은 스님들은 다 저런가 했을 뿐이었다. 민석은 법희를 들쳐 업고 차를 향해 뛰며 신 보살을 불렀다. 마당 수돗가에서 본 신 보살이 부르기도 전에 먼저 뛰어 왔다. 민석은 법희를 싣고 병원을 향해 가속기를 밟았다. 긴장 때문에 등에서 진땀이 흘렀다. 약해 보이던데 너무 무리하는 것 아닌가. 병원에 도착한 민석은 법희를 업고서 응급실로 가 침대에 뉘였다. 링거주사가 그녀의 팔뚝에 꽂혔다. 전에도 이런 적이 있었나. 궁금해지는데 보호자로 착각한 당직 의사는 진찰을 하며 근래의 증상을 물었다. 병원에 실려 온지 40분가량 지나자 법희는 의식을 되찾았다. 자신이 누워 있는 것을 보고 법희는 소스라치게 놀랐다.

"누워 계세요, 아직 움직이시면 안 됩니다."

민석이 옆에 있는 것을 보고 더욱 민망해하는 법희.

"전에도 그러셨던 적 있나요?"

"가끔 현기증이 좀 났었어요."

당직 의사는 혈압이 낮은 편이고 검사 결과 나오면 내일 담당의사께 보이고 뇌 CT촬영을 해보자고 했다. 법희는 괜찮다며 돌아가겠다고 우겼다. 민석은 절대 안정해야 되며 걱정하지 말고 내일 CT촬영 해보고 퇴원하자고 설득했다. 마침 자리가 하나 비어있는 입원실로 옮겨졌다. 링거 한 병 다 맞고 나니 어느새 입원실 유리창 밖으론 어둠이 내리고 별이 뜨기 시작했다.

"너무 무리 하셨나봐요. 날도 더운데 원기가 딸리신 것 아닐까요?"

"무리는요, 더 큰 일도 치르는데요. 초파일 때부터 피로가 쌓이긴 했죠. 중이 정신력으로 이겨내야죠."

"저혈압이라 쓰러지면 더 위험합니다. 정신력은 모든 체력이 받쳐 줄 때이죠. 이 기회에 며칠 쉬세요."

"죄송해요. 이런 폐를 끼쳐드리게 돼서."

가냘픈 손목에 가늘고 파란 핏줄이 선명히 눈에 띄었다.

두 사람은 각자 서로의 상념에 젖어든다.

언젠가 쓰러지셨던 어머니. 민석이 초등학교 3학년 때에 아버지는 딴 살림을 차렸다. 그 충격으로 어머니는 쓰러져 몸져누웠었고 무슨 짓을 해서든 아들을 잘 키울 터이니 아예 그 여자 집에 가서 살라고 했다. 두 집을 왕래한다는 건 더럽고 더 못 견디겠으니 다시는 오지 말라고 몸부림했다. 그때부터 아버진 오지 않았다. 한때 사업이 잘돼 아버지가 생활비를 넉넉히 보내 주었는데 어머니는 그 허망함을 다스리는데 전부 옷을 해 입는 것으로 위안 삼았다. 값비싼 밍크코트며 두루마기만도 여러 벌씩 있었다. 그런 생활이 삼년 이어지더니 문득 아들이 불쌍하다며 그때부터 사치를 끊었다. 여생을 아들만 부처님 받들 듯 온 정성을 쏟아 붓다가 일생을 마감했다. 여인으로서 가슴 아픈 인생이었다. 아버지는 현재 작은집 배다른 동생에게 얹혀서 살고 있다. 민석은 옛날얘기하듯 법희승에게 들려주었다.

"그럼 지금 아버님은 살아 계신 거예요?"

"예."

"뵈온 지 사 년 됐어요."

"어머닌 끝내 아버질 용서 못하시다가 돌아가시던 해 그러시더군요. 생각하면 네 아버지도 불쌍하다고요."

"……그 불쌍하단 생각을 왜 하게 됐을까요?"

법희의 질문이었다.

"증오로 점철된 인생이었는데……. 돌아가실 때 마음을 비우셨던 거죠."

"진작 용서 하셨더라면……."

민석의 아쉬운 표정에서 아버지에 대한 한이 가슴 한구석에 아픔으로 자리 잡고 있음을 볼 수 있었다. 법희는 자신의 어머니가 떠올랐고 슬픔덩어리가 목을 메었다.

아……. 어머니!

누워있는 그녀의 눈에서 눈물이 양 옆으로 흐른다.

민석은 당황한다.

"제가 쓸데없는 말을 했나 봐요."

민석은 휴지를 뽑아 그녀의 눈물을 닦아준다. 검고 영롱한 눈빛에 어리는 슬픔. 그녀가 갖고 있는 한은 무엇일까. 자신이 그 한을 나눠 가질 수 있는 것일까. 민석은 법희의 두 손을 꼬옥 잡는다.

절의 신 보살은 귀신의 장난이라고 단정 내렸다. 몸이 약해진 법희 스님이 근래 영가천도를 많이 해, 영가들한테 휘둘려서 요사이 식사도 못하고 얼굴빛이 말이 아니었다고 했다. 묘인 노스님은 법희는 그럴 위인이 아니다. 겉은 부드러워도 속은 바윗돌처럼 단단한 수좌승이라고 고개를 저었다.

오히려 귀신을 잡고 흔들 것이라고 했다. 법희는 이틀 만에
퇴원했다.

3. 청혼

절 뒷산 약수터 주변엔 풀이 웃자라 있었다. 민석과 법희
는 시원한 오전에 풀을 한나절 베고 더위를 잠시 피해 바윗
돌에 앉았다. 후박나무 그늘이었다. 보현은 잠자리를 잡아
놀다가 날려주곤 한다. 때때로 보현의 흥얼거리는 노래 소리
가 바람 타고 들리기도 했다. '뒷다리가 쏘옥 앞다리가 쏘
옥……' 보현의 흥에 겨운 노래에 두 사람은 귀 기울인다.

"저 녀석 아주 영리해요. 두세 번 가르쳐 줬는데 틀린 구절
없이 저렇게 잘 따라해요."

민석의 보현에게 하는 칭찬에 법희는 소리 나지 않게 웃는
다. 자기에게 하는 칭찬처럼 흐뭇해서이다.

"미혼모가 낳은 아이인데 아랫동네에 가셨던 노스님이 불
쌍한 아이라며 업고 오셨어요."

"법희 스님을 아주 좋아 하더군요. 엄마처럼요."

"네, 잘 따른 답니다. 엄격하게만 가르치는데도."

간간이 바람이 그들 사이를 시원스레 지나간다.

"스님! 어려운 질문 하나 하겠습니다."

민석은 무겁게 입을 열었다.

"······?"

"저······. 이런 질문은 스님들한테 금기라는데······. 저······ 저······."

"말씀해보세요."

"왜······ 스님이 되셨습니까?"

"······."

"보기 드문 미인이신데 결혼하자는 분들도 많았을 것 같 은데요······."

법회의 대답은 의외로 명료했다.

"시건방지게도 인연의 윤회를 끊고 현세에 아니면 내세에 라도 해탈하고 싶어서였지요."

"그거야 스님이 되실 땐 누구나 그렇죠. 제 질문은 왜 그런 생각을 갖게 되셨느냐 그겁니다."

"······."

"대답하시기 곤란하시면 나중에 하셔도 됩니다. 제가 너 무 엉뚱해서요."

한 인간을 용서하기 위해 머릴 깎았습니다. 과연 자신에게 진실한 답이 될 수 있는 것일까. 부처님을 너무 흠모하니까요. 아니 더러운 인연을 끊고 싶어서요. 아니, 어려서 버려진 내 인생이 고아원서 크다가 힘들게 대학까지 갔는데 가정교사로 전전하던 중 기회만 있으면 노리는 그 집 오빠의 먹이감 표적이 돼서 갈 데가 없어서였습니다. 더러운 세상, 평생을 산사에 묻혀 참선하며 견성하리라고 마음먹었습니다.

하늘의 먼 구름에 시선을 주고 있는 법희의 머릿속에 '그러면 평화로운 삶이 주어진다면 환속하겠니?' 누군가가 묻는다. 법희는 고개를 가로젓는다.

"네?"

민석이 묻는다.

"아니오……. 전부 변명 같은 삶입니다."

"……?"

"법희 스님, 휴가 끝나고 미국 들어갈 때 스님과 같이 가면 안 될까요?"

"네에?"

"스님, 외람된 말씀입니다만 저와 결혼해 주십시오."

"지금 정신이 온전합니까?"

"네, 분명히 정신을 차리고 있습니다."

너무도 어이없음에 법희승은 웃는다.

"꼭 승의 생활을 해야만 성공적인 삶이라고 생각하십니까?"

"산중에서의 생활만으로도 흔들릴 때가 있는데 속세에서의 삶을 살아가며 어찌 견성할 수 있습니까? 어린애 같은 말씀이군요."

"사람의 삶이란 알면 아는 것만큼 속고 모르면 모르는 것만큼 또 속고 사는 것 아닙니까?"

"마음대로 뜻대로 되지 않는 것이 전부 고해이지요."

"어느 길을 가든 참된 행동을 하며 살면 바로 그게 구원으로 이르는 길 아니겠습니까?"

"……."

간절한 소망이 담긴 눈으로 민석은 법희를 바라본다. 물결이 잠자듯 하다가 바람이 일면 깨어나는 것처럼 법희의 잔잔한 얼굴에 바람이 인다.

"절대로 법희 스님을 불행에 빠뜨리지 않겠습니다."

민석의 소망은 차라리 애원이다. 법희는 민석을 본다. 맞부딪치는 시선엔 법희의 아픔과 냉정함이, 민석의 애원과 뜨거움이 얽혀있다.

"저를 구원해 주십시오."

"저는 그런 능력을 가진 사람 아닙니다. 오직 수행자일 뿐입니다."

법희의 가슴에서 쓸쓸한 가을바람이 인다. 나란 존재는 무엇인가. 왜 스스로 미쳐야 하고 스스로 괴로워해야 하는가. 무엇이 나를 철저히 '나'란 존재에 구속시키고 있는가…….
내가 무엇이 잘난 것이 있다고 저렇게 선량한 사람을 괴롭혀야 하나?

"저를 지켜 주십시오."

비탄에 젖은 법희의 음성이었다. 민석은 법희 승을 왈칵 끌어안았다. 구름 낀 하늘에서 빛이 새어 나오듯 민석의 가슴속에 빛이 가득 차오른다.

"내일 떠나서 열흘 후에 다시 오겠습니다."

"오지마세요. 제발."

법희의 흔들리는 표정에서 민석은 희망을 엿보았는지도 모른다.

민석은 이튿날 아침 공양을 마친 후 운곡사를 떠나갔다. 다시 오겠다는 말을 남긴 채.

사라져 가는 그의 자동차소리가 오랫동안 법희의 귀에 머물러 있었다. 그가 떠난 후 아침이슬은 어느새 흔적도 없이 사라지고 햇빛은 머리 위에서 내리쬐고 있다. 절은 풀벌레소리 외엔 고요가 전부였다.

법희는 법당 안에서 좌선에 들었다. 호흡을 가다듬고 가부

좌를 틀고 눈을 감는다. 부처님이 가는 눈을 뜨고 법희를 내려다보고 계신다. 화두를 들기 전에 온갖 상념들이 물결친다. 곁에서 참선을 같이 한다고 민석이 앉아있어 문득 고개를 돌리니 빈 마룻바닥에 방석만이 놓여있다.

마음이 텅 비인 채 힘이 빠진다. 며칠이 지나도 민석은 법희 곁을 쫓아다닌다. 좀체 사라질 것 같지 않다. 방에도, 경전에도, 부엌에도, 약수터에도, 텃밭에도 심지어 법당에까지 늘 의식 속에 숨어서 법희를 바라보고 있다.

'아, 아, 이러면 안 되는데 가장 무서운 마군이가 내게 붙었구나. 참선을 방해하는 마군이…… 수양이 부족한 탓이구나. 지혜로운 수행은 보리를 이루고 어리석은 수행은 윤회를 잇는다더니…… 어지러이 인연을 짓는 것을 삼가라 이르셨는데…….'

밖에서 보현의 우는소리가 들린다. 법희는 법당 문밖을 내다본다. 보현이 무릎이 까지고 옷에 흙탕물을 적신 채 수돗가에서 울고 서있다. 신 보살이 어데 갔는가. 법희는 수돗가로 나온다.

"왜 이렇게 됐어?"

"스님, 아저씨가 준 구슬이 흙탕물에 들어갔어. 찾다가 물에 빠졌어."

열쇠고리에 붙어있던 돌이 사람의 손이 닿으면 온도에 따라 색깔이 변하는 장식이었는데 그걸 보현에게 주고 간 모양이었다.

"스님, 아저씨 다시 온댔는데 몇 밤 자야 돼?"

"왜 아저씨가 좋으니?"

"응, 아니 네."

정이 그리운 아이. 한 번 안아주면 품에서 내려오지 않으려는 보현. 바빠서 어른들이 보살펴 주지 못할 땐 법당 뒤 축대 끝에 앉아 혼자서 놀다가 어떤 때는 부엌 밥상 밑에서 잠들어 있기도 하는 아이.

민석은 절에서 며칠 묵는 동안 보현을 데리고 다니며 같이 놀아 주었다. 매미, 잠자리도 잡아서 놀다가 나무숲으로 돌려보내 주기도 했고 꽃이름, 풀이름도 가르쳐 주었다. 떨어진 능금을 주워 다가 소꿉놀이도 했다. 보현은 그런 민석에게 친 가족처럼 어리광을 부리기도 했다. 그가 그리워지는가 보다.

"찾아줘요 스님, 내 구슬."

법희는 보현의 손을 잡고 찾으러 절 밖으로 나간다. 일주문 밖을 걸으며 그녀는 생각한다. 이렇게, 영원히 이렇게 성불이란 목표아래 몸부림하다가 일생을 마치는 건 아닐까. 그녀의 미래에 대한 불안이 문득 머릿속에서 현기증처럼 뱅뱅 돈다.

법희는 두 손을 흙탕물에 넣고 휘저었다. 두 번 세 번째 더듬을 때에야 작은 돌이 손에 잡혔다. 구정물에 젖은 법희 손에 돌구슬이 잡혀있자

"찾았다!"

보현은 뛸 듯이 기뻐한다. 두 사람은 다시 절을 향해 오솔길을 걷는다. 법희는 노란꽃, 하얀꽃 예쁜 들국화를 꺾어서 보현에게 준다. 걷다가 오솔길 가의 풀을 뽑아 여치집도 만들어 준다. 보현은 신기해하며 만들어준 여치집을 돌려보고 거꾸로 보고 바로 보면서 재미있어 한다.

법희는 수돗가에서 보현을 씻기고 차가운 물로 자기도 민머리를 감고 세수를 한다. 회색 빛 바지를 입고 엉덩이를 들고 구부리고 씻는 스님을 바라보는 보현의 가슴속에 법희 스님이 자랑스럽다. ─중중 까까중 모시밭에 걸레중, 중중 때깨중 칠월에 번개중─ 하고 놀리는 애들 앞에 가서 법희 스님을 앞세우고 우리 엄마야, 너희들 혼내줄 거야 했으면 얼마나 좋을까. 보현의 작은 머리에 법희 스님의 자애로움이 엄마처럼 가득 차오른다.

그렇게 또 닷새를 고요 속에 보냈다.

"큰스님께서 부르셔유."

수건으로 손의 물기를 닦는데 신 보살이 수돗가로 나와 이른다. 법희는 묘인 스님 방으로 갔다.

"게 앉거라."

깁스한 한 쪽 발은 뻗고 한 쪽 어깻죽지를 벽에 기댄 채 묘인 스님은 법희 보고 앉으라고 한다. 법희는 심상치 않은 느낌이 든다.

"날이 더우니 녹차를 찬물에 우려먹자. 예 찬물 받아온 것 있다."

주전자를 내민다. 법희는 두 잔에 녹차를 넣고 시원한 물을 붓는다.

"법희 스님, 도를 이룬다는 것 견성 한다는 것 따로 있는 것 아닙니다."

묘인 스님은 스님으로서 법희를 존중해 이따금 존대어를 쓸 때가 있다.

"……."

"자기 자신에게 혹독해야만 깨달음의 길이 열리는 것인데…… 뉘라서 알겠소? 견성한 뒤에도 미친 듯 산야를 헤매던 고승들의 마음을……."

"……."

"돌아보니 나도 '나'라는 어떤 '아상' 앞에 속고 속이며 한 평생을 지낸 것 같소. 성철스님의 열반 송 한 구절이 가슴 절절하오. 내 식으로 해석해 본 것이지요."

무얼 말씀하시려고 저러시는가. 요즈음 너무 느슨해졌다고 수좌승으로서 책망을 하시면 좋으련만……

"김정숙 보살 자제가 며칠 후에 다시 온다고 하고 떠났지요?"

"예."

"괜찮은 사람이오. 다시 오거들랑 같이 떠나시오. 그게 성불하는 길이요!"

"예? 스님!"

화들짝 놀라는 법희를 보며 묘인 스님은 손사레를 친다.

"아무 말 말고 떠나거라."

헉, 법희의 가슴속에서 뜨거움이 치민다.

"이제와 생각 허니 모두 허상이로다."

"……."

"입으로, 뜻으로, 행동으로 따르지 말고 마음으로 정신으로 부처를 이루어야 하거늘. 이제야 모두 자기에게 맞는 길이 있음을 알았도다."

설령 치매기에서 나온 말씀이라도 이 말에 법희는 참을 수가 없다.

"스님, 그럼 제게는 성불 할 가능성이 없단 말입니까? 스님, 절대 못합니다. 절대로 저는 환속 안 합니다. 꼭 꼭 깨달음에 이르고야 말 겁니다."

법희는 법당으로 뛰어갔다. 부처님 아래 엎드려 법희는 흐느껴 울었다. 검은 장막이 부처님을 가리고 주변을 가리고 사방의 어둠 속에서 법희는 버려진 듯 펑펑 울었다. 수도하다가 이제껏 자신이 스스로 절을 떠난 승은 있어도 대중공사 앞에서 처벌 받을 만한 말이나 행동을 저지르지 않았는데 느닷없이 떠나라는 소리는 처음으로 있는 일이다. 그것도 시봉하던 스님에게서. 스님의 마지막 말이 번개처럼 머릿속을 친다.

"마음먹기에 따라 속세에서도 얼마든지 깨달을 수 있다. 실제로 드러나질 않아서 그렇지. 불교 아닌 다른 종교에서도 득도한 사람 많아. 말이 틀려서 그렇지."

그 말은 더욱 법희의 가슴을 아프게 후벼 팠다. 언젠가 스님은 둘이 있을 때 이런 말도 했었다.

"나는 비교적 유복한 편이었다. 외동딸로 부유하게 컸고 결혼 1년 만에 남편 죽은 것만 빼면 커다란 불행을 겪지 않았어. 어쩌면 그 유복함이 성불하는 데 더 큰 장애가 됐을 수도 있겠지. 아이도 없이 청상과부가 됐는데 어려서부터 들은

'여자는 일부종사 해야 한다'는 어머님 말씀이 몸 속 깊이 박혔었나 보더라. 혼자 살아갈 자신이 없었던 게야. 도피하듯 출가했지. 구원은 그 길 밖에 없던 것처럼. 사실 그때부터 나의 고해는 시작됐던 것이야. 청정허게 살았음 뭐하겠냐. 내 육신과 머릿속은 수도 없이 2부 종사, 3부 종사, 7부 종사도 더 헌 것을……."

대리석처럼 냉엄하기만 했던 묘인 스님은 그때 처음으로 법희에게 인간적인 따뜻함을 느끼게 해 주었다. 묘인 스님의 살아온 삶의 이야기는 법희에게 속세로 가라는 말씀이 결코 허위가 아닌 것임을 알게 해준다. 법희는 자신의 모습을 떠올리고 그리고 타인이 돼서 멀리서 구경을 한다.

다섯 살에 강가에 버려진 자신을 누군가가 경찰서에 데려다 주었고 부모를 찾을 길 없던 버려진 아이는 다시 고아원으로 갔다. 마지막 배타고 떠나던 어머니 모습을 잊을까 두려워 가뭇가뭇한 기억을 꼭꼭 붙잡으며 자랐다.

때때로 이를 악물며 버림받음에 칼을 갈던 순애. 어머니에 대한 그 증오심은 자비를 따른다던 자신의 말과는 달리 가슴 한 켠에 늘 그림자처럼 드러누워 있었다. 어렵게 들어간 대학. 여중 2학년을 가르치며 가정교사로 있던 집에서 그 아이 오빠로부터 틈만 노리는 위험을 눈치 챘다. 그 집에서 뛰쳐

나와 출가했다.

서러운 행자기간을 거쳐 묘인 스님의 계를 받고 시봉 스님
으로 모시게 되었다. 다시 묘인 스님의 뜻에 따라 운곡사를
짓고 그들은 열심히 포교했다. 독버섯처럼 자라던 어머니에
대한 증오가 용서로 바뀐다면 그때 자신은 부처님의 '자비'
를 실천한 것이 되리라.

끊으려 하면 끊으려 할수록 더욱 더 극성스럽게 살아나는
번뇌들. 눈물도 사치로 알고 살아온 승 생활 십여 년. 세수
34세.

그녀는 새로운 다짐을 한다. 절대, 절대로 돌아갈 수 없다.
깨닫지 못한 채 승 생활을 마감한다 해도 속세로 내려가지
않으리라. 법희는 고개를 번쩍 든다. 눈물로 젖어있는 소매
가 부끄럽게 여겨진다. 참배하고 목탁을 두드린다. 저녁예불
시간이다.

　　　똑 똑 또르르
　　　똑 똑 또르르
　　　……
　　　이 세상의 온갖 진리 어서 빨리 깨달아 지이다.
　　　대자대비 관세음께 귀의하여 비옵니다.
　　　진리의 밝은 눈을 빨리빨리 얻어이다.
　　　대자대비 관세음께 귀의하여 비옵니다.

......

생사세계 괴로움 바다 빨리빨리 건너이다.

대자대비 관세음께 귀의하여 비옵니다.

계지키고 선정 닦음 빨리빨리 이뤄 지이다.

대자대비 관세음께 귀의하여 비옵니다.

생사 없는 열반산에 빨리빨리 올라이다.

......

부처님을 향한 뜨거운 믿음이 그녀의 가슴속에서 우러나와 목소리에 담긴다.

'그 어떤 고난도 이겨낼 것입니다. 이제 여기서 주저앉으면 나는 영원히 좌절하고 맙니다. 부처님 저를, 저를 붙잡아 주십시오.'

4. 길고 깊은 꿈

이튿날 법희는 바랑을 꾸린다.

짐을 꾸리는데 보현이 법희 곁을 떠나지 않고 보고 있다가 입을 연다.

"스님, 나도 가면 안 돼요?"

"보현아, 스님은 공부하러 가는 거야."

"여기선 공부가 안 돼요?"

"으응, 여기선 자꾸 스님이 놀구 싶어져. 졸음이 오고 보현이랑 놀고 싶고."

"나 그럼 스님 방에 안 들어올게."

"아니야……. 보현이 때문이 아니구 토굴로 가려구해."

"……?"

법희는 묘인 스님께 하직인사를 올렸다. 묘인 스님은 말없이 법희를 떠나보냈다. 한줄기 아픔이 두 사람의 가슴을 타고 찌르르 흐른다.

신 보살은 심란했다. 주정꾼 남편 만나 구타를 못 견뎌 팬티만 입은 채 나와 어찌 어찌해서 이곳 운곡사에 왔는데 그동안의 생활은 그래도 행복했었다. 나름대로 큰스님 보살핌과 법희 스님의 따뜻함에 늘 감사하며 살아 왔는데……. 법희승의 떠남을 보고 신 보살은 스님이란 냉정한 것이구나. 자식 같은 보현을 떼놓고 갈 수 있는가. 신 보살은 밤새도록 몸을 뒤척였다.

문득 석 달 전 묘인 스님의 걱정스런 얼굴로 하시던 푸념이 떠올랐다. 정부에서 절 마당을 가로질러 도로를 내야 한다는 것이었다. 후한 값에 절을 팔라는 것이었다. 두 번인가 그 사람들은 더 와서 반 으름장을 놓고 갔었다. 절 땅 팔아 큰스님은 병원으로 가서야 될 거라고 그녀는 생각한다. 아직 시간적 여유는 있으니께유, 하고 말씀 드렸지만. 박 보살이 친절하게 자기 집에 와서 있으라고는 혔지만 그 집 파출부는 하고 싶지 않고……. 자신의 처지에 또다시 한탄이 나오는 것이다.

가지가 미친 듯 흔들리며 나뭇잎들이 전부 뒤집혀서 몸부림친다. 발은 산 속의 길을 익숙하게 내딛었지만 마음은 바람만큼이나 회오리친다. 바랑 하나 짊어진 법희승의 마고자 옷고름이 어깨 너머로 너풀대다가 바람 따라 옷고름 끝이 얼굴을 때리며 휘감는다. 법희승은 운곡사 떠나면 바랑하나 내려놓을 때 없음을 안다.

"스님 정말 가시게요?"

보현은 일주문 밖 오솔길에서 한 번 더 물었다. 그 말은 안 가면 안 되겠느냐는 물음과 같을 것이었다.

"그래."

법희를 바라보던 동승의 애달픈 시선이 보름달처럼 선명했다. 이윽고 보현의 눈 속에서 가득 차오른 물이 넘쳐흐름을 보았다. 보현아……! 법희는 문득 어머니를 생각한다. 어머니도 이처럼 가슴 아픔에 목이 메었겠지……. 아 어머니,

잘못했습니다. 절 용서해 주세요. 어느덧 법희의 뺨으로 굵은 눈물줄기가 흐르고 있었다. '순애야! 순애야……!' 어머니의 울부짖음이 메아리쳐 온다.

정확히 열흘 후 민석은 운곡사로 다시 왔다. 신 보살의 반가운 인사를 받은 뒤 절망적 이야기를 듣는다. 법희 스님을 찾는 그에게 신 보살은 자신이 죄지은 듯 떠듬떠듬 말한다.

"법희 스님은 떠나셨시유, 용맹정진 허신다고 어디 토굴로 가셨는디 야기도 안 해 주시구유."

애초에 약속은 일방적으로 자기 혼자만이 던진 말이었으니까 원망 할 수는 없고 민석은 몸에 힘이 쭉 빠졌다.

민석은 노스님 방으로 들어간다.

"큰스님, 편안하셨습니까?"

노스님은 어린애처럼 해맑은 표정으로 민석을 맞는다.

"어서 오시게나."

민석은 혹시나 하는 기대를 갖고 답답함을 묻는다.

"법희 스님은 큰스님께도 어디로 간다는 말씀 안 드렸습니까?"

"꼭 견성하고 싶다는 말 외엔 남긴 것 없었네. 나무 관세음보살……."

노스님의 그 중얼거리는 소리는 그녀의 성불을 기원해 주
는 것 같기도 하고 잘못 간 길을 애석해 하는 것 같기도 했다.

옥처럼 파르르한 차가움이 얼굴에 흐르며 맑게 빛나는 검
은 눈빛이 안으로의 정열을 나타내는 듯하던 눈. 과연 해탈
하여 성불한다면 세상의 고해가 끝나고 윤회의 인연 속에서
벗어나 극락에서만 살듯이 행복할까? 민석은 문득 법희승의
뜻을 생각해 본다. 중생으로 살며 고통 속에서 하나하나 부
처를 닮아가는 과정이 더 보람을 안겨줄 것 같다. 더 불행한
사람이 들으면 뺨맞을 소리가 될까? 중생이 더 좋아서 중생
으로 살아가리라고 법희승 앞에서 떠들던 자신이 떠오른다.

그녀는 속세에서 결혼을 하고 평인이 된다면 지아비를 모
시고 현모로서 훌륭히 잘 해낼 것 같아 애석하게 여겨졌었다.

"무어라 말할 수 없네. 나도 한평생 속아 살았으므로 부처
가 되랄 수도, 속세로 가랄 수도······. 분명 부처님은 계신데
도······."

묘인 스님은 무언가 앞일을 훤히 내다보고 있는 것 같기도
하다.

민석은 어쩔 수 없이 배신감이 들었다. 대한민국 토굴을
전부 뒤져서라도 꼭 찾아내고야 말겠다는 집념으로 그의 혈
기는 뜨거워진다.

민석이 법희승을 찾는 데는 생각보다 그리 어렵지 않았다. 그녀가 있던 절부터, 비구니 수도도량을 뒤져 보았고 그에 따른 토굴을 안내해 달라고 애원했다. 법희승을 'ㅈ'사 윗 산에 있는 토굴에서 찾아내었다. 한밤중엔 호랑이라도 나올 것 같은 깊은 산 속의 토굴이었다.

　　민석을 보는 그녀의 굳은 얼굴엔 창백함이 더욱 깊었다. 민석은 반가웠다.

　　"법희 스님! 저 혼자만의 약속을 했더라도 이렇게 숨으면 되겠습니까?"

　　"숨을 이유도 만날 이유도 없습니다. 돌아가십시오."

　　"아니오, 얼마나 힘들었는지 몰라요. 스님 찾는데. 이대로 돌아간다면 다시는 법희 스님을 만날 수 없을 것 같아요."

　　"……."

　　"오늘은 저도 토굴서 스님과 함께 지내겠습니다. 스님의 확답을 듣고야 가겠습니다."

　　두 번째 돌아가라는 말에 민석은 오기가 났다. 민석은 법희의 뒤를 따라 토굴로 들어갔다. 토굴엔 어둠속 젖은 공기를 촛불로 밝히고 있었다. 방석과, 버너, 불경, 간단한 이부자리와 옷 꾸러미가 전부인 듯 보였다.

　　민석은 도대체 성불이 무엇이기에 이런 생활을 해야 하는

가. 이런 것도 강한 아집 아닐까 생각해 본다. 당혹해 하던 그녀는 민석의 굳은 결심 앞에 포기했는지 염주를 굴리며 앉아있다. 바람도 없는데 촛불이 가끔 위태롭게 흔들렸다. 민석은 많은 말을 묻고 싶었다.

"나는 보현이가 보고 싶던데 스님은 참 냉정하십니다. 성불이란 것은 그렇게 인간이기를 포기해야 하는 겁니까?" 부처를 닮은 그녀의 자세엔 미동도 없다.

"스님!"

민석은 그녀의 손에 쥔 염주를 빼앗았다. 놀람도 없이 법희는 민석을 바라본다.

"부처님도 이러시길 바라진 않았을 겁니다."

법희의 가슴속에 회오리바람이 인다. 냉정한 그녀의 표정에서 흔들림이 그림자처럼 어른거린다.

"몇 시간만 내 주십시오."

민석이 애원한다. 고요뿐이던 공기가 아주 멈추어버린 것 같다.

법희는 버너의 가스 스위치를 돌린다. 파란 불꽃이 너울너울 춤을 춘다. 올려놓은 주전자의 물소리가 씨-하며 더워진다는 소리를 낸다. 법희는 밥공기와 컵에 녹차를 덜어내고 물 끓기를 기다린다.

침착한 몸놀림에서 민석은 언뜻 그녀의 굳은 결심은 결코 흔들려 질 수 없음을 예감한다.

"죄송해요 스님, 너무 당돌한 행동을 해서."

민석은 진심으로 사과를 한다.

"하지만 사람에겐 누구나 저마다의 탤런트를 타고났습니다. 제가 보기엔 법회 스님은 스님의 길보다 현모양처로서 더욱 빛을 낼 것 같습니다."

법회의 가슴속에서 쿵하고 바윗덩어리가 내려앉는 듯 충격이 온다. 처음에 토굴 앞에서 민석을 보았을 때의 냉정함보다 더욱 냉혹한 법회의 시선이 민석을 쏘아본다. '이 남자는 왜 가장 아픈 소리를 하고 있는가.'

법회는 고개를 벽 쪽으로 돌렸다. 돌려진 그녀의 반쪽 얼굴에서 절망의 빛이 흐름을 민석은 보았다.

"스님!"

민석은 법회의 앙상한 두 손을 꼬옥 잡는다. 법회는 뿌리치지 않는다.

"미안해요 스님, 스님의 냉정한 태도가 제게 얼마나 절망을 주는지 아십니까?"

"……."

"스님 저를 안아주세요. 엄마처럼요."

민석은 법희의 가슴에 기댔다. 법희의 팔이 민석의 등을
감싸 안는다. 병아리의 노란 솜털이 어미의 날갯죽지에 묻히
듯 민석은 포근함을 느낀다. 어머니의 가슴도 이랬었던가.
민석은 어미의 체온을 느끼고 싶어 더욱 그녀를 가깝게 끌어
안는다. 민석의 가슴속에서 두근거림이 그녀에게 전달되도
록 뛰고 있다.

그 어떤 상황이 와도 십여 년의 수도생활을 한 법희의 태
도에는 변화가 없을 것 같다. 석고 같은 그녀의 모습. 민석은
그녀의 마고자 옷고름을 푼다. 그녀의 젖무덤에 얼굴을 묻고
싶다. 민석의 손을 법희의 손이 막는다.

"내 모든 것을 점령한다 해도 저는 아무런 변화가 없습니
다. 무슨 의미가 있겠습니까?"

그녀의 냉정함에 민석은 얼음덩이가 가슴에 들어앉는 듯
추워진다.

"그럴 의도는 없습니다. 스님의 청정한 모습 그대로를 새
기고 싶을 뿐입니다."

그 말은 그녀의 현재 모습 그대로를 사랑한다는 말의 바꿔
놓기일까?

"육체는 빈 껍데기일 뿐입니다. 제 정신은 이미 민석 씨에
게 가 있습니다."

민석은 잘못 들었나 싶어 법희를 바라본다.

"운곡사를 떠난 이유 중 가장 큰 이유였지요. 그러나, 그러나……."

"법희 스님, 고마워요."

뭉클 뜨거운 호흡이 민석의 가슴에서 목으로 치밀어 오른다. 민석은 법희를 안고 뺨을 대고 입술을 포갠다. 뜨거운 정열이 법희에게 쏟아진다.

민석의 가슴은 넓고 무한한 것 같다. 부드럽고 포근하다. 가슴이 뛰는 그의 고동소리를 들으며 법희는 이렇게 힘든 고통을 그에게 주는 자신이 죄악이요 비열한 인간처럼 여겨지기도 한다. 아아, 나무 관세음보살…….

민석은 그녀를 놓아주었다. 더 이상의 행동을 그녀가 받아들인다 해도 아무 의미가 없을 것 같았다. 위선이라 해도 그녀는 결코 흔들림 없이 자신을 지킬 여자였다. 마지막 그 여자의 자존심에 상처를 내고 싶지 않았다. 그녀가 수도승의 생활을 포기하고 온 마음을 열어 줄 때 그때 진심으로 그녀의 육체가 열리리라. 민석은 그녀가 스스로를 기꺼이 줄 때 그때 하나가 되리라 마음먹는다. 석고 같았던 그녀의 얼굴에 따뜻한 봄볕처럼 온기가 돌았다. 민석은 그녀가 돌아올 때까지 기다리기로 마음먹는다.

성불, 해탈, 견성, 득도, 윤회, 어머니, 보현, 묘인 스님 신
보살……. 수많은 단어가 법회의 머릿속에서 어지럽게 혼란
을 일으킨다.

　[수보리야, 너는 어떻게 생각하느냐? 동쪽에 있는 허공을
생각으로 헤아릴 수 있겠느냐?]
　[헤아릴 수 없습니다, 세존이시여.]
　[수보리야, 남쪽. 서쪽. 북쪽과 네 간방과 위. 아래의 허공
을 생각으로 헤아릴 수 있겠느냐?]
　[헤아릴 수 없습니다, 세존이시여.]
　[수보리야, 보살이 모양에 머물지 않고 보시한 복덕도 또
한 이와 같아서 생각으로는 헤아릴 수 없느니라. 수보리야, 보
살은 마땅히 이렇게 가르친 바대로 머물지니라.]
　[수보리야, 어떻게 생각하느냐, 신상身相으로써 여래를 볼
수 있겠느냐?]
　[볼 수 없습니다. 세존이시여. 신상으로써 여래를 볼 수 없
습니다. 왜냐하면 여래께서 말씀하시는 신상은 신상이 아니
기 때문입니다.]
　부처님께서 수보리에게 이르시길,
　[온갖 겉모양은 모두가 허망하니 모양이 모양 아닌 줄 알

면 바로 여래를 보리라.]

　[왜냐하면 이 모든 중생들이 마음에 모양[相]을 지니면 곧
나다, 사람이다, 중생이다, 오래 산다는 생각에 빠져들기 때
문이며, 만일 법이라는 생각을 지녀도, 법 아니라는 생각을
지녀도 나다, 사람이다, 중생이다, 오래 산다는 생각에 빠져
들기 때문이니라. 그러므로 마땅히 법도 지니지 말고 법 아
닌 것도 지니지 말지니라.]

　그녀는『금강반야바라밀경』의 '묘행은 머무름이 없음을',
'진여의 이치를 실상으로 봄'을 다시금 되새겨 본다. 허상에
매달려 있으면 결코 깨달음에 이를 수 없다는 말 아닌가. 법
희의 몸 속 어디에선가 흐르고 있는 진리가 더 큰 것을 향하
여 일깨움을 주고 있다.

　민석은 부처가 되겠다는 그녀의 목표가 과연 이루어질 수
있는 것인가, 그 목표를 꺾는 자신은 옳은 것일까? 알 수 없
는 일이었다. 토굴을 나와서 걸어가는 민석을 바람이 길게
쓸며 지나갔다. 그것은 법희승의 삶과도 닮은 깊은 바람 같
았다.

　1년 후 운곡사는 헐렸다. 절 마당 가운데로 큰 도로가 들
어앉았다. 보상비를 들고 묘인 스님은 병원에 입원하였다.

점점 더 심해지는 치매증상 때문이었다.

신 보살은 보따리 하나는 이고, 한 손엔 보현을 잡은 채함께 걷고 있다.

바람이 싸하게 나뭇잎들을 훑더니 신 보살의 가슴께를 시원하게 쓸어준다.

"아이고 시원타. 그려, 그려 아무렴 널 하나 못 먹여 살리겠냐? 이자 보현 시님은 내 아들이여. 시님도 보살도 다 소용없다. 한 세상 사는 것 욕심 안내고, 맘 곱게 살다 가면 그만인 거여. 이웃 봉사가 그거이 진짜 성불이여."

신 보살은 보현의 손을 다잡는다. 상현달이 산등성위로 떠오르고 있었다. 문득 보현은 법희승의 따뜻한 체온이 그리웠다. 내 엄마였으면 하고 바라던 막연한 소망이 보현의 눈을 적신다. 보현은 법희 스님, 공부 고만하고 돌아와요 하고 속으로 외쳐본다. 🍃

그대에게 가는 길

그 대 에 게 가 는 길

I. 석민

1

"간암 3기입니다."

의사는 재떨이에 담뱃재를 털듯이 가볍게 병명을 이야기했다. 핏기가 가시는 나의 경직된 얼굴은 아무 상관없는 사람의 것이었다. 나는 혼이 나간 사람이 되어 병원문 밖으로 나왔다. 무엇부터 해야 좋을지, 아니 누구부터 만나야 될지,

이제 어디로 먼저 가야 좋을지 도무지 갈피가 잡히지 않았다. 그냥 걷기 시작했다.

"암이라고 해서 다 절망적인 건 아니고 많이들 이겨내고 있습니다."

그래서 그렇게 쉽게 던진 말이었을까. 현대 의학이 많이 발달하여 세계 여러 곳에서 암 정복에 대한 연구 논문이 활발히 발표되고 있기는 하나 치료 단계에서 대중에게까지 보급되기에는 아직도 몇 년은 더 걸릴 것이다.

전혀 상관없이 귀 밖으로만 듣던 이야기들이 나의 것이 되어 가슴을 옥죄어 왔다. 당분간은 나 혼자만 알고 있기로 했다. 아직 나는 서른일곱 살이다. 살아온 날들보다 살아가야 할 날들이 더 많이 남은 젊은 사내이다.

누구를 붙잡고 하소연해야 하나. 머릿속은 어지럽도록 여러 갈래로 흐트러졌다. 어차피 못 고치고 떠날 바에야 우선 주변 정리를 해야 되는 것 아닌가. 직장과 집, 욕심을 버리고 안 되는 것은 빨리 체념해야 될 것 같았다. 그리고 여태껏 이어져 온 대인관계에서 내가 상대에게 상처 준 것이 있다면 따뜻한 관계로 끝내고 가리라. 물론 최선을 다해서 병부터 낫도록 노력하는 것이 급선무였다.

나는 집으로 돌아왔다. 집에 오니 노모는 쉬지도 않고 집안일을 하고 계셨다. 아들이 무국을 좋아한다고 국솥에 고기와 무를 넣고 끓이는 김이 솥뚜껑 바깥으로 솟아올랐다. 푹 무른 무 냄새가 식욕을 돋웠다. 결혼한 지 6개월 만에 아이도 없이 이혼한 것은 또 얼마나 다행한 일인가. 아픈 상처였지만 도리어 이제 와서 서글픈 위로가 되어 주었다.

아내와의 이혼 뒤 저것이 말은 안 해도 얼마나 속이 쓰릴까 하는 심정으로 어머니는 극도로 말을 아꼈다. 형식적인 인사말이라도 혹여 상처를 건드리는 말이 될까 싶어서 오늘 무는 제주도 것이라는데 참 달더구나, 내일은 비가 온단다, 우산 갖고 나가는 것 잊지 마라, 등등 신경 쓰일 말은 애써 하지 않으셨다.

나의 표정이 밝으면 금방 환해지고, 어두우면 무거운 표정으로 저녁 먹었니? 인사말 정도로 조심스럽게 건넸다. 결혼하고도 직장을 나가는 딸 때문에 그 집 살림을 해주시더니 근래엔 나의 집에 오셔서 혼자 사는 아들 밥을 해주고 계셨다. 그런 어머니한테 어떻게 병명을 말씀드릴 수 있을까. 나는 숨을 깊게 들이마시고 천천히 뱉어냈다.

빠른 시일 내에 수술을 해야 된다는 의사의 말에 여러 가지로 심경이 복잡해 왔다. 인터넷에는 네티즌들이 올려놓은 간암에 좋다는 민간요법과 실행 사례들이 앞 다투어 적혀 있었다.

나는 체질을 개선해서 면역력을 높이며, 좋은 경험의 사례를 모아 따로 내 컴퓨터에 저장해 놓고 실행하려고 했다. 체질을 바꾸는 데는 음식이 가장 중요해서 자연 치유에 보탬이 되도록 가능한 무공해 식품을 먹기로 했다. 병원처방약 중 항생제도 내추럴로 바꾸었다. 하루하루가 전에 없이 소중한 시간이 되었다.

나는 헬스장에서의 운동보다는 맑은 공기를 쐬며 산행을 하는 것이 더 효과적일 것 같아 쓰지 않던 배낭을 꺼내어 어머니께 빨아 달라고 주문했다. 등산화와 모자도 꺼내 놓았다. '그래, 산엘 오르면 마음도 편안해지고 건강에 그 이상 좋은 게 없다.' 어머닌 부추기며 배낭과 조끼 등을 깨끗이 빨아 널으셨다.

오랜만에 혼자 오르는 산은 전에 없이 더 신비해 보였다. 질경이가 발에 밟혔으며 알 수 없는 들꽃들이 눈길을 끌었다. 발밑에는 처음 보는 거미처럼 생긴 벌레가 기어가고 있었다. 예전 같으면 금세 밟아서 죽여 버렸을 것이다.

그런데 지금 나는 모든 생명체 입장에서 바라보게 되었다.

인간은 얼마나 이기적인가. 또 이기적이라는 것 자체도 모르고 지나기 십상이다. 습성대로 예쁘다고 무심히 꺾은 풀꽃을 보며 하나의 생명체인데 아픔을 주었구나 하고 미안해했다.

자세히 보니 화원에만 있는 꽃들보다 작고 섬세하며 눈에 띄지 않으면서 책갈피에 끼우고픈 이름 모를 풀꽃들이 많았다.

신비로운 조화들. 아름다운 세상……. 내 입에서 그렇게 읊조려 보기는 처음이었다. 더 이상 볼 수 없는 모습들이 되려나. 더러는 완치되는 사람들도 있지만 대부분 말기쯤에서는 악화되는 쪽으로 기울게 되어 있지 않은가. 누군가에게 매달려 조금 더 이 세상을 누리게 해주세요, 하고 빌고 싶었다. 아니, 벌써 그렇게 마음속 깊이에서 간절히 기도하고 있었다. 발에 차이는 돌멩이에게도, 이름 모를 풀꽃에게도 떠가는 구름에게도 나는 빌고 있었다.

나의 케케묵은 짐정리는 그때부터 시작되었다. 나는 좀체 잘 버리지 않는 습관을 가지고 있어서 구석구석에서 생각지도 않은 옛날 것들이 튀어나와 눈길을 끌고 시간을 소비하게 했다.

그 와중에 잊고 있던 한 여자가 떠올라 주었다. 내가 군에 있을 때 그녀가 보내왔던 편지가 튀어 나왔기 때문이었다. 편지는 대학노트 속에 묻혀 있었다. 송은비. 시를 쓰던 그녀. 편지 묶음들은 따로 넣어 두는 곳이 있었는데, 이 편지는 철학 개론 교재와 함께 노트 앞부분 갈피에 끼어 있었다. 그 편지는 십여 년이 지나도록 숨어서 나를 따라 다닌 것이 되었다.

나는 편지를 펼쳐 보면서 새삼 그녀가 마음에 걸리는 것이었다. 소리 소문 없이 그녀를 한 번 만나야겠다고 다짐을 했다. 그런데 어떻게 연락처를 알 수 있을까.

한 달 후, 나는 오전에 병원에 들러 의사가 설명해주는 병의 진행 상황을 듣고 서둘러 수술 날짜를 잡았다. 의사는 한 달 사이 많이 좋아졌다고 말했다. 나는 병원을 나와서 광화문을 지나다 예정도 없이 K문고에 들렀다.

2

그런데 도대체 그녀가 왜 거기 있었을까. 그녀가 맞긴 맞는 걸까? 독일의 중견작가 'Q'의 초청 강연회 때 앞에서 세 번째 줄 오른쪽 끄트머리 자리에 앉아 있던 송은비. 무언가를 끼적거리며 가끔씩 고개를 끄덕이고 있었다. 정확히 십오 년 전에 헤어진 은비가 맞을까? 그녀를 닮은 다른 사람일까.

그런데도 나는 선뜻 나서지 못했다. 그녀를 만나야 한다고 다짐했었음에도. 십오 년이 지난 지금인데도 무엇이었을까? 나를 망설이게 만든 것은.

앞가르마를 타서 옆으로 내려진 그녀의 검은 머리는 웨이브가 지며 애련한 느낌이 왔다. 강의 중간쯤에서 그녀를 발견한 나는 그 후 그녀를 바라보느라고 초빙한 독일 작가인 'Q'의 진지한 얘기는 귀에 들어오지 않았다. 그제나 이제나 차분한 그녀의 태도는 변함없었다. 그런데 얼핏얼핏 차가움이 그녀의 표정에 무늬처럼 떠올라 왔다. 그 때문이었을까. 그녀가 전혀 다른 사람처럼 느껴진 것은. 잠시 혼돈이 왔다. 따뜻해 보이던 그녀였는데. 오랜 세월의 더께가 그렇게 보이게 했을까.

언제 다시 만날 수 있단 말인가. 마주서서 바라보면 한없이 말려들 것 같은 그녀의 검은 눈동자였다. 검은 동공 속에는 무한히 넓은 대지가 펼쳐져 있었다. 사람들은 초점 없는 그녀의 시선을 백치미라고도 불렀다. 나는 뒤에 앉아 있었으므로 그녀를 정면으로 볼 수는 없었다.

저자에게서 마지막 질문의 답변까지 듣고 팬 사인회에 모였던 사람들은 흩어졌다. 뒷자리에 앉았던 나는 그녀의 움직임을 주시했다. 그녀는 노트를 챙겨서 가방 속에 넣고 자리에서 일어났다. 뒤이어 나의 엉덩이도 의자에서 떼어졌다. 건물 밖으로 나오자 토요일이어서 그런지 사람들의 발걸음은 한결 가볍게 느껴졌고 주말이라는 느긋함이 자유롭게까지 보이게 했다.

길에서는 차들이 신호등에 걸려 멈추어 있었다. 그녀가 횡단보도를 건너려 할 때 마침 신호등이 바뀌어 차들은 급히 움직였고 사람들은 멈추어 섰다. 문득 그녀가 뒤를 돌아다보았다. 나는 그녀를 바라보던 시선을 황급히 거두었는데 그녀는 나를 발견하지 못한 것 같았다. 아니 알고도 못 본 척한 것일까. 못 본 것일까. 나는 횡단보도를 다 건넌 다음에 아는 체를 할 참이었다.

나는 그녀 곁에 바짝 다가섰다. 순간 누군가 안 된다고 나를 붙잡았다. 이제 와서 뭘 어쩌자는 것이냐고 힐책했다. 멈칫거리는 사이 그녀와의 거리는 멀어져 갔고 나는 다시 그녀의 뒤통수를 주시했다. 몇 초간의 짧은 사이에 일어난 혼돈은 가슴속에서 드세게 일었다.

그녀는 총총히 멀어져 가고 있었다. 다시 누군가 빨리 다그쳐 가야 한다고 재촉했으나 나는 이미 맥없이 그녀를 포기하고 있었다. 다시 잠깐 그녀의 얼굴을 훔쳐 본 순간 그녀와 닮은 다른 사람임이 확연히 눈에 들어왔기 때문이었다. 팔과

다리에서 기운이 빠져나가고 있었다.

　은비와 꼭 닮은 여자가 가고, 나는 허전함을 느끼며 은비
가 사라진 것 같은 길을 따라 걸었다. 늦가을 바람에 가로수
잎들이 우수수 떨어져 내린다. 한 정류장쯤 걸었던가 보았
다. 멈추어선 버스에 무작정 올랐는데 강변 시외버스 터미널
로 향하는 버스였다. 도무지 견딜 수 없었다. 어떤 방법으로
든 위로받지 못할 지나간 시간들이 회오리처럼 나를 감싸며
가슴을 후벼 팠기 때문이었다.

　토요일이어서 강변 시외버스 터미널은 길 떠나는 사람들
로 붐볐다. 매표소에서 줄지어 늘어선 사람들이 대합실 한
가운데까지 뻗어 있었다. 나는 표를 끊고 십 분쯤 기다리다
시외버스에 올랐다. 이윽고 버스가 출발하였다.

　다시 은비가 떠올랐다. 나는 그때 그녀의 눈물을 진정으로
이해했을까. 십오 년 전의 시간들이 차창에 부딪혀 왔다. 문
득 지나간 시간들을 부정하고픈 충동이 왔다. 살인이라도 저
질렀는가, 아니잖아, 자기 위로가 되는 쪽으로 해석하고픈
인간의 얇은 심리가 꿈틀댔는데 바람은 더욱 깊은 가을을 재
촉했고 허깨비처럼 허허로왔다.

　야트막한 야산은 짙푸른 초록의 빛깔이 퇴색되어 위축돼
보였다. 텅 빈 논 위로 백로 두 마리가 편대비행을 하며 드넓

은 공간을 즐기고 있었다. 펄럭이는 새들의 날갯짓은 하얀 색으로 인해 신비로움을 더했다. 산을 돌아 굽이굽이 진 도로를 달리는 버스는 아름다운 가을 들판을 뒤로 밀어내기에 바빴다.

목적도 없이 버스에 몸을 맡긴 채 나는 가고 있었다. 기왕 이렇게 된 것 종점에서 내려 분위기 좋은 찻집에 가서 차나 한 잔 마시고 와야겠다는 생각으로 기울었다. 할 일이 산적해 있는데 낯선 도시나 배회하고 있다니 공허한 웃음이 나왔다. 원래 나는 후회할 짓을 곧잘 하는 사람이었다.

버스에서 내린 곳은 원주에서 가까운 작은 면소재지 귀래였다. 이차선으로 뻗은 도로 가엔 가로수가 전부 은행나무로 서 있었다. 바닥에 떨어져 내린 은행잎들 사이로 은행 알이 드문드문 굴러다니기도 했다. 버스 종점을 중심으로 농협이며, 초등학교, 경찰 지구대가 한군데 모여 있고 원주로 가는 반대편 길은 충주 방향이었다. 주위를 둘러보니 오 층 이상의 건물 하나 볼 수 없었고 한적한 찻집은 물론 찾을 수 없었다. 변변한 술집이나 음식점조차도 눈에 들어오지 않았다. 육십 년대의 서울 변두리 같다고 해야 할까. 길가에 검은 선팅을 한 유리문 위에 '종점 다방'이란 하얀 고딕체 글씨가 눈에 들어왔다.

문을 밀고 들어갔다. 다방 안에는 커다란 무쇠로 만든 연탄난로가 한 가운데서 따뜻한 온기를 만들어 주고 있었다. 그 위에 올려놓은 고구마와 밤이 적당히 익어 가고 있었다. 나는 창가로 가서 앉았다. 가을걷이 끝낸 여유로운 촌로 한 사람이 난로 옆에 앉아 다방 아가씨들과 쓰잘 데 없는 이야기로 한낮의 무료함을 달래고 있었다. 이제는 서울 변두리 어느 곳에서도 찾아볼 수 없는 다방 안 모습이었다.

　보자기에 보온병을 싸서 들고 배달 나갔다 들어오던 아가씨가 나를 흘깃 쳐다보았다. 나는 차 주문을 했다. 한쪽 벽에 걸려 있는 텔레비전에서는 요새 뜨고 있는 유행가를 노래자랑 프로에 참가한 어느 여인이 열창하고 있었다. 시골 흙집의 안방 같은 푸근함이 느껴지는 모습들이었다.

3

　나는 그때 그녀를 사랑하지 않았다. 꼭 차창가를 스치는 바람처럼 그렇게 지나 버렸다. 그러나 기억에서도 완전히 지워진 것은 아니었고 어쩌다 희미해진 옛일이 현실이었나 하고 확인 해보고 싶은 그 정도의 기억이었다.

그녀는 소리 없이 내게 다가왔는데 늘 주변에서 맴돌았다고 하면 의식적인 해석이 될까. 전혀 눈에 띠지 않는 평범한 여학생이었다. 하루만 안보여도 한 달처럼 길게 느껴지는 친밀한 사이도 아니었고, 일주일 이상을 볼 수 없어도 나는 그녀를 떠올리지 않았다. 그때 나는 인문대 삼 학년으로 학생회 일과 과대표를 맡고 있어서 나름대로 바빠 캠퍼스를 오갔었다. 지금 새삼 그녀의 입장에서 나의 모습을 떠올리며 십여 년 전 당시의 나는 또 어떤 인상을 그녀에게 주었을까를 상상해 본다.

한 학년 아래였는데도 그녀는 내게 와 머뭇거리며 마치 교수님에게 건의 사항을 말하듯 조심스레 입을 여는 것이었다. 나는 좀 짜증스럽게 그녀의 물음에 답변을 했던 것 같다. 이를테면 '모임에 먼저 가서 얼마쯤 기다리라고 말할까요?' 하는 식이었다. 즉 몇 분 정도 늦겠느냐는 물음이었다.

학교 후문 밖 한 음식점에 동료들이 모여 있고 학생회 일로 몇 가지 중요 안건 사항이 결정되지 않아 시간을 자꾸 지체시키고 있을 때 그녀의 수줍은 듯 머뭇거리는 태도는 짜증만 가중시켰다.

"그냥 기다리라고 해."

이 대답은 동료들에게 했다기보다 그녀에게 일으킨 면박

이었다. 조금 미안해지는 마음도 스쳤으나 나는 답답한 그녀에게는 당연하다는 식이었다. 그녀는 새초롬히 입을 다무는 모습이었으나 그녀의 속마음까지 계산해서 배려 할 수는 없었다. 그것이 그 시절 그녀에 대한 내 행동의 단편이었다.

그때마다 드러내진 않았어도 상처받는 그녀의 속마음을 충분히 눈치 챌 수는 있었다. 그런 경우가 여러 번 있었던 듯 그녀의 절망스런 표정이 새삼 자꾸 망막에 떠올라 온다. 여리고 나약한 모습.

그런 그녀가 우연히 사촌 여동생 중학교 동창 앨범에서 발견되었는데, 놀랍게도 그녀는 나의 중학교 일 년 후배이기도 했다. 초등학교와 중학교를 같이 다닌 사촌 여동생 미경은 외삼촌 딸이었다. 나는 그때 미경으로부터 그녀의 가정환경에 대해서도 알게 되었다.

은비는 어려서 외동딸로 귀하게 컸는데 외국 출장 중이었던 그녀의 아버지가 비행기 사고로 외국서 돌아가시고 그로 인해 그녀의 어머니까지 심장병이 악화돼 삼 년 전에 돌아가셨다고 했다. 그래서 은비는 아르바이트를 하며 큰집에서 기거하고 있다는 것을 알게 되었다.

본래 명랑하던 애였는데 아버지 돌아가시고부터 위축되었고 몇 년 사이 어머니까지 돌아가시자 소심하며 상처받기

쉬운 체질로 변화되었다고까지 미경은 말하는 것이었다.

얼핏얼핏 그늘이 드리워지는 그녀의 표정은 그 때문이었을까.

어느 날인가, 바삐 학생회 사무실 문을 닫고 돌아설 때였다. 미경이 은비와 함께 서 있었다.

"오빠, 배고프다. 밥 사줘."

"내 주머니 사정 잘 알면서 아주 거지를 만들려고 왔군."

"오빠, 고액 과외로 경기 좋다는 것 알고 있어."

"그건 또 누가 그래?"

"고모 말이 그렇고, 또 선배 언니 하나 있잖아?"

"정애 말이구나."

나는 공연히 얼굴이 붉어졌다. 정애가 떠올라서였다. 그때까지 은비는 못 듣는 척 무심하게 시선을 떨어뜨리고만 있었다.

나는 그날 겨우 볶음밥이냐고 미경에게 핀잔을 들으며 식사를 했는데 처음으로 은비를 관심 있게 관찰하게 되었다. 식사 후 건조기 속의 물 컵을 꺼내 셀프라고 쓰여 있는 정수기에서 물을 담아 다소곳이 식탁에 갖다 놓는 은비는 물 흐르듯 다가오고, 있는 듯 없는 듯 의식되지 않았으며 어느새 사라져서 자리를 비우는 그녀였다. 늘 주변에 있는 것 같아 필요해서 찾을 일이 있을 땐 또 없어서 짜증나게 하는 그녀였다. 방금 곁에서 봉투에 주소를 쓰던 일을 거들었는데, 은비 이름을 부르며 찾으면 없었다. 나는 그때 개똥도 약에 쓰려면 없다더니, 해서 모두들 폭소를 자아내게 했다.

강의가 비는 시간이면 나는 정애가 늘 머무는 미대에서 어슬렁거렸다. 나는 언제나 정애의 모습을 먼발치에서도 쉽게 찾아내었다. 그녀는 쾌활했고 솔직한 성품이었다. 남을 대할 때 스스럼이 없었고 기분파적인 기질이 다분했다. 그래서인지 나 말고도 그녀 주변을 맴도는 녀석들이 늘 서너 명은 되었다.

미경은 정애하고도 나를 한 번 찾아왔었다. 음식점에 앉아 나는 좀 더 좋은 메뉴를 그녀들에게 권했다. 나는 좀 들떠 있었던 듯했다.

"오빠, 고액 과외 끝났다면서 이렇게 먹어도 되는 거야?"

미경의 솔직한 발언은 정애 앞에서 내 얼굴을 붉어지게 만들었다. 정애는 어색스런 분위기를 만들지 않아서 나를 자연스럽게 다가가게 만들었던 것 같다. 그녀는 동양화과였는데 가끔 자료를 구입한다며 인사동에 같이 가서 재료를 사고 화랑에 걸려 있는 미술품들을 감상했던 기억이 또렷하다. 때론 미경과 셋이 함께 가기도 했었다.

어느 날인가, 지금처럼 늦가을 바람에 은행잎이 다 떨어지고 절반은 빈 가지로 서 있는 가로수 밑에서 은비를 만나러 왔던 미경을 우연히 만났다. 미경은 이런 저런 이야기 끝에 정애에 대한 이야기를 하는데 그녀들끼리 무슨 트러블이 있었는지 '그 언닌 예술가의 고뇌에 대해서 이야기 좀 하지 말았으면 좋겠어' 하는 거였다.

"왜?"

정애 이야기가 나오자 나는 일주일 정도 보이지 않는 그녀가 문득 궁금하여져서 물었다.

"자기가 무슨 훌륭한 예술가 인척, 그깟 동양화 흉내 내며 끼적거리는 주제에……. 돈 없어 봐. 재주도 메주가 되는 거구 메주도 돈 있으면 재주가 되는 거라고. 오빠 안 그래?"

무슨 연유에선지 미경은 정애 말을 하며 입을 비쭉거리는 것이었다. 나는 속으로 미경이 그녀를 비하하는 말이 씁쓸했으나 잠자코 있었다. 그때 은비가 미경을 부르며 다가오는 것이었다. 나는 기분이 저조하여 은비를 보자마자 그 자리를 떴다. 그때 은비가 가버리는 나의 뒷모습을 주시하는 것이 등 뒤에 따갑게 느껴졌었다.

누군가 그랬던가, 사랑이란 상대를 향한 마음속의 세찬 운동이라고. 그것이 짝사랑일 때 더없이 순수하고 열정적일 수 있다고 나는 지금에 와서 돌이켜본다. 청년기에 있었던 파스텔화처럼 아슴푸레한 사랑들. 분명 우정은 아니었고 꿈속에서처럼 아득하면서도 젊음이 넘치는 순수한 사랑이었다. 다만 '사랑'이란 말을 입에 올리고 싶지 않은 것은 입에서 '사랑해'라는 말이 나오는 순간 그 말은 이상스럽게도 가짜처럼 들리는 것이었다. 너무 때가 타서일까.

군 입대 영장을 받아 놓고 학교 앞에서 친구들이 열어 주는 송별회에 참석한 나는, 착잡한 심경으로 주는 술을 받아 마셨다. 물론 그 자리에 정애는 없었다. 그것으로 정애와는 끝이란 결론을 내렸다. 나는 어떤 방법으로든 위로받고 싶었다. 무엇이었을까, 그토록 내게 괴로움을 주었던 범인은. 군 입대? 정애? 친구들과의 이별? 부모님과 집을 떠난다는 사실? 사실 그 정도의 이별의 아픔은 누구나 경험할 터였다. 그러나 그땐 그것이 왜 그렇게 커다란 바위가 되어 가슴을 짓누르고 있었던 것일까.

늦은 밤, 나는 겨우 몸을 추슬러 친구들과 헤어져 집으로 돌아오는 길에 문 닫힌 버스 토큰 가게 옆에서 속의 이물질들을 전부 토해 내었다. 누군가 등을 두드려 주었다. 손수건으로 눈물, 콧물까지 닦아주던 따뜻한 손길. 은비였다. 나는 정애가 아니어서 섭섭할 뿐이었다. 나는 은비를 데리고 골목

길에서 명멸하고 있는 모텔이란 낯선 곳으로 들어갔다.

거기에서 나는 은비의 이야기에 처음으로 귀를 기울였다.

부모님의 사고로 인한 상처가 은비의 사춘기를 지배했고 큰집에서의 숙식은 그녀를 더욱 외롭게 했다고. 무엇보다 상대가 누구이던 자신에게 보이는 무관심이 제일 견디기 어려웠다고 그녀는 말했다.

학교로 미경이 은비를 만나기 위해 찾아왔을 때 늦가을 낙엽이 쌓여 있는 가로수 밑에서 미경과 나는 이야기 중이었는데 은비가 다가가자 냉랭히 돌아서던 나의 모습이 떠오른다며 말했다. 그때의 일이 가장 큰 충격이었다고 그녀는 고백했다. 모르는 사람처럼 돌아서 가던 나의 뒷모습을 그때까지 커다란 상처로 갖고 있었다. 아, 인간은 자신도 모르는 사이 이렇게도 남에게 상처를 주고 사는 것이로구나. 나는 그때 그렇게 깨달았다. 그토록 큰 상처를 주고서도 모르고 지나갈 수도 있는 거구나.

나는 그날 밤 죄의 보석을 풀어내기라도 하는 사람처럼 그녀를 품었다. 참을 수 없는 젊음의 분출이었지 사랑의 행위는 아니었다. 그녀와 나는 이성 간의 육체적 경험은 처음이었으나 나는 욕망의 찌꺼기 같은 것을 뱉어냈을 뿐이었다. 후회 같은 건 없었고 우린 아무런 약속도 하지 않았다. 더구나 서로의 미래에 대해선 한마디도 이야기 하지 않았다. 우리는 이른 아침에 헤어졌다. 그러니까 내가 스물두 살, 그녀가 스물한 살 때였다. 그날 이 후 나는 그녀를 볼 수 없었다. 그녀는 자취도 없이 사라져 버렸다.

그 후 나는 군에서 1년여 개월쯤 지냈을 때 그녀의 편지를 한 통 받았다. 대충 이런 내용이었다.

석민 씨,

제가 있는 이곳은 시골인데 벗가 옆에 봄 미나리가 빼곡히 돋아나 있습니다. 당신 생각으로 이 넓은 들이 가득합니다. 늘 혼자 있는 시간에도 당신이 마주하고 있습니다. 언제나 인식보다 먼저 흐르는 유년의 상처가 피롭습니다. 저의 열등의식이겠죠.

오늘은 왜 햇빛조차 산란한지 모릅니다. 나는 그 시절을 압니다. 머리를 빗다가도 당신의 손끝이 내 머리카락들을 쓰다듬던 생각에 잠깁니다. 당신이 곁에 있을 때 나는 언제나 우울했습니다. 나는 사랑 받지 못하던 나 자신이 늘 비참했습니다. 그럴수록 나의 열정은 더욱 깊어만 갔습니다. 그 모습을 떠올리는 지금 이 순간도 피롭기는 마찬가지입니다. 분명 당신은 내게 특별한 존재요, 나 또한 어느 한 귀퉁이라도 당신에게 기억되길 바랐습니다.

당신과 함께 했던 그날 나는 어느 한순간 행복했
습니다. 분명 당신은 제 곁에서 잠들어 있었습니
다. 당신이 나를 사랑했다고 믿고 싶어지는 날이었
습니다. 그리고 그 순간은 영원처럼 내 가슴속에
묻어 둡니다. 아무도 들여다볼 수 없는 깊은 곳에
나만의 환영을 석고처럼 묻습니다. 세월이 가고 비
바람이 몰아쳐도 끄떡없을 자리에서 환영은 나에
게 늘 행복이란 양식을 만들어 먹입니다…….

그 후 나는 제대를 했고 복학하여 학업을 마쳤으며 은행에
입사해 승진하는 동안 한 번도 사라진 그녀를 찾지 않았다.
날이 갈수록 내 머릿속에서 그녀의 모습은 지워져 갔다. 어
쩌다 업무 중에 그녀와 이미지가 비슷한 손님을 대했을 때
쓸쓸해 보였던 그녀의 표정이 문득 스쳐갈 뿐이었다. 오랜 세
월이 지난 지금 은비의 마음을 이해할 수 있는 것은 무슨 조
화인지 모르겠다.

4

그녀를 만나야겠는데 만날 수 없음은 공연히 나를 초조하
게 만들었다. 나는 불현듯 결혼하여 미국으로 간 사촌 여동

생 미경을 떠올렸다. 어렵사리 통화가 되었으나 그녀 역시 은비의 연락처를 모르고 있었다. 은비가 결혼하여 시골에서 전원생활을 한다고 동창에게서 들었는데 왜 찾으려는 거냐고 미경은 되물었다. 더구나 십여 년 전의 일을. 나는 어물어물 넘겼으나 미경은 오랜만의 전화에서 은비의 소식을 묻는 내가 알 수 없다는 듯 의구심이 이는 모양이었다.

"오빠, 미국에 곧 온다면서 언제 와요?"

"글쎄다. 어떻게 변동이 있을지도 몰라."

"오면 꼭 들러요."

"그래, 고맙다."

"참, 은비 소식 알게 되거든 내게도 알려줘요. 보고 싶어요."

그녀는 도리어 내게 부탁을 하며 전화를 끊는 것이었다.

내가 미국 지점으로 발령받았다는 소식도 떠올리며 궁금해 하는 것 같았다. 그러나 나는 수술을 앞두고 건강으로 인해 이미 직장에 사표를 내었다.

은비를 만나 마주앉게 되면 나는 어떻게 말을 꺼내야 될까. 그때의 기억들이 사소한 것까지도 떠올라 오자 나는 그만 혼자서 부끄러웠다. 아무리 철없을 때지만 그녀를 그렇게 인격적으로 무시하고 가벼운 행동들을 했을까.

나는 이제껏 한 번도 생각지 않은 죄의식에 사로잡혔다.

내가 상대방에게 용서를 구하는 일은 흔히 있는 일이나 내 자신, 내 양심을 용서해야 하는 경우에 부딪치는 일이란 상상해 보지 않았다. 순서부터가 바뀌어서 행동해 왔음이었다. 사람과 사람 사이를 들여다보면 어쩌면 그렇게 유치 극치를 달리고 있는지, 자신은 순결한데 전부 상대가 잘못해서라고 강력 테이프처럼 믿고 있다. 정말 완벽히 한쪽의 잘못이라면 그것은 어디선가 틈이 보이고 곧 무너지게 되어 있지 않은가. 문제는 고지능의 인간은 여러 가지 색깔로 포장하고 또 그 포장에 속고 분노하면서 재미난, 감동의 드라마를 연출하고 있는 것이다.

내 자신의 잘못이 드러나는 거북함 앞에서는 나는 늘 정당화시키며 감추어 왔다. 너무나 지당한 것을 나는 새삼 꺼내어 세탁하려고 하는가. 무슨 성인군자처럼.

아, 그런데 이런 몰골로 그녀를 만날 수 있을까. 이젠 겉모습에서도 병색이 완연하다. 이젠 나를 잊었겠지…… 은비. 송은비. 그 결 고운 심성과 여린 눈빛을 만나고 싶다. 나로 인해 상처받은 네 마음을 위로 해주고 싶다. 그리고 용서를 빌고 싶다.

'일체 경계가 없는 사람은 삶과 죽음조차 벗어난다.'

도의 경지에 이른 이 어려운 말씀들은 모든 선악의 경계에서 벗어난다는 해석이 가능할 것 같은데 나 같은 사람은 거리낌 없는 선에 도달하기조차 버거운 것이다. 슬며시 그녀의 아름다웠던 심성과 젊은 날의 꿈이 사라질까 겁이 난다. 그때는 내가 왜 그렇게 몰랐을까…….

젊은 날의 나는 바다에 뜬 먼 섬들을 보며 내 꿈이 꼭 거기에 있을 줄만 알았다. 섬은 내게 환상이요, 현실이요, 더 많은 꿈을 가져다주었다. 다만 멀리 있기 때문에 아직 이르지 못했을 뿐이라고, 나는 그 섬을 보며 곧 만날 수 있다고 약속했다.

섬은 섬일 뿐이라고 세상이 나에게 알려 주었을 때 나는 슬펐다. 그리고 부정하고 싶었다. 섬은 아직도 나의 유토피아로 내 꿈속에 머물러 있어야 한다. 괴로운 추억은 잊고 싶고 희망이 가득한 꿈은 믿고 싶어진다.

그녀의 편지 마지막 구절은 접힌 부분이 닳아 있어서 드문드문 지워졌지만 나의 기억엔 생생히 적혀 있었다.

……나뭇가지에서 부풀은 망울이 터져 나오려 할 때 나의 가슴은 설렙니다. 꿈을 머금고 있기 때문이지요. 그래서 사람들은 봄을 희망이라고 바라보며 즐기나 봐요. 당신과 함께 저 꽃망울을 만져보고 싶습니다.

기억나세요? 학교 본관 건물 현관에서 갑자기 쏟아지던 소나기를 황망히 쳐다보며 잠시 비 개이기를 기다리고 있었는데 느닷없이 당신이 나타났지요. 당신은 준비해 온 우산을 펴며 나를 붙잡아 우산 속으로 넣어 주었지요.

한쪽 어깨를 버리치는 비바람 때문에 당신은 내쪽으로 우산을 더 기울여 주었는데 그 때문에 당신의 바깥쪽 어깨가 비에 젖어 오는 것이 여간 안쓰러운 것이 아니었어요. 작은 우산 속에서 우린 마주 보았는데 나의 흘러버린 옆 머리핀을 보며 유치원생 같다고 웃었지요. 가지런한 치아를 드러버며 웃는 모습이 왜 그렇게 버게는 신선하게 와 닿았는지. 지금도 당신이 바로 옆에서 웃어 줄 것만 같아요. 어렸을 때 보았던 아빠의 그런 미소도 겹쳐집니다. 그 모습을 본지가 언제인지…… 지금은 다 떠나 버린 옛 일들입니다. 다시는 돌아올 수 없는 시간이란 사실들이 못 견디도록 서럽습니다.

릴케의 말이 떠오릅니다. ─사랑이란 기다림에서 오는 것 같습니다. 이 세상엔 기다리다만, 기다림으로만 끝난 숭고한 사랑이 얼마나 많습니까?─ 오늘, 위로 받고 싶은 날입니다.

송은비 드림

어느 때부터인지 그때의 소나기 한줄기가 내 가슴에도

긋고 있었다.

미경의 말대로 은비의 시골 생활이 결혼 생활이었을까? 그
렇다면 그녀는 왜 내게 이런 편지를 띄운 것일까.

나는 책상에 앉아 보낼 수 없는 글을 답장처럼 이렇게 쓰
고 있었다.

> 당신이 나를 찾았을 때 나는 눈을 뜨지 못했습니
> 다. 내가 당신을 찾았을 때 당신은 이미 그 자리에
> 있지 않았습니다. 저 세상으로 가기 전에 꼭 한 번
> 뵙고 싶어요.

기다리다만 기다림으로만 끝난 우리의 꿈들은 지금 어디
를 헤매고 있는 걸까.

그때까지 내가 울고 있다는 사실을 나는 깨닫지 못했다.

II. 은비

석민 씨,

어둠이 걷히자 산은 어느새 내 곁에 와 있습니

다. 새벽입니다.

지금 <When I dream>을 듣고 있습니다. 이 곡 기억나세요?

언젠가 당신과 함께 들었던 제 가슴속에 새겨진 곡입니다.

어디선가 이름 모를 새가 창 앞에서 며칠째 계속 울고 있습니다. 짝을 찾는 애절한 호소로 들리기도 합니다. 창을 열면 먼 산등성이가 병풍처럼 둘러서 있고 창문 바로 앞에 있는 매화꽃이 오늘 세어 보니 스무 개쯤 피었습니다. 어느새 십오 년이란 세월이 흘렀을까요? 벌써 중년이 되었군요.

어제는 인간으로 태어난 게 슬퍼서 술을 한 잔 했습니다. 당신도 아시다시피 저는 술이 받는 체질이 아니어서 오렌지주스에 칵테일을 해서 먹었더니 잘 넘어가더군요. 술이 들어가니 왜 이렇게 뿐이 못살고 있는지 슬픈 감정이 업그레이드되어 더 슬퍼져서 울었습니다.

그때 가끔 저는 빈 강의실에서 당신의 모습을 그려보았습니다. 발렌티노를 닮은 당신의 옆모습이 그렇게 제 가슴속에 각인되었습니다. 일에 열중하며 책상에 앉아 무언가 쓰고 있던 당신의 옆모습 말입니다.

당신의 군 입대 후 저는 결혼하여 시골에서 생활

하여 왔습니다. 지금 저의 남편은 아주 자상한 사람으로 가정적인 편입니다. 제 딸이 벌써 열네 살이 되었는걸요. 당신을 만난지 어언 십오 년이란 세월이 흘러갔군요.

혼자 되셨다는 소식 들었습니다. 어찌나 마음이 무겁던지요. 제가 혼자된 것보다도 힘들었습니다. 설거지를 하다가도 문득 손을 멈추고 마음 아파했습니다. 당신이 상처 받았을 그 마음이 저를 아프게 했습니다.

삼십대 중반은 인생의 완숙한 시기라는데, 저는 아직도 이십대 초반을 헤매고 있습니다. 분명 저는 평화로운 삶을 누리고 있는데도 말이죠. 남편은 군청에 다니는 말단 공무원으로 성실한 사람이랍니다. 자기 가족, 자기의 삶에 만족하며 살고 있습니다. 부족한 점이 많은 아내를 두고 서도요. 이 세상에서 자기 딸을 가장 사랑하는 아빠이며 늘 아버에게 박봉을 갖다 주는 자신을 미안해하고 있습니다.

그런데 제 생활 이야기는 왜하고 있는지 모르겠군요. 꼭 어렸을 적 아빠에게 얘기하듯이 왜 석민 씨가 제 인생을 바라 봐주는 큰 오빠처럼 느껴지는지……. 자랑은 아니니 오해 없으시길 바랍니다.

이제 옛날 일을 회상하며 다시 돌아가고픈 바람은 아닙니다. 당신에게서 그때 너를 조금이라도 사랑했었다는 말을 듣는다면 모두 다 잊힐 것만 같습니다. 버림받은 어린아이처럼 그때 저는 외로웠습니다. 집착일까요? 이 어리석은 여자의 욕심을 용서하세요. 과거는 바로 어제 일처럼 선명하며 짧은 시간 같게만 느껴지고 미래는 뜬구름처럼 멀게만 느껴지니 이래서 우리의 삶은 영원한 것처럼 생각되나 봐요.

어느새 남편의 점심 도시락을 준비해야 할 시간입니다. 구내식당 음식에 물린 탓이기에 필을 놓고 부엌으로 나갑니다. 오늘 이만 씁니다.

은비.

부칠 수 없는 편지들은 그녀의 가계부 한 귀퉁이에 일기처럼 깨알 같은 글씨로 적혀 있었다.

칠 번 국도는 아름다운 해안선을 끼고돌았다. 탁 트인 바다를 보며 은비는 운전을 하고 있다. 옆에는 딸 혜진을 앉히고. 바다에 쏟아지는 이른 봄 햇살이 물위에서 반짝였다.

"엄마 아직 멀었어요? 얼마큼 더 가야 돼?"

"아무리 네가 재촉을 해도 소용없어."

"엄마 혼자 가기 심심하다고 나까지 데려 갈건 뭐람? 집에서 게임이나 했으면 얼마나 재미있었을 텐데…… 아, 졸려."

혜진은 머리를 의자에 기대어 비스듬히 누웠다. 잠을 자려는 모양이다. 차창 밖으로 스치는 풍경은 바다를 지나자 훼손되지 않은 초유림처럼 고적했다.

우연히 석민의 죽음 소식을 알은 것이 신문의 부음 난에서였다. 동명이인인가 하고 그의 주변 사람에게 확인해보니 그가 간암으로 세상을 등졌다는 것이었다. 생전 눈길도 안주던 부음 난에 그의 이름이 어떻게 눈에 띄었을까. 꼽아 보니 다음날이 발인 날이었다.

은비는 거짓말 같은 사실에 밤새도록 몸을 떨었다. 이대로 가시면 안 돼요. 그와 함께한 시간들이 영겁의 세월을 보낸 듯이 그렇게 오래전이었으나 그녀의 기억에는 바로 어제처럼 떠올라 왔다.

그녀는 옥죄이는 가슴을 안고 어찌해야 할까 망설였다. 아무리 생각을 되풀이해도 집에서 있는 다는 것은 더 큰 후회를 몰고 올 것만 같았다. 영원한 이별 앞에 은비는 눈물이 나지 않았다. 너무나 어이없음 때문이었다.

물론 늘 궁금해 하던 자신의 귀에 그의 소식은 드물지만 겨우 전해들을 수 있었다. 그러나 그런 자신이 남편 앞에서 죄의식으로 느껴졌었다. 남편은 정직하고 자상한 사람이다. 은비는 애써 냉정을 가장했다. 마침 토요일이기에 혜진을 동반하고 서울행을 택했다.

은비가 영안실에 들어섰을 때 그가 누워 있는 빈소는 고요했다. 그의 노모와 누나, 죽마고우 친구들 몇이서 빈소를 지키고 있었다. 가끔 옛 직장 동료들이 찾아오고는 했다. 은비는 향을 꽂고 미소 띤 그의 영정 앞에 절을 했다. 은비가 절을 하고 그의 얼굴을 바라보았을 때 중년의 변화가 앳된 이십대의 얼굴을 가로막고 있었지만 그 이미지의 특성은 그대로 살아서 가슴에 와 닿았다.

　그는 문득 무뚝뚝한 옛 표정으로 '왜 왔어?' 하며 나무라는 표정이 되었다.

　죽고서야 만날 수 있음에 은비는 어떤 해석을 내려야 할지 운명이란 단어만을 떠올릴 뿐이었다. 은비는 혜진을 시켜 향을 꽂고 절을 하게 했다. 어리둥절하던 혜진은 은비가 시키는 대로 엄숙히 절을 하고 있다. 은비의 눈에 뜨거운 눈물이 솟구쳤다.

　수억 년 동안 내려오는 이 우주 공간에서 번개 치듯이 아주 짧게 만나 인연을 나누곤 다시 제자리를 찾아가는 전파처럼 인간의 감정 속에는 수많은 영혼의 교류가 흐르고 있다. 그 한줄기 전파를 붙잡고 오래도록 아니 죽을 때까지 간직하고 가는 사람의 특성은 뭘까. 그걸 사람들은 운명이라 하는가. 그렇다면 잊힌 것은 무얼까. 잊힌 운명? 팔자? 무엇으로

도 해석하기 힘든 오묘한 진리이다. 알 수 없는.

"엄마, 저 아저씨 어디서 많이 본 것 같애."

절을 하고 난 혜진이 사진을 보며 친근감을 표시했다. 그래, 닮은 사람도 많이 있지……. 뭉클, 뜨거움이 은비의 가슴에서 떠돌았다. 뻔한 삼류적 스토리를 만들고 있는 자신 앞에 또 하나의 자신이 부끄러웠다.

그의 노모가 짓무른 눈을 치맛자락으로 또 찍어내고 있었다. 은비는 노모의 손을 잡았다. 주름진 손에서, 살아온 삶의 거칠음과 슬픔과 허무가 은비에게 전달되는 듯 했다. 그녀들은 오랜 세월을 건너뛰어서 그렇게 함께 살아온 사람들처럼 가슴으로 손을 맞잡고 있었다.

"자식 하나 없이 간 것을 잘했다고 해야 할지, 대가 끊긴 걸 기가 막힌다고 해야 할지……."

노모의 흐릿한 눈빛은 텅 비어 있었다. 원망하기에도 기운이 없어 보였다.

"병이 났다는 사실도 말을 안 해서 근래에 알았지 뭐유."

"……."

"고걸 살다 갈 것을…… 에미 가슴에 못이나 박고 갈 것을…… 석민이 들어섰을 때 태몽이 용꿈이어서 적어도 한 고을을 호령할 줄 알았어……."

"……."

"하필이면 젊은 내 아들을 데려가, 하늘도 무심하시지……."

석민의 누나가 꽂혀 있는 향에 꺼진 불을 사루고 있었다.

"화장을…… 하게 되나요?"

은비가 몹쓸 짓을 한 뒤의 사람처럼 죄스럽게 물었다.

"아니, 선산으로 가야겠어요. 즈이 애비 옆에 누워 있으라고."

은비는 이럴 때 무슨 말을 해야 되는 건지 도무지 막막하기만 했다. 커다란 슬픔 앞에 어떤 위로의 말도 지푸라기처럼 하나도 쓸데없었다. 문득 그의 죽음 앞에서 자신의 삶이 슬픈 거울처럼 반사되었을 뿐.

혜진은 영안실 밖에서 누군가와 휴대폰으로 통화에 열중이었다.

무연히 석민의 영정을 보던 은비는 산소 장소를 그의 누나에게 물었다. 약도를 자세히 그려서 주머니에 넣었다. 은비와 혜진은 노모와 그의 누나에게 작별 인사를 했다.

"멀리서 왔우?"

신발을 찾아서 신는데 노모가 정겹게 묻는다.

"예."

"한참 가야겠구먼. 그럼…… 고마워요."

안녕히 계시라는 인사를 드리고 혜진과 돌아서는데 그의 누나가 손님 때문에 미처 나오지 못 한 채 조심해 가세요, 등 뒤에다 인사말을 길게 늘인다. 모녀는 빈소를 떠났다.

이렇게 뿐이 할 수 없는가, 이렇게 뿐이 할 수 있는 게 없었던가. 은비는 돌부처처럼 무능한 자신이 원망스러웠다. 어느 골짜기에서라도 물 흐르는 소리와 함께 펑펑 울었으면 좋겠다는 생각에 온몸이 저려 왔다.

돌아오는 국도 변에 너무나 아름다웠던 하얀 파도가 무섭도록 허망했다. 석민이 하얀 손톱을 길게 세워 할퀴어 버릴 것 같은 영상이 자꾸 덮쳤다. 뒷좌석에서 잠들어 있는 혜진이 어릴 적 아버지 엄마를 잃고 홀로된 불쌍한 자신 같았다. 아, 석민 씨 다음 세상에 오면 우리 그땐 꼭 손 붙잡고 혜진이와 함께 살아요…….

……석민 씨, 저 혼자만의 비밀을 지켜 온 것을 용서해 주세요. 당신에게 굳이 속이려고 했던 것은 아닙니다. 남편의 혜진에 대한 사랑에 배신의 물을 끼얹어 줄 수 없기 때문이었습니다. 물론 혜진도 모르고 있습니다. 언젠가 혜진과 당신이 자연스럽게 아실 날이 오기만을 바라고 있었습니다.

당신과 헤어진 뒤 임신 사실을 알았습니다. 저는 혼자서 혜진을 낳았고 길러 오던 중 혜진이 오 개월 되었을 때 미혼

모로 현재 남편과 결혼했습니다. 당신에게도, 남편에게도 몹쓸 짓을 하고 말았습니다. 아니 사랑하는 사람을 가슴에 품고 전혀 낯선 이와 결혼한다는 것 자체가 죄를 짓는 일이겠지요…….

은비는 어느새 마음속으로 석민에게 자신을 용서해 달라고 빌고 있었다.

'저의 모든 것을 받아 줄 수 있을 듯 넉넉한 가슴을 가진 사람 같아서 저는 혜진과 함께라면 하는 바람 하나로 혜진 아빠를 택했습니다. 그의 따뜻한 인간미에 저의 아팠던 상처는 치유되기 시작했습니다. 그의 애정이 당신으로 인한 결핍증을 메워 주기 시작했습니다. 혜진도 밝게 잘 자라 주었습니다. 지금 중학교 1학년이에요…….'

어디쯤 왔는지도 모를 달리던 숲길이 끝날 때 쯤 하얀 간판에 화살표가 그려져 있어서 속도를 줄이고 자세히 보니 절 입구를 알리는 표지였다. 은비는 운전대를 왼쪽으로 꺾었다. 주차장에 차를 세웠다.

절 입구는 솔 나무로 덮여 있었다. 아직 이른 봄이기에 마른 나뭇가지에는 나뭇잎들이 이제 겨우 돋아나기 시작하고 있었다. 작은 계곡에는 돌멩이만 드러나 있고 메말라 있었다. 맑은 물이 빈약하게 흐르며 계곡임을 암시해 줄 뿐이었다. 오랫동안 비가 오지 않은 탓이리라.

일주문을 지나서 한참을 계곡 따라 올라가니 종무소란 간판이 보이며 가건물이 세워져 있었다. 법당은 보수 중이었다. 기왓장이 차곡차곡 쌓여 있었고 불사에 동참을 바라고 있었다.

은비는 종무소 유리문을 열고 들어갔다. 초파일이 오려면 아직 한 달은 있어야 하는데 종무소 유리문에는 등 접수합니다, 라고 쓴 흰 종이가 붙어 있었다. 은비는 문득 그의 이름으로 어둠을 밝히고 싶었다. 여직원이 가격에 따른 등의 종류와 기간을 말하며 하루 등도 있어요, 한다. 하루만 달아 주는 등이란다.

은비는 연분홍빛 한지 갓에 아기 부처가 그려져 있는 가장 예쁜 등을 골랐다. 그리고 1년이란 세월을 잡았다. 여직원은 빈 카드를 내밀며 주소와 이름을 쓰란다. 한, 석, 민. 여직원은 이름을 쓰고 볼펜을 든 채 주소 란에서 멈춰 있는 은비의 손과 얼굴을 한 번 올려다보더니 주소는 모르시면 안 쓰셔도 돼요, 한다. 주소를 모르는 사람도 있는가. 은비는 실수한 사람처럼 스스로 당황스럽다. 그리고 얼굴이 붉어진다.

여직원은 예쁜 등을 들고 대웅전 입구에 서 있는 나무로 가더니 그 등을 달았다. 등은 바람에 가끔 몸체를 움직였다.

그때마다 '한석민'이라고 쓰인 카드가 등 밑에서 팔락였다.
어두워지면 법당 앞마당과 나무 밑의 계곡을 석민은 환히 비
춰 주리라. 마치 떠나는 사람에게 손을 흔들고 있는 것처럼.
물보라도 일지 않는데 계곡의 물이 물안개처럼 은비의 눈에
서 어른거렸다.

은비와 혜진은 석민의 배웅을 받으며 언덕길을 내려왔다.
주차장에서 지루하게 주인을 기다리던 차에 올라 은비는 출
발시켰다. 묵직하던 가슴이 조금 가벼워진 느낌이었다.

혜진이 누군지는 몰라도 어떤 아저씨의 영안실에 갔다 오
는 길이라는 전화를 하는 것으로 보아 남편과의 통화 같았
다. 두 사람은 늦은 저녁에 집에 도착했다.

"늦었어요. 당신, 저녁은요?"

"기다리다 방금 챙겨 먹었어."

그녀의 남편은 거실에서 리모컨으로 텔레비전 채널을 여
기저기 맞추고 있었다.

"어디 갔었는지 궁금하지 않으세요?"

"조문 갔었다며? 혜진이 그러데."

"혜진이…… 아버지입니다."

조금 당황한 빛이 남편 얼굴에 떠오르더니,

"미리 알려줬으면 갈 때 같이 갈걸 그랬지."

아쉬운 표정이 역력했다.

"……."

혜진은 욕실에서 씻는 모양이었다.

"혜진에게서 영안실이라는 소리 듣고 짐작이 갔었어…….
당신 기다리면서…… 당신 과거의 사랑에 대해서 생각해봤
어……."

"……?"

"다음에 같이 한 번 가, 산소에."

혜진이 옆에서 어른들 소리를 얼추 듣고 산소 소리도 한
모양이었다. 아니 남편이 물었을 것이다. 그가 알고 있는 것
을 보면.

"맥주나 한 잔 할까?"

남편의 말에 은비는 냉장고에서 맥주 두 병과 찬장에서 유
리컵 두 개를 꺼내 왔다.

그가 맥주병 마개를 따서 두 잔에 가득 부었다. 뭔지 모를
은비의 심정이 맥주 거품처럼 부글대었다.

"당신 심정 이해해, 자."

남편은 자신의 잔을 은비의 잔에 부딪쳤다.

"슬프네요."

은비의 말에 그가 시선을 창밖으로 돌리며 조금 쓸쓸한 낯

빛이 된다.

그는 늘 너그럽고 불쾌해도 속으로 삭이며 화를 내는 법이 없었으므로 은비의 말은 편안하게 불쑥 튀어 나왔다. 마치 넓은 초원 같은 그의 품 안에서 거침없이 뛰노는 망아지처럼. 말을 하고 보니 은비는 남편에게 상처 준 것 같아 문득 미안한 마음이 들었다.

"세월 가면 사그라질 거야. 한때의 소나기 같은 사랑에 운명이 결정 된 거겠지. 운명도 어떻게 받아 들이냐에 따라 슬픔도 작아질 수 있어."

은비는 늘 이렇듯 그의 따뜻한 말에 위로 받는다. 그리고 오랜 세월 아물지 못한 상처 앞에 그의 사랑은 분에 넘치도록 황송하기까지 하다.

"혜진은 나의 딸이고 당신은 태생이 순결한 사람이야, 성품이."

"갑자기 성모 마리아 만들어요?"

"사람, 싱겁긴……."

"그 사람 노모에게 혜진을 알려야 할지 어쩔지 몰라 혼동이 왔었어요."

"……."

"……."

"혜진이 충격 받지 않을 나이가 되면 그때까지 기다리는 것이 좋지 않을까?"

사랑은 소유하기 위해 존재하는 것 아니던가? 몰랐던 아내의 과거를 알고 끝도 없이 추락해 가던 한 남자의 타락은 그 여자를 그만큼 사랑하기 때문은 아니었을까? 인간의 사랑만큼 강렬하고 유치한 것이 또 있을까.

과거든 현재든 아내에게 사랑의 자리 한쪽을 내주고 있는 은비의 남편은 전부는 소유하지 않겠다는 뜻인가. 그것을 물으면 그녀의 남편은 더 깊은 사랑이라고 얘기할 참인가.

그녀의 남편이 시선은 텔레비전에 두고 짐짓 은비에게 물었다.

"당신 아직도 그 사람 사랑하나?"

갑자기 커다란 바위가 흔들리듯 은비의 가슴이 흔들렸다. 가슴속 뜨거운 폭포가 남편을 향해 쏟아졌다.

그녀는 또렷이 대답했다.

"아니요, 사랑했던 건 사실이지만 지금은 치유되었어요. 상처에서 당신이 나를 구원해 주었어요. 당신이 아니었다면 나는 깨어나지 못했을 거예요."

마지막 기억

마지막 기억

하얼빈에 비가 내린다.

지유는 안개비로 흐려진 창문 밖을 무심히 내다보았다. 이
도시는 언제까지고 그렇게 젖어있을 듯하다. 변화를 거부하
는 몸짓으로 하얼빈은 비에 젖어들고 있다.

지유는 들고 있던 책을 덮고 탁자 위에 놓았다. 수없이 눈
에 들어온 활자인데도 머릿속까지 들어오지 않았다. 의식 없
는 듯한 지유의 무표정함은 의미 없는 움직임이었을까. 아니
다. 지금 지유의 마음은 심란함으로 가득 차있다. 조금은 절
망적인 빛으로.

그러나 그 감정도 상처를 들추어 낼 뿐 이젠 참을 수 있게

되었다. 수없이 훈련시켜온 독한 자신의 모습. 그 냉혹함에
지유는 안도감과 동시 증오감으로 몸을 떨었다.

지유는 탁자 위에 놓인 휴대폰을 들어서 아들을 찾는다.
아들 진수가 보고 싶다. 머릿속에 각인된 아들의 번호. 들여
다보니 문자 메시지가 들어 있었다.

　　－ 나 자신에게 좀 더 편안한 죽음을 주고 싶었다.
　　왜 내가 저항하지? 나 자신을 그런 바보라고 생각
　　한적 없는데.

지유는 다시 한 번 천천히 문장을 읽어본다.

죽음을 암시 한 내용이었다. 자살을 동경하고 있는 사람의
문장이라고밖에 볼 수 없다. 지유는 황급히 답장 문자를 눌
렀다.

　　－ 죽지 마. 죽으면 안 돼. 그건 비겁이야. 어떻게
　　그렇게 죽음을 쉽게 생각하는 거야?

답장 발송키를 누르고 번호를 보니 자기 아들아이의 휴대

폰 번호였다. 아차, 이건 아들이 아닌데……. 아들은 생을 마
감한지 5개월 되었다. 아들애가 간지 5개월이 되도록 아이
의 전화번호를 지우지 못한 채 지유는 아직도 그대로 간직하
고 있었다.

3개월 됐을 때까지 아들아이의 얼굴이 그대로 카카오톡에
저장되어 있었는데 언제부터인지 아들아이의 얼굴이 사라
졌다.

간직한 번호를 지우지 않는 이상, 상대방 주인만 바뀔 뿐
전화번호는 자기의 휴대폰에 그대로 내장되어 있다.

오늘 지유는 아들의 사진 대신에 낯선 소녀의 해맑게 웃는
모습을 보았다. 이젠 아들애와 영원히 단절된 것 같아 또 한
번 가슴이 내려앉는 슬픔을 느낀다. 지유의 가슴속에 그 번
호는 영원히 아들인 진수의 것이었다. 지울 수가 없었다. 지
유는 충격을 참느라 등줄기에서 진땀이 흐른다. 가슴이 무언
가에 갉아 먹히는 소리가 들리는 듯하다.

답신 문자가 왔다.

　– 누구에게 보낸 겁니까? 잘못 왔네요. 다른 사
　람이에요.

이번에는 자기의 휴대폰 번호가 떴다. 저장된 메시지가 있
었다.

　　　－ 피 흘리던 상처……．
　　　－ 이젠 끝이다.

섬뜩한 내용. 그러나 낯설지 않다.

　　　－ 회피. 피눈물을 흘리게 해놓고서. 이젠 안
　녕…….

아, 언제 보냈던 것인가. 곰곰이 생각하니 지유는 증오에
몸을 떨면서 문장을 만들었던 기억이 떠올랐다. 결국 보내지
못한 채 되돌아온 쪽지가 저장되어 있었다. 버튼을 잘못 누
른 탓이었다.
　아들이 죽은 뒤 혼미함 속에서 중얼대며 눌러대었던 문자
들……. 안개 속에 피어오르던 낯익은 낱말들.
　지유는 창문을 연다. 바람에 실려 들어온 안개비가 차갑게
뺨에 젖는다. 거실에 몰려든 눈에 보이지 않는 저 공기의 뒤엉
킴은 흔적 없이 과거와 현재와 미래를 떠난 영혼의 섞임이다.
사라짐과 생성의 순환 속에서 그들은 무無도 아니요 유有도

아니며 옳고 그름도 없다. 색깔도 영원도 존재하지 않는다.

아이는 무엇을 찾아 갔을까. 시작도 마침도 없는 어떤 존재의 흔적을 붙잡으려 한 것일까. 자신도 형체도 없는 오직 무無를 향해 가면서 아이는 행복했을까. 행복했겠지. 그렇지 않다면 바보일 테니까. 지유는 가슴이 아린다. 피 흘리던 상처가 다시 헤집어질까, 두렵기도 하다. 되짚어서 그때의 안개 속으로 들어가긴 싫다.

지유는 안개비가 싫다. 느닷없이 세차게 창문을 닫아 버린다. 차라리 아프도록 두들기는 굵은 빗줄기가 훨씬 진솔하다고 생각한다.

지유는 휴대폰 속의 사진첩을 들여다본다. 아들아이의 얼굴이 뜬다. 여전히 티 없이 웃고 있는 아이의 얼굴. 흐트러진 머리에 외꺼풀인 작은 듯한 눈. 하얗게 고른 치아. 결코 미남은 아니지만 아이는 호남형이었다. 이제 열일곱.

곧 벨소리가 울릴 것만 같다. 잠잠하다. 잠잠하다 못해 고요하다. 시간이 흐른다. 모든 것이 멈추어버린 듯한 실내. 질식할 것만 같은 고요가 무섬증을 준다.

"진수야, 뭘 하는 거야? 어서 엄마한테 전화해. 엄마가 기다리고 있어. 진수야! 진수야! 대답해……. 대답해 봐!"

"……."

"……엄마!"

애원 끝에 아들아이의 음성이 들려오자 막막하게 기다리던 지유는 반가움에 진수야! …… 소리치며 울부짖는다. 환청이었다. 봇물이 터지듯 가슴속의 내장이 전부 뒤집혀 쏟아질것만 같다. 핏덩이가 목울대를 넘어 올 것만 같다. 여태껏 잘도 참아낸다고 스스로 대견해 했는데. 그 냉정함에 쓸쓸한 갈채를 보냈는데, 여기서 주저앉다니…….

아들아이가 전화를 걸어오면 그 아인 곧 살아 돌아올 것 같아 애원을 해도 전화는 묵묵부답이었다. 아니 돌아오지 못해도 살아있다는 것만 확인할 수 있게 전화만 걸어줘도……. 적막은 절망이다. 잔인하게 오지 못한다는 것을 알려주고 있지 않은가. 아니 아들애는 살아있지 않은 것이라고 냉혹하게 알려주고 있지 않은가 말이다.

"진수야 보고 싶다……. 진수야……. 왜 가야만 했니? 엄마를 놔두고 어떻게 갈 수가 있어? 아들아…! 아들아! 진수야…….."

지유는 바닥에서 뒹군다. 심장이 쪼개지는 듯한 통증이 온다. 너무하십니다. 하느님. 어쩌자고 철없는 아이를 그렇게 데려 가십니까? 지유는 꺼억꺼억 숨이 꺾이는 울음을 운다.

휴대폰이 울리는 소리가 난다. 그 울리는 멜로디가 먼 지구 밖에서 들려오는 것 같다. 지유는 손을 뻗어서 휴대폰 화면을 길게 터치한다.

"당신이야? 나요, 뭐하고 있었어? 이제서 받게."

"……."

"밥이나 잘 먹고 있는 거요?"

"네."

"왜 목소리가 그래? 감기 들린 목소리야."

"괜찮아요……."

"3시 비행기로 도착했소. 일이 일찍 끝나 이틀 여유가 생겼어. 인천공항서 하얼빈으로 바로 갈까 하는 생각이 났는데 비행기 시간이 맞지 않더구만. 집으로 바로 들어왔소. 걱정이 돼서 걸었지."

"내 걱정 말고 쉬세요."

지유는 휴대폰을 껐다. 우는 소리를 수화기로 들려주게 될까봐서였다. 지유는 그 밤을 또다시 적막과 싸워야 했다.

어제는 안개비가 내리더니 오늘은 하늘이 맑게 개었다.

흑룡강성 하얼빈시 안중근 의사 기념관.

안중근 의사는 자신을 세워놓은 기념관 안에서 지금도 저돌적인 자세로 서 있다. 역동감이 느껴진다. 실내는 서너 사람의 관광객이 있을 뿐.

지유는 동상을 보며 가슴속으로 대화를 나눈다.

"당신은 만족한 생을 마치고 이승을 떠나셨습니까?"

당신이 가신 뒤 우리는 일제의 핍박을 받다가 해방되어 지금 평화로운 세상을 살고 있습니다."

그의 표정은 복잡하고도 고통이 흐른다. 왜 그렇지 않으랴.

– 의로움을 보거든, 옳음을 생각하고, 위태로움을 보거든, 목숨을 던져라 –

그의 결의가 보는 이의 시선에서도 느껴진다. 지유는 뤼순 감옥에서 순국 직전에 그가 동포들에게 남긴 마지막 유언을 곰삭혀 본다. 사람이 멀리 생각하지 못하면 큰일을 이루기 어렵다. 세월을 헛되이 보내지 말라, 청춘은 다시 오지 않는다.

안중근은 모든 의식을 집중해 떨리는 손을 두 손으로 힘 있게 잡은 후, 이토 히로부미를 향해 세발의 총알을 쏘았다. 그리고 외친 한마디.

'코레아 우라!'

그가 소리친 '대한민국 만세!' 소리는 하얼빈 역의 고요가 터지는 소리였다. 민족에 대한 열애가 폭발하였다. 그는 러시아 경찰에 에워싸였고 곧 이송되었다. 러시아는 안중근을 일본군에게 넘겼다.

　지유는 안 의사의 어머니 조마리아가 아들에게 쓴 편지를
읽는다.

　　　너의 죽음은 너 한 사람의 것이 아니라 조선인
　　전체의 공분을 짊어지고 있는 것이다. 네가 나라를
　　위해 이에 이른즉 딴 맘먹지 말고 죽으라…….
　　　여기 너의 수의를 지어서 보내니 이 옷을 입고 가
　　거라…….

　피 터지는 어미의 심중을 누르며 아들에게 죽음으로 가
는 여장부의 기질을 감히 이 세상 어떤 어미가 흉내 낼 수 있
을까. 아들의 죽음소식을 의연히 들을 수 있었던 그런 어미
를 흉내도 내지 못한 자신이 어쩌면 뒤떨어진 어미 같아서
부끄러움이 일기도 한다.

　아니 그보다 국가와 민족을 위해서 희생한 죽음도 아니요,
괴로웠던 삶을 엄마에게도 말하지 않고 하늘나라로 가버린
진수는 열일곱이었다. 모든 것은 결국 자신의 무심함이 자식
을 죽음으로 내 본 것이다. 지유에게 또다시 자괴감이 인다.

*

    진수는 비교적 조용한 아이였다. 쉬는 시간에도 자리를 뜨지 않고 문학소설들을 읽었다. 재미난 책을 보면서 낄낄 거리며 혼자 웃기도 했다. 주로 도서관에서 책을 빌려다 보았다. 베스트셀러들은 대출이 많아 자신에게 차례가 오지 않을 때는 신간도서 구입 희망 난에 목록을 적어 올리기도 했다. 도서관 사서교사도 진수를 익히 알고 있었다.

    어느 날 야간자습이 끝나고 늦은 시각에 책가방을 메고 집으로 가기 위해 복도로 나왔다. 막 지나가려던 찰나 옆의 반한 아이와 어깨를 스쳤다. 진수는 자주 그런 일이 있기에 무심히 지나쳤다. 가면서 어깨를 털어 내었다.

    저 새끼가? 뒤에서 욕하는 소리가 들렸다. 진수는 돌아보았다.

    "야, 미안하단 소리 한마디 없이 책만 끼고 다니면 왕자라도 되는 줄 아냐?"

    "어? 아, 미안. 조심할게."

    곁에 섰던 다른 아이가 윽박질렀다.

    "니가 씨발 나랑 부딪치고 나서 내 어깨가 빠질 뻔 했잖아?"

    진수의 느낌에 그 애들은 계획적으로 진수를 코너에 몰고 가는 것 같았다.

    그때서야 그 애들에 대해들은 소문이 기억났다. 4명이 진수를 둘러섰다. 반 아이들은 거의 다 빠져 나갔다. 4명의 아이들 클럽은 성적은 중상이었고, 대체로 잘 사는 집 애들이었다.

    "야 너 존나 무섭다. 책 벌레인줄 알았는데 이제 보니 사람 치고 뻔뻔스럽게 그냥 지나다니고 조폭이네!"

    아이들은 계획적으로 접근해 오고 있었다.

    "책벌레들은 그래도 괜찮대? 책 많이 읽으면 그렇게 해도 된다고 써 있던?"

    명백한 시비였다.

    진수가 말했다.

    "무슨 말을 그렇게 해? 피곤할 텐데 내일 보자."

    순간, 뭔가 진수의 뒤통수를 쳤다. 퍽 치면서 떨어진 것은 영어 참고서였다.

    이어서 한 아이가 책가방으로 진수의 머리를 내리쳤다.

    "악!"

    또 다른 아이로부터 진수는 얼굴을 정통으로 맞았는데 금세 코피가 흘렀다.

한 명이 진수의 뒷덜미를 낚아챘다.

"선생들 좀 있으면 퇴근하니까 망 잘 봐. 이 새끼 좀 밟게."

아이들이 진수를 끌고 빈 교실로 들어가려 했다.

진수는 소리쳤다.

"이거 봐, 왜이래?"

진수는 두려웠다. CCTV가 없는 복도 끝 계단 밑 구석 쪽으로 끌려갔다.

실내화를 신은 발이 진수의 눈앞으로 다가왔다.

"야, 잘 잡고 있어. 목 부러진다."

그대로 얼굴을 질렀고 이어서 복부를 강타했다.

발길질 한 아이가 소리쳤다.

"아, 발이야, 존나 아프네."

발등을 손으로 문질렀다.

한 아이가 진수의 가방을 쓰러진 진수의 몸 위로 던졌다.

책가방 속에 있던 책들이 우수수 쏟아졌다. 교과서와 공책, 염상섭의 『삼대』, 이문열의 『삼국지』, 박경리의 『청소년 토지』 등 여러 권의 소설책이 바닥에 흩어졌다.

"너 땜에 우리가 담임한테 까였다고. 성적은 좋은데 버르장머리 없고 제멋대로고 너처럼 책 좀 읽으라고 너 이름까지 주워섬기더라."

"씨발놈아, 재수 없게 어딜 꼬나봐?"

그들은 돌아가며 주먹질과 발길질을 해댔다. 30분쯤 진수에게 구타를 해대던 아이들은 분이 풀렸는지 '그만하자 들키겠다' 하며 사라졌다.

진수는 3개월간 입원을 했다. 코뼈가 부러졌고 장 파열이 되었다.

어머니인 지유가 나서서 진수에게 폭력을 휘둘렀던 네 명의 명단을 학교에 제출했다. 조목조목 캐고 들었지만 아이들은 모른다는, 짜 맞춘 듯 같은 답변만 했다. 사건은 교장이 나서서 수습했고 그 애들의 학부모가 와서 교장과 담임에게 빌고 갔다. 그 사건을 목격한 아이들도 없다고 했다. 진수는 분명 한두 명이 바라보며 지나가는 것을 기억했다. 행패부린 아이들의 후환이 두려웠는지, 진수와 친했던 아이들도 모른다고만 했다는 말을 전해들은 후 진수는 쓸쓸히 웃었다.

진수가 퇴원하고 3개월 후에 교실에 나타났을 때 이상한 분위기를 느낄 수 있었다. 줄곧 빌려보던 도서대출도 연체되어 빌리지 못하게 되자 진수는 홀로 섬에 갇힌 꼴이 되었다. 담임선생님은 명품 시계를 선물 받았다는 소문이 돌았다. 대출 중지가 되었던 것은 풀렸고 반 아이들에게는 방학 때 해외여행을 시켜주겠다고 문제아의 학부형들이 담합하여 약속을 하자, 아이들은 좋아라했고 진수의 편에 서지 않았다.

　문제를 일으킨 아이들은 조사를 받았지만 교장에 의해 무마되었고 금세 잠잠해졌다. 쌍방과실로 마무리되었다. 오히려 아이들이 진수를 기피하는 분위기가 흘렀다. 그 아이들과 친해지고 싶은 아이들은 늘어갔고 욕하던 아이들은 도리어 줄어갔다.

　수업 중에도 진수는 불이익을 받았고 가끔씩 그 아이들과 부딪칠 때면 그 아이들은 기세등등한 얼굴로 진수를 노려보며 씨발놈, 욕을 뱉었다. 대부분의 학부형들도 아이들끼리 그럴 수도 있다면서 그 아이들을 감쌌다. 자기 아이들의 말만 듣고 믿는 것이었다. 잘못은 진수의 몫이 되었다.

　그 뒤로도 진수는 심하진 않았지만 두 번 폭행을 당했다. 어디에 말을 할 데도 없었고 진수는 죽고 싶었다. 죽으면 모든 것이 깨끗이 끝날 텐데 왜 죽지 못하는지 자신이 미웠고 세상이 싫었다.

　진수는 밤늦게 아파트 옥상을 올라갔다. 밤하늘의 별은 진수의 마음과 관계없이 아름답게 빛났다. 왜 살아야 하나? 죽으면 저 별에 가서 사는 걸까? 진수는 주변을 돌아보았다. 전체적으로 불빛에 싸인 아파트 단지가 아득히 먼 곳 같지만 엄마의 가게가 있는 양품점 빌딩은 보였다. 양품점의 앞길인 작은 골목도 눈에 들어왔다.

진수는 아래를 내려다보았다. 아파트 17층에서 보이는 바로 아래는 화단이었다. 목련나무는 한창 초록 잎을 펼쳐 보이고 있었다. 진수는 떨어지면 바로 이 나무에 걸릴까, 불안과 공포가 엄습해 왔다.

아아, 아빠……! 진수는 하늘나라로 먼저 가신 아버지가 그리웠다.

날개를 활짝 펴고 새끼 새와 함께 날고 있는 기억 속의 어미 새를 본다. 아빠가 그려준 그림이다. 비상하는 훈련을 하며 요령을 가르치는 어미 새의 보살핌이 단호하면서도 따뜻하게 보인다. 아빠는 주말이면 진수와 함께 김밥을 싸들고 산으로 호수로 찾아다니며 화판을 세웠다. 그리고 그림에 열중했다. 진수는 돗자리를 편 위에서 엎드려 크레파스로 나무와 새를 그렸다. 그때가 초등학교 4학년 때이었던가.

그때 아버진 이런 말씀을 하셨다.

"나의 할아버지, 즉 너의 증조할아버지는 독립군이었다. 일제강점기 때인데 할아버지는 군 주최, 씨름대회에 나가서도 1등하여 쌀 한 가마니를 타 오시기도 했어. 힘이 장사였지. 동네에서는 아무도 할아버지한테 시비를 못 걸었어.

일제 말기 되어서는 일본인들의 횡포가 심해졌는데 그때 불만이 가득했던 할아버지가 읍에 나갔다가 말을 타고 오던 일본 순사를 만났지. 할아버지는 자기 이름 세 자를 손바닥에 적고 왜놈 순사한테 물었대.

'이거 읽어 보슈.'

그땐 일본말을 할 때였으니까, 순사가 '양 경국 군' 하고 읽었어.

할아버지는 그 센 주먹으로 일본인 순사를 때렸단 말야. 분노를 그렇게 분출했던 거야. '양 경국 상' 하고 읽으면 안 때렸어. 맞은 순사가 보고를 하고 온 동리, 읍, 군에까지 비상이 걸려 발칵 뒤집혔지. 할아버지는 함경도까지 피신을 가셨어. 집에서는 형사가 조사를 나오고 조부모님과 온 가족이 덜덜 떨었지. 나중에는 북간도까지 피신을 가셨더랬대."

아버지는 그 얘기를 하시며 시원해 하시는 표정이었다.

"그런데 할아버지는 어떻게 됐어요?"

"할아버지는 그때 독립군 군자금을 전달하다가 붙잡혀서 평양서 돌아가셨어. 결국 왜놈의 총에 맞아······. 청년 때였지. 할아버지가 꼭 네 나이 때였어."

진수는 그 시대를 상상해 본다. 증조할아버지 때문에 온 가족이 형사들한테 괴롭힘을 당했다고 한 말도 어려서 얼추

들은 기억이 났다.

단란한 가정이었고 아빠는 취미로 그림 그리기를 즐기셨
는데, 중학교 2학년 때 사고로 돌아가셨다. 4년 후에 엄마는
지금의 새아버지와 재혼하였다. 새아버지는 성실하고 엄마
를 아꼈다. 별 불편을 몰랐는데 돈 문제만 나오면 엄마와 새
아버지는 삐거덕거렸다.

어느 날 저녁에 엄마와 새아버지와의 다툼소리가 들렸다.

진수의 엄마가 걱정스럽게 말했다.

"진수가 성적이 너무 떨어졌네요."

"쌈이나 하고 다니니, 그럼 떨어질게 뻔하지……."

"그게 어디 싸움이에요? 일방적인 폭행이지!"

"쌍방과실로 판결이 났는데, 뭘."

"아니, 당신까지?"

"재수한다 해도 만만치 않아. 애도 고생이고, 돈도 그렇고.
남 안 들이는 돈을 들여서 좋은 성과가 나면 좋겠지만……."

아버지의 가라앉은 못마땅한 음성이었다.

"아직 1년 더 남았는데요. 재수하게 되면 내가 시킬게요."

"그깟 양품점에서 얼마나 나온다고, 가게 세 빼면, 몇 푼
남지도 않겠구면……."

진수는 우울해졌다. 가기 싫은 학교를 다녀야 한다는 것도

고역이었다. 그보다 폭행했던 아이들과 마주칠 때 노려보는 그 아이들의 시선이 두렵고 죄인이 된 듯한 자신도 싫었다. 자신을 바라보는 새아버지의 씁쓸한 표정도 부담스러웠다.

진수는 깜깜한 하늘에 빛나는 별빛을 바라보며 생각한다. 아, 누구는 태어나서 하나밖에 없는 목숨을 나라의 독립을 위해서 버리는데 누구는 태어나서 살고 싶지 않아 버리다니……. 자신이 못났단 생각이 들었다. 그러나 진수는 자신에게 다가온 고통을 헤쳐 나가기보다 죽어서 편한 생을 사는 편이 훨씬 현명할 것 같다는 판단이 섰다. 진수는 점점 더 우울해져 갔다.

*

어디선가 대금 부는 소리가 났다. 지유는 아들의 방문을 열었다.

방 불도 켜지 않은 채, 방 한구석에 앉아서 진수가 대금을 불고 있었다. 진수는 방문 여는 소리도 듣지 못한 것 같았다.

어둠속에서 들리는 대금의 음률은 서툴렀지만 가슴에 물결이 일 듯 선율이 파고 들었다. 지유는 가만히 방문을 닫았다. 지유는 귀에서 멀어져 가는 가냘픈 음을 붙잡고 닫은 방 문 밖에 서서 한참을 그 가락에 빠져 들었다. 마치 가슴속 애 환이 선율을 타고 흐르는 듯 했다.

지유는 물을 끓였다. 녹차 잎을 컵에 덜어내었다. 물을 부으니 향긋한 나뭇잎 냄새가 코에 스민다. 큰 컵에 한 잔 가득 부은 차를 들고 지유는 진수의 방을 노크했다.

"언제부터 그렇게 대금을 잘 불었니?"

"좀 됐어요."

"그래? 맨날 양품점에서 늦게 오니 몰랐네, 엄만."

진수가 대금을 귀중한 보물을 다루듯 어루만졌다.

"음악 선생님한테 얻었어요. 선생님이 쓰시던 건데 새로 하나 대금을 선물 받았다면서 쓰던 걸 내게 주셨어요."

"그래?"

"내가 소리에 반해서 자꾸 물으니까, 요새 조금씩 가르쳐 주세요."

지유는 대금을 자세히 들여다보았다.

"구멍이 왜 이리 많지?"

"열 개의 구멍은 음의 세기와 높이를 조절하는 거예요."

묵직하고도 차분한 목관악기의 특징인 대금에 대해서 진수는 열심히 설명을 해준다.

"대금에는 특별하게 생긴 구멍이 있는데, 이거예요."

진수가 가리킨 구멍은 얇은 막이 한거풀 씌워 있었다.

"얇은 막으로 막혀 있는데 이 구멍이 '청'이라는 거예요. 나중에 알았지만 내가 좋아하는 강렬한 울림의 정체가 다른 악기에서는 볼 수 없는 그 '청'이란 걸 알았어요. '청'은 대금에만 있는 오묘한 소리에요."

청의 울림에 따라 대금의 소리는 더 맑고 청아하게 들리기도 한단다.

"엄마 좋아하는 <칠갑산> 불어 줄까요?"

진수가 대금을 입에 대고 위치를 찾는데 아버지가 들어오는 소리가 났다.

"잠깐, 아버지 오시는가본데 같이 듣자."

진수는 엄마와 같이 나가서 아버지를 반겼다.

"마침 잘 오셨어요. 진수가 대금을 배운다네요. 막 불어본다는 참이에요. 같이 한 곡 들어 봅시다."

"어, 그래? 그거 좋지. 악기를 다루면 사람이 섬세해지는 것 같던데?"

진수는 입모양을 '으―읍'소리를 낼 때와 같이 입술 주름을 펴서 취구에 갖다 댄다. 그 전에 건조 상태에 있는 청에 입술 침을 살짝 묻힌다. 그러면 대금을 불 때, 김이 들어가서 소리의 울림이 더욱 감칠맛 나면서 깊이가 더해진다는 설명을 해가며 진수는 자세를 취하는 것이다.

지유는 얼굴을 약간 돌린 채 집중해서 대금을 불고 있는 진수의 모습이 세상을 떠난 자기 아버지의 옆모습과 흡사해서 눈시울이 뜨거워 온다. 가슴에 맺힌 그리움이 눈물로 고인다.

미리 설명을 들어서인지 대금 산조의 <칠갑산>은 '청'의 울림이 애절한 감성을 더욱 잘 드러내는 것 같다. 가냘픔과 경쾌함을 넘나드는 '청'의 연주라고 해도 과언이 아닐 듯싶었다. 삶의 희로애락을 하는 표현이 애절한데 소리의 떨림이 강렬하면서도 잔잔해서 대금의 매력은 더욱 돋보였다.

소리가 끝난 후 세 사람은 사뭇 감동적인 표정을 지었다.

진수의 새 아버진 칭찬을 아끼지 않았다.

"연주가 대단하네? 언제 그렇게 늘었어? 두 군데 음정이 조금 불안정했지만."

"그러게요!"

지유의 아들을 보는 표정에는 흐뭇함이 가득하다.

"진수는 예능 쪽에 재질이 있는 것 같아. 그림도 잘 그리고……."

부모님의 칭찬을 들은 진수의 얼굴에 만족함이 흘렀다.

"전에는 몰랐는데 음악도 중독되는 거 같아요. 처음 무심히 들었던 곡도 서너 번 반복해서 들으면 좋아지면서 자꾸 듣고 싶어져요."

"그래, 공부하다가 답답해 질 때면 대금 불면서 풀어."

"네."

그때 아들아이의 가슴속은 무엇으로 가득했으며 거기에 심취해 있었을까.

무슨 고민을 안고 있었을까. 어미로서 그 아이를 한 인간으로 바라보며 그의 고뇌를 알아챘어야 했을 것을…… 지유는 학교에서의 폭력은 그때 이후에 진수가 말을 꺼낸 적이 없었기에 한 번의 사고로 끝이 난줄 알았다. 자신의 탓이다. 전부 부족한 어미 탓이다. 진수야. 엄마를 용서해다오. 참고 있던 눈물이 지유의 눈가를 뜨겁게 덮었다. 다시는 울지 않으리라 했는데…….

진수는 옥상에서 추락하지 않았다. 인터넷 자살 사이트에서 어떤 청년을 만나서 동반 자살을 했다.

*

　동해안의 바다는 푸르다 못해 검푸른 빛이었다. 진수의
시야에 들어온 수평선이 한계라기엔 지구가 좁아 보이고 끝
없이 펼쳐진다면 허망이다. 왜 허망으로 느껴지는 것일까.
지구는 둥그니까 계속 이어질 텐데.

　"아, 동해 바다는 정말 시원하다. 그치 진수야?"

　"어, 형. 운전하기 힘들겠다. 나는 좋은데. 헤헤."

　"인마, 우린 이제 이 지구에서의 마지막 여행이야. 3일간."

　"……."

　"혹, 마음 달라지면 얘기해."

　"어, 형!"

　마지막 순간에 같이 손잡고 갈 사람은 형이다. 우울을 벗
자. 진수는 결심을 한 번 더 굳게 다짐하면서 긴 호흡을 했다.

　"형이 곁에 있으니까 마음 든든해. 가야 할 길은 이미 정해
놓은 거구. 후회는 안 해."

　"우리 어디 가서 점심을 먹을까. 한 번 둘러봐."

　진수가 창밖을 보니, 바닷가 끝이 보이는 곳에 음식점들이
늘어서 있는 것이 눈에 들어왔다. 차는 진수가 가리키는 곳
으로 움직였다. 차에서 내리니 음식점 주인들은 손님들을 유

치하느라 서로 오라고 부르며 떠들어 댔다. 관광객들은 이집 저집으로 흩어져 들어갔다.

관광 온 사람들은 본능으로만 사는 사람들 같았다. 보고 먹고 떠들고 웃고 즐기기 위해 사는 사람들. 고민이 없는 것 같은 그들은 행복할까.

"고민 없는 사람이 이 세상에 있겠니?"

동행한 승국이 말했다.

"세상사는 게 허무해서 저렇게 더 떠들어 대는지도 몰라."

"……."

"매순간 행복하면 되는 거겠지, 그렇지 못해서 우린 같은 뜻을 가지고 만났잖아, 형."

"술 한 잔 할래?"

"형은 못 하잖아?"

"맥주나 한 잔 하지 뭐, 가볍게."

맥주가 탁자에 놓이자 진수가 승국의 잔에 가득 부었다. 진수도 승국이 따라주는 잔을 들었다. 두 사람은 유쾌한 마음으로 술잔을 부딪쳤다.

"이따 밤에 먹게, 맥주 서너 병 사들고 들어갈까?"

"그거 괜찮겠다 형. 밤에 잠이 안온다면서."

두 사람은 점심을 먹고 나왔다. 아직 봄이라 사람 없는 바닷가를 거닐었다. 세상과 하직하기 전에 전국을 3일간 다녀 보자며 여행을 온 것이었다. 그들은 소나무 아래 바위에 앉았다.

진수는 대금을 꺼냈다. 그리고 마음을 집중했다. 입술을 펴고 소리를 내기 시작했다. 까마귀가 나무와 나무 사이를 옮겨 다녔다. 대금은 슬픈 가락으로 울었다. 음률은 물결을 타고 흐르듯 너울대며 바람 따라 흘러갔다.

소리의 열림이 강렬하면서도 잔잔해서 슬픈 계면조에서 얇은 막으로 덮여있는 청공의 매력은 극치를 이루었다. 어떤 양악기도 흉내 낼 수 없는 우리의 독특한 국악기였다. 한적한 숲에서 솔잎사이로 빠져나가는 바람을 타고 흐르는 대금소리는 두 사람의 영혼을 홀리기에 맞춤했다. 바다의 거친 파도 소리도 이미 들리지 않았다.

'너는 악기를 다루는 특별한 재주가 있다. 그림도 특색 있고…….'

진수는 음악선생님의 감탄하던 모습이 머리를 스치고 지나갔다.

'안 돼! 그런 건 돈 못 벌어. 취미로 하고 공부해야 해! 오늘부터 잠재우고, 성적부터 올려라. 성적이 말이 아니잖니? 5등 밖으로 나간 적 없는데……. 20등이 됐으니…….'

"그 대금 엄마한테 맡겨라. 달랄 때 줄게."

엄마는 단호했다. 절망이 진수의 가슴을 쳤다. 오직 유일하게 대금연주만이 자신을 위로해 주며 평화를 주었는데…….
자신의 울분과 고통을 엄마는 이해해 줄줄 알았다.

"내가 알아서 할게요."

한숨을 꺼져라 쉬는 엄마의 절망적 표정이 떠올랐다.

음악이 끝났을 때 진수의 뺨에 눈물이 흘러 있었다. 승국의 눈에도 눈물이 가득했다.

승국이 눈물을 훔쳐내며 말했다.

"1등도 소용없단다. 내가 왜 죽으려고 하는지 아니?"

"…….."

"전교 1등만 했어. 학교에서도 하라는 대로만 했고, 집에서도 1등만 하니까 힘든 농사 지면서 부모님들도 자랑스럽게 여겼지. 중, 고교도 1등으로 나왔고 대학까지 장학금을 받았으니. 그것도 명문 대학이야. 그런데 이게 뭐야? 당연히 취직도 1등으로 할 줄 알았어. 그런데 원서내면 떨어지니까. 결론은 너 같은 사람은 이제 필요 없어, 라는 대답이잖아? 성에 차지 않은 직장은 가기 싫었던 것이 문제였어. 낮춰서 가야 하는 건데. 번듯하며 나를 인정하고 대우해주는 곳 아니면 가기 싫었어.

공부고 뭐고 어려서부터 하라는 대로만 해왔는데 결국 이
제 써 먹을 데가 없는 사람이 된 거지. 미안해서 농사짓는 부
모한테 가지도 못하고……. 3년 지나니 후배들한테 밀려나
고……. 오갈 데가 없어."

승국의 가슴에 피멍이 들었을 것 같았다.

진수는 생각했다. '엄마도 내가 없으면 새아버지와 살아가
시는데 걸림돌이 없으니 편해 지실지도 몰라.' 나한테 들어
가는 경제적 부담 때문에 두 분은 자주 언성을 높였다…….
진수는 쓰일 데 없는 인간이 자신인 것만 같았다.

"자, 바닷가를 봤으니 이젠 시내 한 바퀴 돌아보고, 남쪽으
로 가볼까? 담양, 화순 어때?"

"형이 좋을 대로."

두 사람은 차에 올랐다.

"원래 한 사람 더 같이 가자고 계획을 세웠어. 근데 그
사람이 빠지고 둘이 된 거야."

"그 사람은 왜?"

"사업을 했대. 처음엔 잘 되다가 확장을 했는데 부도가 난
거야."

"부도났다고 죽기까지?"

"넌 그 사람보다 더 큰 이유가 되니? 나도 남이 보면 심각하지 않아. 그건 다 자기 입장이 안 돼봐서 그런 거야. 자기 일만 크게 느껴지거든."

"폭력이 더 무서웠어. 그때 아이들이 보복하는 거 아닌가, 나중에 만날까봐 두려워. 그로 인해 학교서 왕따 된 것도 못 견디겠어. 난 본래 그릇이 크지 못하고 소심해."

"누구에게나 아픈 기억은 있어. 대부분 영원히 가슴에 묻은 채 살아가는 것 같아."

"형, 그 기억이 살아가면서 지워질까?"

"우리도 지금 상처를 못 견뎌 하니까 이러는 거 아냐? 사실, 조금 겁나……. 자~ 또 가보자."

두 사람은 또 떠난다. 승국은 액셀을 밟았다. 고속도로의 차들은 훤히 트인 길을 잘도 달렸다. 수많은 차들은 저마다 가야 할 이유가 있다. 이유가 있는 저 차들은 행복할까. 진수는 마치 한걸음 물러서서 지구 밖의 세상을 구경하듯 한다.

*

이틀 동안 진수와 승국은 물 흘러가듯, 고속도로와 작은 시골 도로를 막힘없이 다녔다. 그들은 남해에 도착했다. 남해는 환상적으로 아름다웠다. 바다에 아름다운 정원들을 띄워놓은 듯 했다.

"형, 보리암 가봤다고 했나?"

"어, 안 가본 데부터 먼저 들리자. 서포 김만중의 유배지였다는 노도를 가보자."

"그래, 가 본데는 나중에 들리고, 배표를 끊어야겠네."

그들은 백련포구에서 노도로 들어가는 배를 탔다. 임진왜란 당시 노를 많이 생산하였다하여 섬 이름을 노도라 부른다고 했다. 짧은 뱃길이었다. 배에서 내려 두 사람은 나무 그늘 속으로 들어가 천천히 산을 올랐다.

"와~ 정말 좋네. 그런데 언젠가 와 본 곳 같아. 왜 익숙하게 느껴질까. 이 섬이. 형, 전생부터 이어진 우리의 잠재의식 속에는 좋은 기억도 있지만 온갖 망상, 환상, 고집, 착각 별별 잘못된 전도 몽상이 쌓여있다고 읽었던 기억이 나네. 정말 그럴까?"

"글쎄……."

숙종 시대에 유배되어 서포 김만중은 이 섬에서 살았다.

저 바다에 떠있는 섬들을 보며 서포 선생은 무엇을 떠올렸을까. 지금은 바다가 훤히 내려다보이지만 그때의 유배지는 첩첩 산중으로 사람도 없는 곳 이었을 텐데.

　진수와 승국은 그가 살았던 초가집 앞에 섰다. 집안을 들여다보았다. 드라마에 나오는 옛 시골집과 같았다.

　산 짐승들이 노니는 깊은 산 속에서 선생은 다람쥐와 벗하며 놀았을까. 그러다 먼 바다의 수평선을 보며 사람을 그리워했을 것이다. 진수는 서포 선생의 생애를 생각해 본다.

　그는 유배지에서의 고독한 삶을 살다가 병사로 생을 마감한다. 죽음도 삶만큼이나 다채롭다. 사형, 살인, 자살, 사고사, 병사……. 그러고 보니 자연사로 생을 마감하는 사람은 행복하다 할 수 있을 것 같다.

　가장 험악한 죽음은 스스로 목숨을 끊는 자살 아닐까. 진수는 왜 자신이 거기까지 생각하게 됐는지 모르겠다. 선생이 기거한 집 뒷산으로 조금만 올라가면 우물이 있다. 직접 파서 사용 했다는 우물은 그런대로 보존이 잘 되어 있었다. 우물을 들여다본다. 당시의 삶의 고달픔과 서글픔이 묻어난다.

　그는 이 우물에서 물을 퍼 마시고 아무도 없는 빈 방에서 추위와 싸우며 낙엽과 함께 쓸쓸함을 이야기 하고 지나가는 바람을 붙들고 울었으리라. 틀림없이.

　꿈속에서 만난 어머니는 자식에 대한 애끓는 아픔을 호소하였다. 그는 꿈에서 깨어나 어머니의 모습을 떠올리며 글을 써 내려갔다. 어머니의 슬픔을 조금이라도 위로해 드리고 싶었다. 최초의 한글 소설인 구운몽이 되었다.

이야기 속에 꿈과 현실을 넘나드는 환상적인 장면이 나온다. 지난날 벼슬을 누리던 영화를 그리며 세상의 부귀영화가 한낱 허무에 불과하다는 이야기를 하고 싶었을까. 수도승처럼 혼자서 영혼을 버리며 고독과 싸웠으리라. 나폴레옹은 괴로움을 거치지 않고 정복한 승리는 영광이 아니라고 했다. 진수는 그가 고독해 질수록 맑은 영혼을 가질 수 있었으리라고 생각한다.

오르막길로 100미터 정도 올라가면 선생의 허묘가 있고 선생이 묻혔던 자리에는 작은 비석만이 세워져 있다. 역사가 살아 숨 쉬는 곳. 어머니 윤 씨를 그리며 짧은 생을 살다가 마감한 이곳 노도의 환경이 진수는 가슴깊이 와 닿았다.

> 인간사 부침은 아득하여 짐작할 수 없나니 노래 통곡, 슬픔과 단지 한 해 사이에 일이구나. 자식 생각에 흘리실 어머니 눈물 멀리서 헤아려 보니 반은 죽어서 한 이별 탓이요, 반은 생이별 탓이로구나.

선생의 시 「유배지에서 짓다」이다. 인생의 허무함과 어머니에 대한 그리움이 절절하다. 빈 방에 책상 끼고 홀로 앉아,

어머니를 그리며 그는 작문에 심취해 갔을 것이다.

서포 선생이 외딴곳에서 고독에 떨며 어머니를 생각하고 그리움의 눈물을 흘린 모습이 그려졌다. 진수는 있는 듯 없는 듯 무심히 지나다니며 보던 엄마가 생각났다. 내게 엄마가 있었구나, 하고 문득 가슴에 새긴다.

선생은 또 자기 나라 말을 버려두고 남의 나라 말로 시문을 짓는다는 것은 앵무새가 사람의 말을 하는 것과 같다고 그의 『서포만필』에서 말했다. 예리한 통찰력이다. 말은 하되 글을 모르니 아녀자들을 위한 순 우리말로 글을 지었다. 당시 사대부가의 반대는 물론 중국의 한자로 써야 만이 지식인의 대열에 끼일 수 있었으니, 한글을 업신여기는 것은 당연하게 받아들였는지도 모른다. 그러나 선생은 자신의 뜻을 굽히지 않고 구운몽을 최초의 한글로 지었다. 한국사에 영원히 남을 우리말 최초의 작품이다.

승국은 자신의 삶을 돌아보는지 자꾸 눈가를 훔쳐 내었다.

"형, 그러지마. 슬퍼져."

승국의 눈물이 전염되어 진수의 눈에서도 눈물이 난다.

바닷바람이 진수와 승국을 쓸며 지나갔다. 산언덕에 앉아 바라보는 바다와 노도 마을은 평화로웠다. 이렇게 아름다운 나무와 새들, 숲속에서 바라보는 바다 …… 길가에 피어있는 꽃들, 모두를 두고 가야 하다니……. 승국은 예리한 칼로 가슴을 긋듯 상처가 난다. 오늘 밤이다. 그들은 여행 삼일 째인 오늘밤이 지구에서의 마지막 밤이다.

승국은 생각한다. 이 아이는 지금 17살의 사춘기 고등학생이다. 아직 바른 판단을 하기에는 어린 나이이다. 돌려보내야 하지 않을까. 자기 자신 외에 또 한 사람을 끌어들여 의지해서 같이 간다는 것은 간접 살인 아닐까. 승국은 문득 진수에게 묻는다.

"우리 살까? 다시 한 번 도전해서?"

진수가 놀란 표정으로 승국을 바라본다.

"왜? 형은 살고 싶어?"

"너는 나보다 어린데, 내가 죽음으로 이끄는 것 같아."

진수가 단호한 대답을 했다.

"아니. 싫어. 살아야 할 의미가 없어. 꿈이 없는 인생, 살아서 뭐해?"

"내가 두려워 하나봐. 죽음에 대해서. 너를 부추겨서 여기까지 왔는데……. 혼자는 못하겠더라."

그들은 저물어 가는 햇빛에 반짝이는 바다를 바라본다. 각자의 생각에 잠긴다. 바다는 수많은 세월을 품고 지금도 역사를 만들며 흐르고 있다. 진수와 승국의 마음도 서서히 저

물어 갔다.

서포 선생은 아무도 없는 이런 섬에서 유배 생활을 하며 어머니를 떠올리고 살아야 한다는 의지를 굳혔는데 우린 무언가. 그러나 진수는 다시 괴로운 일상생활로 돌아가긴 싫었다.

"일어나자."

승국이 먼저 말했다.

"바다여! 안녕~"

진수가 엉덩이를 털며 일어선다. 그들은 섬을 나온다.

진수와 승국은 외딴 모텔을 잡았다. 마당에 소나무가 두 그루 서 있는 시골 건물이었다. 해가 기울어질 시각이었다. 두 사람은 손을 꼭 잡고 들어갔다. 모텔에서 안내하는 청년 하나가 두 사람을 이상한 시선으로 바라보았다. 게이들인가 하는 의심의 눈초리를 보내는 것 같았다.

두 사람은 두루 주변을 살피며 안내해주는 3층으로 올라갔다. 진수가 미리 샀던 맥주 3병과 안주를 들고 방문을 열었다. 방으로 들어가서 방문을 꼭 닫고 두 사람은 먼저 서로를 껴안았다.

"좋은 길로 가는 거야. 살기 싫은 이 세상 하고는 이제 영원한 이별이다. 기쁘게 가자."

승국이 옷을 벗어서 걸고 팬티 바람으로 욕실로 들어가 샤

위를 했다. 진수가 백지를 꺼냈다. 엄마에게 편지를 썼다.

　　엄마, 용서하세요. 저는 아빠를 만나러 갑니다.
저 죽은 후에 너무 슬퍼하지 마세요. 이 세상 저 너
머에는 아름다운 길이 있으리라 생각됩니다. 다시
는 이 세상에 태어나지 않고, 하얗게 아무도 밟지
않은 길을 새롭게 걷고 싶습니다. 엄마 저를 잊어
주세요. 죄송해요. 저도 이 세상을 용서하고 떠납
니다. 미운사람도 예쁜 사람도 다 버렸습니다. 다
만, 엄마가 끝까지 마음에 걸리네요.
　　엄마 사랑해요!
　　　　　　　　　　　　○월 ○일, 진수 드림.

　승국은 샤워를 하고 나왔다. 진수도 들어가서 깨끗이 씻고
나왔다.

　옷을 반듯이 개켜서 한쪽 화장대 테이블 위에 놓고 두 사
람은 마주 앉았다. 그리고 맥주를 땄다. 두 사람은 서로에게
한 컵씩 술을 따라 주었다. 다시 한 번 진수가 방문을 확인했
다. 방문은 단단히 잠겨 있었다.

　"원샷 하자."

　두 사람은 단숨에 술을 한 컵씩 들이켰다. 그리고 승국은
작은 가방에서 꼭꼭 묶은 비닐주머니를 꺼냈다. 주머니의 묶

은 부분을 풀고 내용물을 신문지 위에 쏟았다. 여러 종류의 약이었는지 색상이 여러 가지였다. 주먹만큼 쌓아놓은 약을 반씩 갈랐다. 승국은 진수의 몫을 컵 옆에 놔주고 나머지 반은 자신이 가져갔다. 승국이 하얀 쪽지에 무엇을 적었다.

    어머니, 아버지 절 고생해서 키워주셨는데 죄송
    합니다. 불효를 용서하세요.

하고 썼다. 가슴이 두근대며 손이 떨려 왔다. 승국이 먼저 한 움큼의 약을 여러 번으로 나누어서 한 번씩 입속에 털어 넣고 맥주를 마셨다. 진수도 승국처럼 수북한 양의 약을 덜어서 먼저 입에 넣었다. 그리고 술을 마셨다. 손이 혼자 떨고 있었다. 여러 번 반복했다.
　"형! 안녕~ 잘가~"
　"진수야, 잘가라~ 안녕~"
　두 사람은 포옹하고 자리에 누웠다.
　승국이 준비해 온 하얀 끈으로 진수의 손목과 자신의 손목을 잡아 맸다.
　혹 잠결에 밖으로 나가지 못하게 하기 위함이었다.

　해가 넘어 가도록 진수의 눈은 감기지 않았다…….

"형! 자?"

"왜?"

"뭔가 마음에 걸려. 세상을 잘 살지 못해서 걸리는 걸까?"

"나도 뭔가 걸리네. 우리는 죄를 짓는 걸까? 너를 믿는다고 하시던 아버지가 앞에 서계신 것 같네……"

창밖에 바람이 부는지 나뭇잎 흔들리는 소리가 났다. 숨소리만 들리는 고요. 승국이 진수의 손을 잡았다.

"왜…… 인간이 이 지구에 와서…… 고통 받다 가는지 모르겠어……."

이미 진수의 발음은 정확하지 않고 더듬거렸다. 진수의 눈이 스르르 감긴다.

진수는 잠 속에서 흰 옷을 입은 채 춤추고 꽃밭을 거닐었다. 천사들이 내려와 감싸준다. 진수는 대금을 불며 같이 따라가고 있다. 천사들은 여럿이 진수를 들어 올리고 훨훨 날아서 간다. 대금산조를 타고 하늘로 가고 있는 진수.

"네 이놈!"

갑자기 천정에서 벼락 치는 소리가 났다. 승국의 아버지였다. 승국은 벌떡 일어나 앉아서 아버지께 두 손을 빌었다. 어지럼증이 돌며 갑자기 멀미가 났다. 승국은 토악질을 했다. 현기증 때문에 엎어지면서 흐린 시야를 더듬어 화장실 문을 열었는데 방문인가 보았다. 손목의 끈을 겨우 풀고 그는 비틀대다가 문밖의 계단 아래로 굴렀다.

쿵탕대는 소리에 모텔 입구 안내실에 있던 종업원이 뛰어 올라왔다. 계단에 널브러져 있던 승국을 흔들었다. 붉으래한 토사물이 승국의 러닝에 범벅이 되었다. 종업원은 놀라서 비상벨을 누르고 119에 전화를 했다.

"씨발, 약 처먹었나봐. 재수없게스리."

들어오던 때 친절하던 종업원의 눈에 승국은 더 이상 손님이 아니었다. 종업원은 방문을 열고 들여다보았다. 동행한 또 한 사람이 의식을 잃은 듯 했다.

"여보세요! 여보세요! 여보세요!"

마구 흔들었으나 팔 다리가 축 늘어진 채 움직임이 없었다.

"이 새낀 뒈졌나? 보름 전에도 한 년 죽어 나가더니……. 누구네 망하는 꼴 보고 싶은가보네. 에이, 재수 없어……."

잠시 후 119차가 소리를 요란히 내며 도착했다. 그들은 급한 몸짓으로 두 사람을 싣고 병원으로 내달렸다. 먹은 약을 토사물로 내보낸 승국은 위세척 후 의식이 들기 시작했다.

진수는 이미 몸에 퍼진 약물로 이 세상을 영원히 하직하고
말았다.

진수의 자살 이후 학교에서 조사는 다시 이루어졌다. 지유
는 그 후로도 폭력이 두 번 더 있었다는 것을 적은 진수의 메
모장을 증거로 제출했다. 까다로운 검증 조사였다. 그때 진
수에게 대금 부는 법을 가르쳐 주시던 음악 선생님이 적극
진수에 대한 착한 성품을 얘기했다.

진수에게 행패를 부리던 아이들은 자퇴했다. 진수의 자살
이유가 진수를 괴롭혀 왔던 아이들로 확실하게 밝혀지자 그
들은 청소년 감호소로 가게 되어 학교는 술렁였다. 뉴스시간
마다 학교 폭력을 다뤘다. 담임과 교장이 사직서를 냈다.

지유는 진수의 증조할아버지가 독립운동을 하던 하얼빈,
상해 등 행적지를 돌아보았다.

곳곳을 다니며 많은 생각을 했다. 진수와 같은 청춘의 나
이에 나라를 구하는 일에 생명을 바친 양○○ 할아버지. 더
없이 훌륭한 분이란 생각을 한다. 지금의 젊은이들은 득이
되지 않는 일은 돌아보지도 않는다. 지나치게 개인주의이다.
점점 세상이 살벌해 간다. 작은 일에만 분노하며 에너지를 소
비한다. 그분들에 비하면 극도의 이기주의로 살아가고 있다.

힘이든 일은 헤쳐 나갈 생각을 하지 않고 괴로우면 현실을 도피할 생각부터 하며 사는 것 같다. 진수 역시 괴로운 현실을 도피해 간 것이 아니고 무얼까. 자신의 힘으로 더 이상 헤쳐 나갈 수 없을 때 꼭 그 방법뿐이 없었든가.

남에게 봉사도 하고, 민족과 나라를 구하기 위해 죽은 위대한 영웅들도 있는데 지유는 그렇게 쉽게 세상을 등진 아들이 미웠고 섭섭했다. 자살도 살인이야. 납골당에 그의 죽음을 기념하는 것이 원리에 맞지 않는다는 생각을 했다.

지유는 일주일 만에 돌아와서 곧바로 진수의 납골당으로 향했다. 한낮인데도 진수의 유골이 들어있는 추모관은 음습한 기운이 느껴졌다. 안치단의 작은 문에는 양진수란 이름과 진수의 사진이 붙어있다.

"진수야, 잘 있었니?"

지유는 준비해온 세 송이의 꽃을 꽂았다. 잠시 묵념하고 지유는 사무실을 찾았다. 문을 열고 들어갔다.

지유는 사무실에서 아직도 계약기간이 많이 남아있는 납골당 계약서를 해지했다. 그리고 진수의 유골가루가 든 항아리를 받아 들었다. 가려거든 차라리 나무의 밑거름이라도 되거라. 지유는 진수의 유골단지를 들고 야트막한 야산으로 올라갔다. 숲 속의 적당히 솟아있는 나무 밑둥에 뿌렸다. 바람에 날리는 하얀 가루…….

병원 분만실에서 진수를 낳았을 때가 떠오른다. '3.7kg의
사내아이예요!' 하고 들려줬을 때 뭉클했던 감동. 하느님 감
사합니다. 잘 키우겠습니다. 자신도 모르게 하느님께 약속을
했다. 한 발짝 두 발짝 떼며 걸음마를 배울 때의 진수 모습.
유치원 다닐 때, 미술대회에 나가서 상장을 타고 집 앞 골목
을 들어서며 엄마에게 상장을 흔들던 모습이 겹쳐온다. 친
구들 초대해서 생일파티 하던 때의 초등학생 시절……. 자라
나던 진수의 모든 모습들은 지유에겐 삶의 생명력이 되어 주
었다.

하늘에서 흩어져 가고 있는 구름과 솔잎 사이로 빠져나가
는 바람, 흙 위를 걸어가고 있는 사람들 모두, 그들은 영원하
지 않다. 되돌아올 수 없는 허공으로 사라지고 있다.

세상은 자신의 뜻대로 안 된다는 걸 진작 가르쳐 줬어도
안 죽었을 것을……. 아들아! 질식해 죽을 것 같던 절망도 다
지나간단다. 그 짧은 사이를 참지 못해 수의를 입고 눈을 감
은 진수의 모습이 떠오른다. 하얀 피부와 가지런한 검은 머
릿결은 너무도 아름다웠다. 진수야, 어떻게 그렇게 가버릴 수
가 있어? 엄마를 그렇게 쉽게 배신을 할 수가 있어? 엄마가 너

를 어떻게 길렀는데. 아가야! 너를 너무 사랑한 죄밖에 없다. 내 목숨보다 더 소중한 네 곁에 엄마가 있단다. 평생토록 상처를 안고 살아가야 할 엄마의 아픔도 생각해주어야지…….

…… 이젠 생각하지 않으련다. 누구든 아픈 상처를 안고 산단다. 좋은 기억은 금세 사라지고 아픈 기억은 늘 우리를 괴롭혀. 굳은 결심을 한 지유의 눈에서는 여전히 뜨거운 눈물이 흐른다. 🦋

강물 소리

강 물 소 리

1

 강마을. 150여 가구가 모여 사는 작은 마을이다. 동네 변죽으로 강이 흐르고 있어서 언제부터인지 사람들은 이곳을 강마을이라고 부른다.

 갈참나무와 소나무가 질서 없이 섞여서 강가에 섰고 사람들은 무심히 그곳을 지나다닌다. 가끔 아이들과 강아지가 뛰노는 모습들이 꼭 1960년대 도시의 변두리 동네 같기도 하다.

 평화롭던 마을에 가끔 외지인이 나타나서 강 위 산언덕에 올라 무심히 강물을 내려다보는 모습을 볼 수 있다. 이런 사람들은 어쩌면 절망적인 고민을 안은 채 추락하고 싶은 충동을 느끼는지도 모를 일이다. 추락에의 유혹을 누르면서 어디론가 사라져 버리는 게 대부분이지만 가끔 강물에 떨어져 허우적대는 것을 건져 올리는 경우도 생긴다. 건져 올리면 살아나는 사람도 있지만 숨이 끊기는 사람도 더러 있었다.

캄캄한 밤에는 떨어진 사람이 강물 따라 어디론가 흘러간 것을 아무도 모른 채 이튿날 침묵의 강을 사람들은 무심히 지나다닐 뿐이었다.

동네 한편에 밥과 술을 파는 객주집이 하나 있다. 주로 이 동네 사람이 손님으로 온 타지 사람들과 함께 어울려 대접상 들리는 것이 강 마을 주막이다. 어스름 해질녘에 동네 사내들 술 생각나서 들러야 두어 서넛이 들어와서는 소주 두 병에 막걸리 한 되 정도 시키기 일쑤이다. 안주는 두부와 김치면 그만이다. 술이 거나해지면 서로 먼저 계산하기를 기다렸다가 눈치가 보이면 아끼고 아낀 꼬깃꼬깃한 돈을 속주머니에서 꺼내 먹은 값으로 내놓는 것이었다.

근래 개발이니 뭐니 떠도는 소문도 많은데 아직도 사람들은 현대식 건물은 피하고 옛 모습 그대로인 강 마을 주막을 즐겨 찾는다. 동네 사람들은 아직 주막집 주인아낙인 주모의 이름을 모른다. 그냥 편의상 옛부터 여태까지 주모라고만 부를 뿐이다. 동네 경사가 나도, 슬픈 일이 생겨도 으레 사람들은 그 소식을 듣기도 하고 새로운 소식을 전해 주기도 하면서 복덕방처럼 걸쳐 가곤 하는 곳이다.

사람마다의 가슴에 새겨진 강 마을 모습은 저마다의 추억이 다르고 어쩐지 쉽게 떠날 수 없을 것 같은 끈적한 정이든 곳이다. 또한 강 마을 주막이 있는 한 이 마을과의 정을 뗄 수가 없는 것이다. 보름달이 두둥실 하늘 한가운데로 뜨는 밤이면 사람들은 강바람을 쐬러 나오기도 하는데 아이들은 둥근달을 보며 가슴에 미래를 가득 담고, 어른들은 어릴 적 뛰놀던 추억에 젖는다.

그가 이 강 마을에 다시 나타난 것은 일 년 만이었다. 비쩍 마른 몸에 광대뼈만 도드라져 나온 얼굴, 초점 없는 시선, 추레한 잠바차림, 혼이 나간 육신에 껍데기만 입혀 놓은 것 같은 몰골. 의욕 없는 표정은 일 년 전이나 지금이나 똑같았다. 어찌 보면 인생을 통달한 것 같기도 했고 어떨 땐 인생을 포기한 사람처럼 보이기도 했다. 자기 자신도 그 내부를 빠져 나와 버린 듯한 육신. 이 마을에서 그를 떠돌이 '김 씨'라고 부르는 것과, 관심 밖의 시선으로 흘깃 쳐다보는 것일 뿐 마을의 모든 사람들이 그를 대접하지 않는 점은 여전히 같았다.

"아, 뭐혀? 해가 중천에 떴는디 일어나지 않구서. 자고로 아침잠이 읎어야 잘사는 벱여!"

초저녁잠이 많아 아무데서나 쓰러져 한잠 자고나서 부지런을 떨며 손발을 쉴 새 없이 놀려야 직성이 풀리는 주모의 소리이다. 새벽이지 싶은데 주모에겐 아침인 것이다. 가영은 하품을 하며 미닫이 방문을 열었다.

"아침부터 누가 술 처먹으러 온 다구 그래요? 어젯밤 다 고꾸라졌을 텐데."

"아, 이것아 해장술 준비하려면 배추 다듬어야제, 국물 앉혀야제, 밥도 해야제. 할 것이 그리두 읎남?"

이때 문이 덜드륵 열렸다. 그 김 씨였다. 돌아보는 주모의 눈에 놀람과 반가움이 겹친다.

"아니, 김 씨 아녀? 어쩐 일이여? 다시 왔어? 서울 가서 장갈 들어 잘 사는 줄 알았는디."

"장가는요 무슨."

그가 히쭉 웃더니 구석에 놓인 탁자로 가 앉는다.

"나 소주 한 병만 주쇼."

"암, 주고말고."

"아, 하품하지 말구 언능언능 찌개 읎힌 것 끓으면 가져다 줘."

새벽부터 눈꼽도 안 띠고 술 처먹으러 오는 놈은 부자 될 놈인가? 구시렁거리며 아직 졸리움이 남아있어 엉거주춤 서 있는 가영에게 소리치는 주모. 손님이 오면 늘 조급해지는 주모이다. 아니 손님의 머리수가 그녀의 머릿속에선 빠르게 돈으로 환산되어진다. 손님 입에서 '빨리 주시오' 재촉 소리만 나면 이윽고 덜드럭 문 열고 나가 버릴 것 같은 불안함에 똥마려운 강아지 꼴이 된다. 어둠이 내리기 시작해야 하나, 둘 들어오기 시작해서 가영이 손님상에 앉아 젓가락 장단을 맞추며 유행가를 뽑을 땐 이 선술집 하루가 무르익는 이슥한 밤이었다.

술은 때에 따라 변하는데 누구에겐 안식이 되기도 하고 누구에겐 도피도 되며 누구에겐 카페인처럼 각성제가 되기도 한다. 또 때때로 술은 상처를 헤집어 피 흘리게도 만들고 포기를 시키는가 하면 배짱을 부풀리기도 하며 신명도 만들어 준다. 때론 살기를 돋우기도 하지만. 그런데 헛된 망상만 꿈꾸다 가게 만드는 술을 싫어하는 사람이 별로 없다.

가영에겐 희망과 좌절만을 안겨다 준 술이었다. C도시에서 이 강마을까지 흘러들어 온지 햇수로 육 년, 이상스럽게도 다른 곳처럼 쉽게 떠나지 못하고 고향인양 머무르는 곳이 되어 버렸다. 또 이 강 마을을 떠난 사람도 오년 이상을 버티지 못하고 다시 돌아오는 것을 보면 참으로 이상한 끈을 누군가 가 매어놓고 풀었다 당겼다 하고 있는 것만 같았다.

"왜 아직도 결혼 안 했어? 좋은 신랑 만나 마을을 떠난 줄 알았더니."

소주병을 들어 술잔에 따르며 김 씨가 가영에게 말을 건넨 다. 주제에 남 걱정 하남, 비웃음 담긴 얼굴로 가영이 돌아보 는데 주모가 잽싸게 가로챈다.

"아, 눈에 뵈는 걸 쫓아야제 뜬구름 잡아 뭘 혀? 아랫마을 '마' 씨가 좀 좋아? 제일 낫드구먼, 조건이!"

그 말에 눈을 하얗게 흘기는 가영. 가당찮다는 표정이다. 누굴 어떻게 보느냐는 듯이.

"아, 김 씨도 알지? 홀아비 마 씨 말야, 전실 자식 있다 해 도 돈이면 단디 뭔 걱정 있었어? 앞치마 두를 일도 없제, 손 에 물 안 담그고 사니 좀 좋아? 그 나이 됐으면 내가 갔겠다."

마 씨를 놓치기가 애가 탄다는 말투다. 히쭉 웃는 김 씨, 아니 김진성 씨. 저럴 땐 꼭 순진한 다섯 살 박이 표정이다.

"그나저나 김 씬 왜 다시 왔는 게야?"

대답대신 또 히쭉 웃는 진성. 다시 한 잔 들이켜는 그는 마 치 그것이 답이라도 되는 양 빈 잔을 탁자에 내려놓으며

"강마을이 좋아서요." 한다.

"어이구 웬수······으째야 혀?"

순간적으로 주모의 가슴속에서 두터운 '업'같은 세월의 상처가 스쳐 지나간다. 김이 뽀얗게 뿜어져 나오는 국솥 뚜껑을 한 번 들었다 놓으며 주모는 한숨 같은 말을 흘린다.

"그려······. 아까운 청춘 다 바쳐서 보내고 나면 수고 했어라 허고 강 귀신이 나와 쓰다듬어 줄 끼어······."

탁자 위에 놓인 파란 소주병에 창문을 통해 들어온 햇살이 여과 없이 통과하니 조금 남은 술이 더욱 투명해진다. 다시 한 잔 따라 붓는 진성의 손이 병 속의 남은 술만큼이나 허약해 보인다.

2

검은 물결이 일렁였다. 달도 뜨지 않았다. 어둠 속에서 들리는 새소리와, 물소리가 함께 어우러져 묘한 화음을 냈다. 멀리 서 있는 산속의 나무들은 장정인양 버티어 서 있는 것도 같았고 바람에 으스스 몸을 추스리는 것도 같았다.

어디선가 발자국 소리가 들리는 듯 했다. 정적 속에서는 동물의 소리보다 인간의 소리가 더 무섭다더니 신경이 곤두

세워졌다. 머리끝이 쭈뼛해 옴을 느끼며 가영은 남은 소주 반병을 한 번에 다 마셔 버렸다. 알콜의 화끈거림이 무섬증을 조금 가시게 했다.

변함없이 흐르는 물소리. 언제부터인가 물은 어느새 가슴 속을 타고 흐르고 있었다. 언제였던가. 저 소리를 들었던 때가—.

파란 하늘을 타고 흐르는 하얀 구름.

"엄마, 저 구름은 자꾸 어디로 가노?"

"그냥 흘러간다."

"그냥 흘러 어디로 가노?"

"비가 되어서 내리기도 한다."

"그럼 하느님이 비를 뿌려 준 게 아이네."

"……."

"엄만 와 거짓말 했노?"

"뭘 말이가?"

"비는 하느님이 내려준다 카믄서?"

"니는 맨날 뭘 그리 꼬치꼬치 물어 쌌노? 지집아, 대충 듣는 것이 없데이, 성가시게."

엄마는 경숙의 손목을 세게 잡아 당겼다. 갑자기 빨라진 엄마 걸음에 경숙은 고꾸라질듯하며 딸려간다. 성난 듯 자신의 손목을 잡고 허둥지둥 걷는 엄마의 얼굴을 곁눈질 해본다. 무언가에 정신이 팔린 사람 같다. 구름이 가는 곳 끝까지 묻고 싶었으나 엄마의 굳은 표정이 다섯 살의 경숙의 입을 다물게 했다.

"엄마, 좀 천천히 가재이."

숨을 할딱이며 겨우 말을 했을 때 엄마의 뺨에서는 굵은 물줄기가 흘러내리고 있었다. 광대뼈 밑을 흘러내리는 눈물이 지는 햇살에 반사되어 반짝 빛나는 것이 경숙은 구슬처럼 영롱하게 느껴질 뿐이었다. 엄만 언제나 저렇게 자주 눈물을 흘렸으니까.

"경숙아!"

"응?"

"니, 밥 배불리 먹여주고 예쁜 때때옷 입혀 주고카믄 엄마 없이도 살 수 있제?"

"인형도 사주나?"

"그럼, 사주고말고."

"새 옷 입고 인형 갖고 놀고 있으면 엄마가 데리러 올기가?"

"……."

"응? 엄마 말해봐."

"경숙이가 이다음 커지면 그때 만난다. 엄마하고……."

"몇 밤 자야 내가 커지는데?"

"백 밤만 자면 된다."

"그게 얼마큼인데? 하늘만큼이가?"

"그래……."

엄마는 어둠보다도 더 짙은 한숨을 뱉어냈다. 텅 빈 들녘
엔 어둠이 스며들기 시작했다. 논둑길을 걷는 엄마의 걸음이
더욱 빨라졌다. 엄마는 소매 자락으로 눈물을 닦고 코를 훔
쳤다.

나루터에 도착했을 땐 사공이 하루 일을 끝내고 막 목선을
매어두고 있던 참이었다.

"저 보이소 아저씨, 저 좀 건네 주이소."

사공은 귀찮은 듯 엄마를 올려다봤다. 젊은 여인 '염순희'
와 초롱초롱한 경숙의 눈빛을 보던 사공은

"급한 일 아니면 내일 일찍 가시지요." 했다.

"아니라예, 오늘 꼭 가야 해예. 내 웃돈은 더 드릴끼게 가
주이소."

엄마는 간절히 부탁했다.

"조금만 더 일찍 오시지…… 웃돈은 필요 없소이다."

구레나룻이 난 맘 좋게 생긴 아저씨는 말뚝에서 밧줄을 풀

었다. 가난이 흘러 보이는 옷차림 때문이었을까? 사공은 큰 인심을 썼다. 아아, 그때 사공이 박절히 거절했더라면 되돌아와서 하룻밤 사이 엄마의 마음에 변화가 왔을지도 모르고, 굶어 죽더라도 엄마의 체취를 맡아가며 살아갔을지도 모를 일인데······.

사공이 어두워 오는 강가를 가로질러 갔다. 배에 몸을 맡긴 엄마의 몸은 배가 흔들어 주는 대로 가늘게 흔들렸다. 눈을 감고 있었다. 그녀의 고개가 자꾸 반복해서 까딱 까딱여졌다. 배가 흔들어 주는 것인지 그녀가 배의 흔들림에 고개를 까딱여 맞춰 주는지 알 수 없었다. 그때마다 그녀는 중얼거렸다.

-오냐, 오냐, 오냐, 잘하는 거다. 푸짐한 쌀밥에 실컷 먹고 뜨신 아랫목에서 자고 고운 옷 입고 귀하게 크거라, 돈! 돈이 웬수지! 내 꼭 이 웬수를 갚고야 말긴께-

까딱이는 고개에 맞춰 그녀는 그렇게 장단을 맞추었다. 어둠이 베이기 시작하는 강 위에서 흐르는 물소릴 들으며 신기한 듯 경숙은 물결을 내려다보고 있었다. 육중하지도 가볍지도 않은 물소리. 언제까지나 그렇게 세상과는 무관하게 흐르는 저 소리.

가영은 가까운 인기척에 화들짝 놀랐다. 진성이었다. 깜깜한 공간에서 담뱃불만 빨갛게 공중에 떠 있었다. 어둠 속에서도 그의 모습이 환히 떠올려 졌다. 가까이 대해 본적은 없어도 그가 나쁜 짓 했다는 소문은 들어본 적이 없었다. 가영은 그 점에 본능적으로 안심이 됐는지 그에 대한 두려움은 없다. 강바람을 쐬며 자갈 위에 누워 자기도 하고 어떨 땐 나무 그늘 아래에서 신문으로 얼굴을 가린 채 누워 있기도 했다. 몸은 몸대로 정신은 정신대로 따로 뒹구는 육신. 무얼까. 그를 그토록이나 버려두게 한 것은……

칠흑 같은 어둠이라더니 어둠이 짙을수록 더 빛나는 별이다.

"오늘 영업은 안 해? 왜 여기에 나왔어?"

"그런 김 씨는 왜 맨날 여기에 와 있어요?"

"나야 떠돌이 김 씨니까."

자조의 웃음이 담뱃불에 스쳤다.

"김 씨도 이렇게 맨 정신으로 지낼 때가 있어요?"

"가영이가 영업 안하는 날이 술을 안 먹는 날이 되듯이 나도 가끔 그런 날이 있지."

그때 희끗, 배가 하얀 새가 옆 나무로 옮겨 앉는 모습이 보였다. 물소리는 여전하다. 물은 수평을 이루기 위해 분주히 흐르지만 절대 스스로 멈추지는 못한다. 지형이 수평이 되면 그땐 멈출 것이다. 그때가, 그때가 언제쯤이 될까?

"새 옷 입고 인형 갖고 놀고 있으면 엄마가 데리러 올기가?"

"……."

"응? 엄마 말해 봐라."

육중하지도 가볍지도 않은 물소리. 언제까지나 그렇게 세상과는 무관하게 흐르는 저 소리―.

머리 풀은 귀신의 긴 머리칼같이 버들잎이 바람에 흔들린다. 진성이 그 나뭇가지를 잡아당겨 꺾는다.

"나 같은 사람은 추억을 먹고 살기 위해 술을 찾지."

"잊어버리면 안 될 추억이 있나보죠?"

"……."

"난 잊어버리기 위해 술을 찾는데."

"잊어버려야 할 기억 때문에 술을 찾는다……."

복습하듯 되뇌는 진성.

"술을 털어 넣고 나면 모든 것이 다 잘 될 것만 같고 모든 것을 다 용서할 수 있을 것만 같아."

진성은 그리운 사람을 이야기 하듯 중얼거렸다. 가끔 잔잔한 바람이 나뭇잎을 스친다. 진성의 가슴속에서도 스치는 바람소리가 들리는 듯하다.

3

"야, 이년아, 네년이 뭔데 십오 년 간 살아온 곱돌네를 이혼시켜 응?"

"아휴, 아니어유."

악을 써 대는 수원 댁의 억울한 소리에 경숙은 무엇으로도 증명할 수 없는 것이 안타까워 아니라고만 소리쳤으나 가슴이 탔다.

"아니긴 뭐가 아녀 이년아. 제 에미년이 기생년이니 그년에 그 딸이지."

"왜 엄니는 들먹거려유? 기생이나 재취나 거기서 거기지유. 일부종사 아닌 다음에야."

경숙은 자신의 어머니를 욕보이는 것은 무엇보다 참을 수 없다.

"저, 저년 저 말 버릇 좀 보게. 썩 꺼지지 못해? 이년!"

계모 수원 댁은 악이 바쳐 경숙의 머리를 쥐어뜯는다. 비명을 지르며 도망치는 경숙을 쫓아가다 들어오던 남편 도갑과 맞부딪친다.

"또 전장이여? 왜 맨날 애는 들볶구 그려?"

"동네 창피해서 어디 밖에 나가겠어요? 당신은 소문도 못 들어 보셨우?"

"곱돌이 아부지를 읍에서 만났는데 짜장면을 사 주더구먼유."

경숙은 그제서야 설움이 복받쳐 눈물이 흐른다.

"거 아무나 사줘두 다 따라 갈꺼여? 어허 참, 말만한 지집애가 저리 철이 없으니. 이 동네 유명한 난봉꾼인디."

"누굴 원망하겠어요? 그 기집에 그 딸이요. 그 아버지……."

"아니 뭐여? 이 여편네가 증말."

때릴 듯 싸리 빗자루를 집어 들며 노기등등한 도갑은 수원댁을 쏘아본다.

"곱돌네 이혼을 왜 나하구 결부 시켜유?"

멀리서 변명하듯 흩어진 머리채를 추스리며 말하는 경숙의 눈이 황망하다.

"시끄러! 뭘 잘 했다구……."

경숙은 그날 밤 머리를 감는데 한 움큼 머리칼이 잡힐 정도로 뽑혔다. 분하기도 하고 뽑힌 머리칼만큼이나 억울하기도 했다. 거실에서 아버지 도갑의 전화 내용이 욕실 문 틈사이로 들렸다. 상대는 서울 사는 작은아버지 진갑이다.

"진갑이냐? 내다. 경숙이를 네가 좀 맡아줘야 쓰겄다.. 아무래도 제 어미하고 맞질 않아요."

"형님! 신중히 생각하셔야죠. 또 무슨 일이 생겼습니까?"

"이젠 신중이고 뭐고 없다. 동네 창피스러워서 원, 왜? 싫으냐? 대신 논마지기 좀 떼 주마."

"그게 무슨 소용입니까? 숙영이 입시공부에 지장 있을까봐 그러죠."

"한 일 년만 데리고 있어다오. 그동안 미용기술 가르쳐서 미용실 하나 차려주든지, 좋은 놈 있으면 시집보낼 테니까."

쩝쩝 다시는 진갑의 입맛이 쓰다.

그렇게 해서 이튿날 서울로 올라온 경숙은 석 달 동안 작은집에 머무르다 아주 나와 버리고 말았다. 거기도 있을 곳이 못됨을 알았다.

아버지 진도갑은 경상도 여자를 만나 여자애를 낳았다. 떼어 달랄 때 죽어도 새끼만은 못준다고 끼고 살다가 경숙이 다섯 살 먹었을 때 제 아버지 찾아 주어버린 경상도 엄마 '염순희'를 경숙은 또렷이 기억한다. 강물을 건네주던 사공아저씨의 검은 구레나룻 수염까지.

그녀는 가끔 장날이면 곱돌 아버지가 사주는 짜장면 맛을 잊을 수가 없었다. 머리핀, 손수건, 책, 스타킹, 티셔츠까지 사준 물건들이 소중하게 아끼는 물건이 되었다. 그것만 가방에 쑤셔 넣어 갖고 다니는 재산목록 1호였다.

곱돌 아버지는 왜 바람둥이란 별명이 붙었을까. 내겐 바람둥이 짓 한 것 없는데.

책방에서 책을 골라주던 곱돌 아버지의 모습은 따뜻한 기억으로 머릿속에 사진처럼 박혀있다. 정이 그리운 경숙에게 곱돌 아버지는 친아버지 같았고 어머니 같았고 때론 집안의 큰 오빠처럼 엄숙한 표정으로 타이르기도 했다. 의지할 곳 없이 부유하던 경숙에게 기대고픈 버팀목이 돼주었다.

가을이면 뒷산의 임자 없는 밤나무를 털어 밤도 줍고 도토리도 주웠다. 가을의 한나절 햇살이 비춰는 산소에 등을 대고 앉아 경숙이 싸온 김밥을 먹으며 아저씬 김동인의 「감자」며 염상섭의 「표본실의 청개구리」며 김동리의 「무녀도」를 이야기해 주었다. 그런 날은 배부른 돼지에 철학자가 되어 산을 내려왔다.

밟히는 낙엽소리가 여느 날과 달랐다. 따뜻한 햇살에 잠자리가 춤을 추고 익어가는 빨간 감이, 떨어진 대추가, 노란 은행잎이 가슴을 풍성하게 해주었고 그런 평화에 겸손하게 감사의 마음을 갖지 않는다면 벌 받을 것 같았다. 어쩌면 자연 까지도 자신의 마음을 선명히 나타내 주는 걸까. 경숙은 따뜻한 곱돌 아저씨의 손의 감촉을 잊을 수가 없다. 그런 날은 손도 씻지 않고 잠들었다.

그런데 곱돌 아저씨는 왜 이혼을 했을까? 정말 동네 소문 대로 자신 때문이었을까? 가끔씩 바람처럼 어디론가 사라져 두 달, 석 달 만에 나타나기도 한 아저씨가 정말 궁금했다. 간 첩일지도 모른다더니 아니 옥살이도 했다더니 그 소문도 정 말일까? 아, 그게 무슨 상관이람? 그립다. 지금 어디 계시는 걸까? 아저씨 안 계실 때 동네를 떠나온 것이 못내 마음에 밟힌다.

"내일 내가 읍에 나가서 가영이에게 맛있는 밥 사줄까?"

'가영이! 가영이! 그래 가영이었지. 내가' 가영은 퍼뜩 현 실로 돌아와졌다.

"김 씨가 무슨 돈으로?"

"왜? 돈 없을 것 같아? 그런 걱정 붙들어 매셔. 내겐 전부 필요 없는 돈이야."

"필요 없는 돈이 어딨어요?"

"점심 때도 바쁜가?"

"저녁이 바쁘죠. 영업 시작 전 점심 때가 좋아요."

"좋아, 버스 정류소에서 만나."

이 동네에서 유일하게 김진성 씨만이 가영을 술집 여자로 취급하지 않는 것 같다. 술을 마셔도 혼자 따라서 혼자 마신다. 옆에 가영을 앉혀놓고 손을 잡고 가슴을 주무르고 싶어 안달하는 뭇 사내들과는 다르다. 가끔 그는 순수한 소년 같기도 하다.

이튿날 마침 장날인 읍은 부산스럽다. 비좁은 장터에 앉아 길가는 사람들을 불러 한 움큼 더 집어서 됫박위에 얹혀놓는 시골 아낙들. 장터엔 잡곡부터 나물까지, 고양이 새끼도 있고 토종 강아지도 있었다. 진성과 가영은 강아지를 안아보고 쓰다듬어 준다. 그 중 가장 힘 세 보이는 하얀 복실이 강아지 한 마리를 고른다. 두 사람은 짓궂은 초등학생처럼 장터 골목골목을 누비고 다녔다. 빈대떡집으로 들어섰다. 진성은 막걸리를 주문하고 음식이 나올 동안 둘은 강아지에 정신이 팔려 혼을 놓친 사람들 같다.

진성은 강아지와 행복하게 살던 아내를 떠올린다. 가영은 싸리 울타리와 누런 복실 강아지를 안고 골목으로 나와 아이들에게 휩싸여 복실이의 영리함을 자랑하던 생각이 난다. 먹을 것을 상에 놓고서도 진성과 가영은 서로 강아지를 안으려고 빼앗는다.

시장에서 돌아오는 길에 진성은 자기 집에 들렀다 가지 않겠느냐고 가영에게 물었다. 집이래야 방 한 칸과 창고뿐이라며 진성은 가영을 안내했다. 밭둑 사이로 난 길을 걸어 들어가다 약수터가 있는 곳에서 왼쪽으로 꺾어들면 감나무가 있는 시골집이었다. 가영은 호기심에 방 옆에 딸린 창고 문을 열고 들여다보았다. 아무것도 없는 곳에 커다란 화판과 그림도구 들이 한쪽 벽에 가지런히 놓여 있었다.

"들어와."

가영은 진성을 따라 방으로 들어갔다. 방안에는 다기와 서랍장만이 달랑 놓여있었다. 눈에 들어온 것은 완성된 그림 세 개가 벽에 걸려 있었고 한 개는 좀 큰 것으로, 걸려있는 액자 아래에 기대어 세워 놓았다.

가영은 그림을 들여다보았다. 전부 남색 계통의 그림이었는데 서양화로 어디서 본 듯 많이 익숙한 외국풍경 같기도 한 그림들이었다. 가영은 그림에서 황량한 바람이 일어나듯 텅 빈 공허가 느껴졌다. 빈틈없이 가득 찬 구도와 색에서 왜 그런 느낌이 들었는지 모른다.

그림 하나. <추억>
골목이 있고 한 사내가 회색 콘크리트 벽 안에서 어디로 가야 하나 하는 표정으로 망연자실하게 서 있었다. 중절모까지 쓴 허름한 신사복 차림의 중년 사내였다. 그 사내 뒤로 멀리 뾰족한 교회 지붕마루가 보였다. '예수 믿으면 천당 가요' 하고 외치듯 종소리가 골목으로 퍼지는 것 같았다. 어딘지 어수선하면서도 허전한 느낌이 들었다. 그림속의 사내는 폐허에서의 고독 같은걸 느끼는 듯 했다.

그림 둘. <간이역>
살찌고 잎이 많이 달린 풍성한 나무가 두둥실 날아오를 듯 동트는 새벽의 어두움 속에 서 있었는데 나무 뒤에는 초등학생이 그린 듯, 촌스런 1층 양옥에 간이역이란 간판이 붙어있었다. 역의 색깔은 노란색과 분홍, 파랑이 희망적으로 섞여 있었다. 꿈꾸는 간이역이라고 제목을 달았으면 더 어울릴 것 같았다.

그림 셋. <아이들>
그의 그림에서는 남빛 나는 푸른색이 주조를 이루었다. 저녁이라 햇살이 붉은 빛이 도는 데도 불꽃놀이 하는 벌거벗은 아이들만 살색이고 멀리 서 있는 빌딩 숲들도 푸른색이요 건물도 회색빛, 불꽃조차도 시원찮은 벽돌색으로 꺼져가는 불꽃을 그렸다. 우울이 그림 전체를 지배했다.

그림 넷. <카페에서>

외국의 어느 노천카페인지 파라솔 밑에 사람들이 탁자를 둘러싸고 앉아있는데 처음으로 밝은 모습을 담았다. 앞치마를 두른 여인이 주문을 받는지 탁자에 앉은 남자와 서로 마주 쳐다보고 있었다. 탁자 세 개에 따로 앉아 있는 사람들은 제각각 딴 세상을 꿈꾸는 듯 다른 이야기를 하고 있는 것처럼 보였다. 역시 푸른색 바탕이었다.

"이것 다 강 마을에 살면서 그린 것이에요?"

"노천카페 하나만 빼고는 다 여기 있을 때 그린거야. 여기 다시 오기 전에 그렸던 것들이야."

"그런데 난 그림을 잘 모르지만 왜 이렇게 허전함이 손에 잡힐 듯 느껴지죠?"

"모르지, 그건 나도. 열심히 그렸는데 내 마음이 들켜 버렸는지도."

"요샌 안 그려요?"

"……."

"계속 작업을 하시지 그래요?"

"손이 굳어서 될는지 몰라. 쉬었던 사람들 원래대로 되려면 1년 정도 걸렸다는데."

"가영이 모습 하나 그릴까?"

"내 속마음 들키면 어쩌려구요?"

"하하하하…… 가영인 들키면 안 될 비밀이 많나?"

"비밀은 아니지만 전시하고 싶은 맘은 없죠."

"알았어. 아무 때고 스케치 해달라면 그거는 쉽게 해줄 수 있어."

"그림 중 하나 줄 수 없어요?"

"맘에 드는 게 없어서. 창고에 있는 것에서도 골라봐."

둘은 방에서 나와 광속의 그림들을 뒤적이며 감상한다. 방 안 그림들과는 달리 주로 희망과 행복이 바탕에 깔려 있음이 눈에 들어온다.

"이건 언제 그린 거죠?"

"서울 집에 있을 때. 몇 점만 갖고 왔어."

"다시 이렇게 밝은 모습들을 그려봐요, 왠지 방 안에 그림들은 어둡고 희망 없는 것처럼 느껴져서요."

아아, 진성 씨는 그림에 더욱 파고들어 내면 깊숙이 파묻힌 그의 영혼을 불러내어 한바탕 굿이라도 하듯 춤을 추어대야 할 것만 같았다. 그러면 그의 병든 혼은 치유될 수 있을까. 갑자기 가영의 가슴 속에 맑은 물이 솟아올라 깊은 우물을 가득 채울 것만 같았다. 그것만이 유일한 방법이 될 것 같다는 생각이 섬광처럼 가영의 머리를 스쳤다.

썩어가는 가슴 속에 숨어있는 맑은 물. 숨죽이고 눈감고 있으면 맑게 흐르는 저 물소리. 밑바닥을 흐르는 저 소리. 청량한 샘물을 덮고 있는 혼탁한 물소리를 거둬내 줘야 한다. 그렇게 해야만 한다. 그래야만 진성 씨가 살아날 수 있다. 가영은 그 믿음에 확고한 신념이 섰고 그 신념에 진저리를 쳤다.

진성은 그의 그림이 인쇄된 팸플릿을 보여주었다. 전시회에 내놨던 작품으로 미술평론가는 내면의 풍경을 담아내는 그의 작품은 관념적이고 때로는 몽환적으로 다가 오기도 한다고 적고 있으나 가영은 사실적 표현에서 허무가 느껴지는 것이었다. 영혼끼리 모여 사는 동네가 있어 어디서 불어오는지도 모르는 바람이 그들을 쓸며 가고 있었다. 가슴이 싸아한 그 느낌은 전체적으로 느껴지는 그의 그림의 특징이었다.

진성이 사준 강아지를 안고 한 손에 사료를 들고 오니 주모는 눈을 부릅뜬다.

"아니, 웬 강아지?"

"제가 기를 거예요. 버리는 밥도 아까운데 잘됐죠 뭐."

"환장허겄네. 김 씨가 사줬어?"

"네."

"마 씨가 사줬다면 또 몰라."

"……."

호랑이도 제 말 하면 온다더니 마 씨가 멀리서 슬렁슬렁 걸어오고 있다.

"안녕들 하시오?"

"오랜만에 오시는구먼. 그래 별일 없구?"

주모는 마 씨를 반긴다.

"웬 복실이?"

주모는 가영에게 눈을 꿈쩍 하며

"내가 한 마리 얻어 왔수. 예쁘지?" 한다.

"나 줘요. 내가 기를게."

"안 돼요!"

가영의 너무 큰소리에 놀란 눈빛이 되는 마 씨.

"우리 애들이 강아지를 원체 예뻐해서 그래. 안 그래도 한 마리 어디서 구하나 했거던?"

"장에 가면 얼마든지 있어요!"

뺏어 갈까봐 강아지를 안고 휙 안으로 들어가 버리는 가영.

이른 저녁의 선술집은 덜 익은 감인양 떫은맛이 난다. 좀 더 이슥해서야 분위기가 무르익는 것이다.

마 씨는 가영을 옆에 앉히고 그녀의 손을 쥔 채 놓을 줄 모

른다. 잠시도 떼어놓을 수가 없다. 물론 다른 방에는 들어가
지도 못하게 한다. 그만큼 매상을 올려 보상도 해주므로 주
모는 마 씨의 비위를 건드릴세라 똥마려운 강아지 꼴이 된다.

가영은 연신 방문을 열고 강아지를 살피느라 시선은 밖
에만 꽂혀있다.

"강아지 이름 지었어?"

"아뇨, 아직 못 지었어요."

"자, 한 잔 받어."

마 씨는 가영의 술잔에 술을 부으며

"해피, 어떨까? 아니, 참 암놈이야?" 묻는다.

"네."

"공주라고 할까 봐요."

"공주? 하하하 그것 괜찮군."

그 날 마 씨는 가영을 데리고 나가고 싶어 했다. 영업 끝나
길 기다리는 동안 지루했다. 가영의 손님에게 웃는 모습은
여전히 귀엽고 탐스러웠다. 그러나 전에 없이 어딘지 싸늘한
바람이 이는 것은 자신에게 거부의 깃발을 든 것처럼 부정적
인 느낌이 왔다.

마 씨는 뺨에 살이 있어 후덕해 보이는 인상과 잘 웃는 착
한 면이 있는 가영이 자기 아들, 딸을 잘 보살필 것 같아 어

서 가영과 결혼해서 집에 들어앉히고 싶다. 술집 아가씨 출신이기는 하나 턱없이 맑은 면이 순진해 보일 때가 더 많다.

4

마 씨가 가영의 주위에서 맴돈다는 것을 안 김 씨와 가영의 김 씨를 보는 눈이 따뜻한 시선이라는 것을 안 마 씨는 미묘한 갈등에 얽혀갔다. 풀끼 없는 떠돌이 김 씨가 마 씨의 눈에 우습게 보이는 것은 물론이다.

김 씨는 잠깐 들었던 가영의 불우했던 어린 시절이 떠올라 문득문득 가엾다는 생각이 들었다. 이웃동네 순박한 시골처녀 같은 인상만 갖고 있을 뿐 전혀 술 따르는 여자처럼 보이지 않는 것은 마치 막내 여동생 같은 이미지 때문이었을까? 환경이 그녀를 그렇게 만든 것이지 그녀 자신이 화냥기가 있어 스스로 술집에 나온 것은 아니다.

주모는, 막노동부터 시작해서 건설회사 현장감독으로 뛰다가 지금은 작지만 어엿한 건설회사 사장이 된 마 씨가 믿음직스럽고 돈도 좀 모았다는 풍문이 더욱 안심을 주었다. 가영이 저 철없는 것이 어쩐지 마 씨한테는 쌀쌀하고 일이 일찍 끝난 날에는 강아지를 데리고 김 씨와 꼭 강가로 산책을 나가는 것이 어째 심상치 않아 보여 불안했다.

"돈이면 단디 또 없는 놈 만나 고생을 바가지로 하고 중년에 고달프고 노년에 불우해 질려고 하능감? 결사반대 해야 혀. 암만, 그렇구말구."

주모는 솥에 물을 부어 누룽지를 긁어모으면서 구시렁거린다.

바람이 이는 강가 자갈밭에 앉아있는 가영의 무릎을 베고 누운 진성은 강아지를 안고 잠들어 있다. 이럴 때의 강물은 평화롭다. 풀밭위에 앉아있는 곱돌네 아저씨의 무릎을 베고 잠들었던 날의 오후 햇살같이 진성의 따뜻한 체온이 느껴진다. 여학교 미술선생이었다던 김진성 씨.

어느 날 퇴근길에 한 잔 하자며 잡아끌던 동료도 따돌리고 진성은 신혼의 아내가 기다리고 있을 집으로 곧장 들어왔다. 초인종 소리가 힘차게 들렸다. 아내는 대문의 초인종 소리도 듣지 못할 정도로 잠이 든 것일까. 열쇠를 넣어 문을 따고 들어와 현관문을 열었다.

현관에 자기 것이 아닌 낯선 남자의 신발이 놓여있었다. 거실 탁자엔 두 개의 커피 잔이 놓여있었고 이상한 정적이 흘렀다. 퍼뜩 스치는 예감에 안방 문을 열었을 때 미친 듯 몸부림치는 남자의 벌거벗은 등이 보였고 그 충격으로 남자의 몸 아래 누워있는 아내의 표정은 혼절인지 무아지경인지 구분할 수 없었다. 진성은 그대로 뛰쳐나왔다. 그날로 집을 나와 들어가지 않았다. 충격을 삭히기 위해 정신치료를 받았다. 이어서 아내의 가출을 알았고 한 달 뒤 이곳 강가에서 실종되었음을 경찰이 알려왔다.

경찰은 진성의 아내는 사고가 아닌 자살로 잠정적 결론을 내렸다. 아내의 신발과 소지품이 반듯이 정돈되어 강가에 놓여있는 것을 보고 자살하는 사람만의 특징이라며 증거로 삼았다. 유서는 없었다.

둘이 다정하게 마신 찻잔 하나의 주인공은 누구였을까? 그것 때문에 진성은 강간이 아닌 화간으로 알고 오해를 했던 것이다. 강간범이 여유 있게 둘이 차를 마신 뒤 행위를 한단 말인가? 오해는 아내의 자살로 이어졌다. 아내는 피가 마르게 하루하루 기다려도 끝내 돌아오지 않는 남편 진성이 자신을 버린 것으로 단정 짓게 되었다.

아내는 외판원의 책을 사주게 되었고 그는 이야기 도중 동향이며 초등학교 동창생임을 알았다. 커피를 마시고 교도소에서 바로 나온 외판원 동창생은 호의를 베풀어 물건을 사주는 동창생인 아내를 강간하기에 이르렀다. 분명 강간이었음에도 퇴근 후 보았던 그들의 정사는 진성에게 화간으로 보이기에 충분하였다.

아내의 실종은 살아서 나타나든, 시신으로 나타나든 둘 중 하나였다. 다만 자살 쪽이 더 혐의가 짙었다. 모든 것을 자포자기한 진성은 아내의 시신이라도 건지고 싶었다. 사랑했던 아내였다. 자신의 잘못을 빌고 용서받고 싶었다.

혹시나 하는 마음은 만남에 대한 희망이었고 진성은 이 강마을을 떠날 수 없었다. 세월이 가며 희망에 대한 믿음은 점점 퇴색되어 갔고 사랑과 죽음과 회한은 한 인간을 절망으로 몰아넣었다.

가영은 진성의 이야기를 들으며 그때 은파를 보았다. 햇살이 별처럼 부서지며 물의 굴곡마다 여기저기서 은파가 생겨났다. 문득 그때가 떠올랐다. 순수했던 곱돌네 아저씨와 자기를 동네에서 이상하게 소문을 낸 것이다.

안으로 열정을 삼키며 흐르던 강은 표현하지 못하는 자신을 대변하듯 답답하게 흘러가고만 있었다. 진성에게 무엇으로도 위로해주지 못하는 능력 없는 자신이 물과 함께 흐르고 있었다.

가영은 진성의 머릿결을 쓰다듬었다. 공주가 먼저 깨어났다. 공주가 고개를 흔들자 목에 건 딸랑 방울이 소리를 냈다.

진성이 눈을 뜨며 돌연 가영의 어깨를 끌어 당겼다. 가영의 머리를 자신의 가슴에 묻었다. 바람이 두 사람의 어깨를 스치고 지나갔다. 버들가지와 가영의 머리가 한 방향으로 나풀거렸다.

"내가 김 씨의 죽은 부인의 대역을 할게. 김 씨가 곱돌 아저씨가 되어요."

"……?"

"김 씨에겐 부인의 환영보다 더 위로가 돼줄 사람이 없을 것 같아요."

"그럼 가영에겐 곱돌 아저씨보다 더 좋은 사람이 나타나지 않을까?"

"그럴 거예요."

김 씨는 작은 돌멩이를 주워 물수제비를 떴다. 공주가 날아서 물위를 뛰고 있는 돌멩이를 보며 짖었다. 장난을 알고 있다는 듯 꼬리를 쳤다. 뜨고 있는 파문은 돌멩이의 진실을 안다.

5

"씨팔!"

마 씨가 가까이 오자 공주가 짖어댔다. 공주는 마 씨만 나타나면 짖어댄다. 며칠 전 공사 입찰경쟁에서 떨어진 모양이다.

"이놈의 개새끼, 재수 없게."

마 씨가 발길로 공주를 걷어찼다. 공주는 깨갱 소리를 지르며 꽁무늬를 움츠리고 피해갔다. 마 씨는 경쟁에서 떨어진 분풀이를 강아지에게 해댔다. 주모는 가영이 못 본걸 내심 다행으로 여겼다. 강아지 비명소리를 듣자 가슴 밑바닥에서 묵직한 응어리가 터져 나오려는 걸 어금니를 물고 못 본체했다. 눈으로 가영을 찾던 마 씨는 묻는다.

"가영인 어데 갔소?"

"덥다고 강바람 쐰다고 방금 나갔는디 올 거유."

"에잇, 되는 일이 없어."

마 씨도 가영과 진성에 대한 소문을 듣고 확인하고 싶던 차였다.

마 씨가 덜드륵 문을 연다.

"아니, 마 씨 어디가게?"

주모의 마음이 불안해진다.

"바람 좀 쐬고 좀 있다 오겠소."

강가로 나온 마 씨는 진성과 가영이 같이 있음을 보았다.

그들의 모습은 근접하기 어려울 만큼 두터운 벽으로 울타리를 친 것 같았다. 단단히 쌓아올린 벽은 아무도 깨트릴 수 없어 보였다. 패자의 실망이 마 씨를 폭발하게 했다. 마씨는 진성의 멱살을 움켜쥐었다. 분노와 질투가 진성을 두들겨 팼다. 진성은 자갈밭에 쓰러졌고 마 씨는 쓰러진 진성을 보며 그래도 분이 안 풀렸는지 강가의 큰 돌멩이를 들어 진성을 내리쳤다. 검붉은 피가 진성의 머리에서 뿜어져 나왔다. 가영은 발을 동동 굴렀으나 신고한 119 구급차는 소리만 요란했지 느릿하게 다가와서 진성을 싣고 응급실로 갔다. 마 씨는 구속되었다. 다음날 담당 의사는 가영에게 엑스레이 사진을 보며 알아듣기 쉽게 설명을 해주었다.

"뇌좌상으로 뇌조직이 멍든 상태입니다. 뇌진탕보다 심각하고 지금으로 봐서는 경막하혈종이 나타나진 않지만 영구적인 뇌손상이 될 수도 있습니다."

진성은 미래가 불투명한 채 입원실로 옮겨졌다. 가영은 진성을 간호하기 시작했다. 가영은 주모의 눈치를 보며 매일같이 죽을 쑤었다.

"흥! 또 죽 쒀?"

"그럼 어떡해요? 진성 씨가 소화를 못시키는 걸."

"차암, 열녀 났다, 열녀 났어!"

주모는 보자기를 펼쳐 준다. 가영은 맛있게 쑤어진 죽을
보온 통에 담고 찬합에 나물과 멸치볶음, 계란말이도 넣었
다. 보자기로 꾸린다.

"이리 줘."

"······?"

"가자!"

"됐어요. 금방 올게요. 걱정마시구 계세요."

"일 없어."

도시락 보자기를 든 주모는 덜드륵 문을 열고 먼저 앞장을
선다. 가영은 불안하다. 진성에게 싫은 소리를 할 모양인가?

시골 병원 병실엔 진성과 또 한 사람뿐이었다. 진성은 휠
체어에 앉은 채 창가에서 넘어가는 해를 보고 있었다. 진성
은 이미 자신이 없었다. 오랜 세월 동안 아무렇게나 버려둔
몸이 회복키 어려움을 알았다. 공연히 가영에게 또 하나의
슬픔을 얹혀줄 수 없었다. 어린아이 같은 단순한 계산이 진
성의 머리를 지배했다.

문소리가 들리고 들어오는 주모를 본 진성은 의아해서
두 사람을 본다.

"몸은 좀 괜찮어?"

"······어쩐 일이세요?"

"어쩐 일은 무슨, 궁금해서 왔지……."

휴, 한숨을 쉬는 주모. 가영은 찬합을 싼 보자기를 푼다.

"내 강 마을에 흘러 온지 벌써 30년 됐네. 애 업은 채 산꼭대기에서 강물에 떨어지려고 모진 맘먹고 치마폭을 뒤집어썼어. 구타에 애까지 팽개치고 돌보지 않는 술주정뱅이 놈을 믿고 살수가 있어야제. 사람은 한 가닥 희망이 남아있으면 그걸 산신처럼 믿고 죽지는 않네. 끝까지 희망이 안 보일 때 그땐 죽음을 생각하제. 모진 목숨이라 떨어지는 걸 누군가 봤단 말여, 어둑한 시간이었는데도 말여. 일찍 뜬 보름달 때문이었어. 금방 건져 올렸는데 아이는 죽고 내 몸 옆구리에 난 상처는 그때 생긴 걸세…… 사는 건 맘먹기에 달렸네."

"……."

"이집 저집 허드렛일을 도우며 살았는디 사람팔자 알 수 없는 게 그렇게 남편 때문에 지긋지긋했던 술, 그 술장사를 하고 있는 거여. 돈 많은 사람도 만나봤어. 다 소용 없드라고."

"……."

"김 씨, 어쩔 수가 없어. 나도 생각 많이 했어. 돈, 돈 했지만 결국 돈보다 사랑이여. 나 같은 년은 젊은 시절에 사랑보다 돈 택했더니 이 꼴이 됐어. 김 씨 때문에 거칠었던 가영이가 온순해졌제. 여자다워졌다니께. 불쌍한 애야. 가영일 봐서 어서 털구 일어서야 해. 잘 먹구."

주모는 진성의 등을 토닥여 준다. 창밖을 보고 있던 가영의 가슴속으로 한줄기 물이 흘렀다.

주모가 열고 나간 문틈으로 들어온 바람은 따뜻한 기운으로 가영의 가슴에 가득 찼다. 주모가 돌아간 뒤 가영의 손놀림은 편안해졌다. 주모의 위로를 받은 진성은 잠시 편안하고 문득 문득 그의 표정에서 행복이 무늬처럼 떠올랐다. 가영은 진성의 병실 침대에서 잠시도 떠나지 않으려고 애썼다.

주모는 주막으로 돌아오는 길에 파, 두부, 밀가루, 식용유를 사서 담은 장바구니를 들고 강가에 앉았다. 잠시 쉬어가려는 참이다. 바람 한 점 없다. 강물처럼 냉정한 것이 또 있을까. 여전히 변함없이 흐르는 물은 어쩌면 무서운 업이 되어 자신에게 늘러 붙는 것도 같았다.

떨어져 죽은 아이가 우는 눈물이 고여 강물을 만드는 것같이 아이의 눈물로 보이기도 한다. 뼈가 저려오는 아픔이다. 그 어여쁘던 아이를 업고 뛰어든 저 강물.

'아, 아가야…… 저승에 가서 좋은 부모 만나 행복하게 살거라. 이 에미 용서해 주고…….'

주모는 치마 끝을 잡고 코를 팽 푼다. 주모의 가슴속엔 저 물이 핏물로 변해 언제부터인가 문득 문득 뒤통수를 쳐댔다.

'용헌 무당 데려다 걸판지게 굿을 한 번 히였으면 쓰겄는 디…… 아이의 넋이라도 달래줘야 허것는디 그것도 일이라 고 안 되누먼…….'

흐유, 한숨을 짓는다. 주모는 자식 같은 가영에게 내 죽거 들랑 화장해서 이 강물에 뿌려달라고 누누이 귀에 못이 박히 도록 얘길 해두었다. 그러면 마치 아이와 해후라도 하게 되 는 것처럼 주모는 위로를 받는다.

가영에게 마 씨를 붙여주려고 했는데 어째 마 씨의 성질 이 꼭 전 남편과 같은 것을 보고 정나미가 떨어져 버렸다. 그 려, 돈이 다가 아니여. 인간이 우선이제. 맘씨 하나는 떠돌이 김 씨만 못혀. 아, 인정이 있어야 정이 들고 살을 붙이고 살 제…….

산등성이를 넘어가는 노을이 아가의 볼처럼 붉다. 내 목 숨. 내 사랑……. 다음 생애에 만나자. 주모는 서름이 복받치 기 전에 후딱 일어나 자리를 뜬다. 노을이 아주 넘어가 버려 어두워 질까봐 걸음을 재촉한다. 상처를 삭이고 삭여서 이젠 감정을 조절 할 줄도 안다.

보름쯤 지났을 때 의사는 가영을 불러 기대하지 말라고 했 다. 진성은 알고 있는 듯 어느 날 가영을 가까이 불렀다. 그는 서랍에서 서류봉투를 꺼낸다. 그녀의 손을 꼭 잡는다. 진성은 생각한다. 언젠가 실종된 아내가 나타난다면 서울 집을 팔아 다시 새롭게 집을 짓고 새 출발 해야겠다고 했던 생각을 그는 가영에게 주어야겠다는 생각으로 고쳐먹었다. 그 외 모든 재산도 가영에게 주어야겠다고 고개를 주억거린다.

"내겐 필요 없는 재산이야. 이것 가영이 갖고 이 강 마을을 떠나, 새 출발 해."

진성은 힘들여 입술을 움직였다. 가영은 자신도 모르게 눈물이 주르륵 흘렀다. 입을 꼭 다물지만 멈출수록 눈물은 더 솟구쳤다.

봄빛이 푸르고 아름다우며, 강물 소리가 먼 태고 적 사랑에서 흘러나오듯 감미로웠으며, 무엇보다 상처로 얼룩진 짧은 인생이 가영은 처음으로 행복하게 느껴졌었다. 세상이 이렇게 아름다울 수도 있다는 것이 강 마을에서 느낀 행복이었다.

그러나 진성의 아픔을 나누어 가질 수 없는 불행이 오다니. 치명적인 상처는 정신까지 흐려놓는다. 정신이 육체를 지배하지만 육체의 심한 고통은 정신을 미아로 만들어 놓는다. 절망하는 진성을 보며 세상이 또 한 번 자신을 버린 것 같아 가영은 흐느꼈다.

진성은 지난날을 떠올린다. 세월을 뭉텅뭉텅 쓰레기 통으로 버린 못난 인간. 가영인 그렇게 살면 안 돼. 허무의 끝을 바라보며 끝으로 삼지 말고 발판으로 딛고 일어서야 돼. 들풀처럼.

"부인을 만나려면 더 살아야 돼요. 진성 씨."

진성은 고개를 가로저었다. 가영이가 강이 되고 내가 강가에 선 나무가 되어 다음 세상엔 같이 만나 살자. 가영은 진성의 눈빛을 보며 그렇게 읽어 내린다.

진성이 어금니를 물며 먼 곳을 바라본다. 그의 눈이 붉게 충혈됨을 가영은 안다. 가영의 슬픈 눈빛은 허무를 닮고 있었다. 두 사람은 가슴이 저려옴을 느낀다.

어느 때부터인가, 진성은 가영의 청순한 얼굴을 보고 있으면 마음이 깨끗해짐을 느꼈다. 진성이 가영의 손을 잡는다. 그들은 와락 서로를 껴안았다.

"살아야 할 이유를 찾으세요. 진성 씨가 살아만 준다면 어디를 가서 살든 절망하지 않을 수 있어."

두 사람은 서로의 손을 꼭 잡는다. 가영은 진성의 침대에 얼굴을 묻는다. 어디선가 강물 소리가 들리는 듯 했다. 그 소리는 한으로 흐르고 있었다. 강은 왜 끊임없이 가슴 속을 타고 흐르는가. 🌿

연 기 와

연 기 와

기와지붕 위에서 반짝이던 눈얼음이 녹아 물방울로 기와에서 떨어진다. 연잎무늬가 그려진 기와였다. 더러운 물을 정화시켜준다는 연꽃. 고려시대의 기와 장인이 만든 것을 현대의 와공이 복제한 것이라 해도 그 섬세함은 놀라웠다. 익숙한 연꽃무늬. 어디서 봤더라? 기억은 떠오르지 않고 기와골마다 파릇한 이끼가 엷게 핀 것이 눈에 들어왔다. 절터는 산으로 올라갈수록 자그마하지만 기와 얹은 낮은 담으로 아담히 둘려 있었다.

사람들은 주변의 모습엔 아랑곳없이 모두들 앞 다퉈 산등성이로 올라갔다. 은성도 산등성이를 올라가는 대열에 끼어 있다. 기와에 한눈을 팔던 은성은 사람 틈 속에서 부딪히던

몸이 떠밀려져 발걸음이 저절로 떼어졌다.

어느새 걸음은 절 입구에 섰다.

정신은 어떻게 예까지 따라온 것일까. 몸만 가고 있고 정신은 멀리 떠났다가 이제야 돌아온 것 같다.

눈에 보이는 것에 집착하지 말라. 욕망에서 벗어나면 그것이 곧 깨달음이다.

……

선이 무엇이냐고 묻지 마라. 그대가 서 있는 자리가 바로 선이다.

……

법문하던 스님의 음성을 되새기며 은성은 뒤처진 걸음을 재촉했다. 노스님의 음성은 멀리서 울려오는 것인지, 녹음되었던 음성이 자신의 몸속 어디선가에서 울려나오는 것인지 분간키 어려웠다. 긴 세월 동안 그 소린 안개이듯 자욱한 모습으로 나타났다가 사라지곤 했다.

아직 산중엔 봄이 일러 겨울나무로 서 있는 앙상한 가지 아래로 낙엽이 수북이 쌓여있었다. 모진 겨울을 견뎌낸 산등성이의 소나무들은 을씨년스럽게 보였다. 산길 아래로 군중

들이 끝도 없이 몰려오고 있었다.

　대웅전은 옛 모습 그대로였다. 은성은 곧장 다비장으로 향했다.

　열반하신 성한 스님의 영정을 든 젊은 스님이 앞장서고 만장을 든 신도들의 긴 행렬이 산허리를 돌았다. 슬픔이 산허리에 녹아들었다. 긴 행렬 중 앞서가고 있는 연꽃상여가 다리 위를 건넌다. 다리 밑으로는 맑은 물이 흐르고 있었다. 물위로 비치는 상여의 그림자가 가슴을 아리게 만든다. 아무리 만든 것이라지만, 상여를 덮고 있는 연꽃들은 이른 봄날의 햇살에 하늘거리는 하양, 연분홍의 새색시 나들이옷같이 그리 고울 수 있을까. 사람들 사이를 헤집고 은성은 산중턱에 걸터앉았다.

　은성이 앉은 산 아래 넓은 평지에는 장작으로 울타리를 만들었고 연꽃에 싸인 상여가 울타리 안의 쌓아놓은 나뭇가지 위에 나비이듯 앉았다. 다비식을 거행하는 스님들의 독경소리가 구슬프게 들린다. 모든 준비가 끝난 모양이었다.

　"큰스님 불 들어갑니다!"
　젊은 스님이 큰소리를 치자 이내 불길이 솟아올랐다.
　'······가시는 군요.'

은성은 눈을 질끈 감았다. 한 방울의 눈물도 흘리지 않으리라는 결심이 가슴속에서 뒤틀렸다.

'끝내 모른 척 하시는 데 성공하셨습니다. 당신은—'

카메라맨들은 좀 더 좋은 앵글을 잡느라 이리저리 잔디를 밟으며 셔터를 눌러댔다. 어머니 정순은 지금 어떤 모습으로 있을까. 이 군중 속에 있을지도 모를 일이었다. 은성의 억장 무너지는 소리가 정순의 가슴속에서도 났다.

"꼭 가서야 되겠습니까?"

산으로 가겠다는 남편의 소리를 듣고 정순은 애원하였으나 그는 끝내 고집을 접지 않았다. 꼭 가서야 되겠습니까, 그 말은 마지막으로 다짐받는 정순의 피맺힌 절규였다.

"……."

"우리 문중에 이런 법은 없습니다. 잊고 살라니유? 저 어린것은 어쩌고……."

"못난 놈 만나서 고생이 많았구려. 남은 생은 좋은 사람 만나서 팔자를 고치는 게 옳을 듯싶소."

성한이 깊은 심중을 표현했는데 정순은 남편의 그 소리에 털썩 주저앉고 말았다. 그나마 마지막 남아있던 희망의 한줄기마저 그는 암흑으로 덮고 말았다. 방바닥에 주저앉은 정순은 통곡을 했다. 아랫목에 뉘어놨던 은성이 큰소리에 울며 깨어났고 성한은 차가운 바람을 일으키며 방문을 열고 나가 버렸다. 정곡을 찌르는 아픔에 정순은 숨이 막혔다.

불길은 연꽃상여를 에워싸고 하늘로 치솟았다. 타들어 가는 장작소리가 멀리까지 들려온다. 한을 품고 살아가던 어머니 정순의 모습이 떠오르자 은성은 그제야 눈물이 솟구쳤다.

그렇게 부모도 처자도 버릴 만큼, 이 세상 모두와 바꿔버릴 만큼 당신에겐 큰 것이었습니까. 구도求道의 길이─. 그렇다면 성공하셨군요. 이 수많은 사람들이 당신의 생애를 치올리고 있는 것을 보면. 대한민국내의 모든 방송, 신문사에서는 경쟁적으로 뉴스를 만들고…….

은성은 볼을 타고 흐르는 눈물을 닦는다. 이 눈물은 어머니 정순이 가엾기 때문이지 결코 아버지 성한 스님의 것이 아니라고 부정한다.

"엄마 아버지 언제 또 와?"

"왜?"

빨래를 개키던 정순이 유리창 밖을 내다보고 있는 딸 은성을 돌아보았다.

"저번 부처님 오신 날에 공책이랑 동화책이랑 아버지가 주고 간 것이라고 했잖아?"

"오신지 얼마 안 됐는데 어떻게 또 와?"

"아이, 아버지 오시면 나 깨우라고 했는데 왜 안 깨웠어? 근데 왜 아버진 내가 꼭 잘 때면 와서 선물을 머리맡에 두고 가는 거야? 아유 답답해."

"……."

"내가 아버지 얼굴 그린 것도 보여줬어?"

"그럼, 보여드렸제."

"뭐래?"

은성의 얼굴에 궁금증이 가득했다.

"잘 그렸다구 칭찬하셨어."

"그 말뿐이 안 했어? 사진처럼 똑같다는 말도 했을 텐데."

"그려, 꼭 같어. 어찌 그리 똑같게 그렸담?"

이번에 은성의 얼굴엔 함박웃음이 피어올랐다.

기억에 한 번도 본일 없는 아버지가 외국에 나가서 돈 많이 벌어온다고 들은 것이 그대로 은성이 알고 있는 가족 역사가 되어 버렸다. 그런데 은성이 그린 아버지 얼굴은 어찌 그렇게 성한 스님을 빼다 박았을까. 제 얼굴을 보고 그린 거여. 아버지를 닮은 제 얼굴을. 정순은 문득 빨래 개키던 손을 멈췄다.

정순의 가슴에 멍들어 누워있던 아픔이 기지개를 켜며 후르륵 눈물이 되어 흘렀다.

성한은 산속의 계곡에 바랑을 내려놓고 바위에 걸터앉는다.

물을 타고 흘러가는 낙엽 하나.

이 길만이 가야 할 길이다. 단호한 결심을 하고 속세를 떠나왔건만 가족은 성한에게도 아픔이었다. 처자를 버리고 산중에서 혼자만이 도를 닦는다는 것은 과연 축복받을 일일까. 인간의 완성의 길은 멀고 현실의 물소리는 너무 가깝지 않은가. 부처님의 손은 물 위를 흘러가는 낙엽만큼이나 멀다.

수행자는 스스로 깨닫고 스스로 마음을 닦아야 한다. 그러나 큰 깨달음을 위해서는 부처님의 가르침을 외면해서는 안 된다. 씨앗이 생장을 하려면 물과 흙과 빛이 꼭 필요하듯이 반드시 부처님의 가르침을 따라야 한다는 경전 속의 말씀을 성한은 마음 깊이 새겨 둔다.

山何高立水何流 兩在十方空理浮
– 산은 어이 높고 물은 어이 흐르는가.
둘은 시방 모두 허공에 떠있네. –

탄허 스님도 세상에서 가장 불행한 사람은 마음에서 고통 받는 사람이다, 라고 말했다. 그가 말하지 않아도 중생은 충분히 고통 받고 있다. 해가 뉘엿하게 산을 넘어가려 할 즈음 그것은 아직도 속세에 미련을 버리지 못하는 자신의 갈등 때문이라고, 성한은 모든 것 자신의 마음에서 나오는 고통이라고 단정 지으며 자리에서 일어났다.

바람에 떨어지는 숲 속의 낙엽 소리가 더 절실히 가슴을 파고든다. 성한은 묵묵히 한 걸음 한 걸음 산속을 향해서 걸었다. 다시는 돌아보지 않으리. 한 번 흘러가면 돌아올 수 없는 물처럼 그의 수행은 냉철했다. 흔들림이 없었다.

정순도 그의 고뇌를 상상하지 못하는 것은 아니었다. 그러나 자식까지 버리고 산으로 가버린 처사를 이해할 수 없었다. 모든 게 부처가 원수였다. 미치지 않고 저럴 수는 없다고 생각되었다. 그리곤 남편과 행복했을 때의 한 토막, 한 토막들이 가슴을 저리며 눈앞에 펼쳐지곤 하였다.

은성이 낳고 누워 있을 때 새벽닭이 울면 뒤뜰 닭장으로 가서 남편은 방금 낳아 따끈한 달걀을 한두 개씩 가져왔다. 식을세라 주머니에 넣어 조심스레 갖고 와서 어서 먹으라며 종주먹을 들이대던 남편이었다. 몸조리 하고 누워있는데 안

방에서 시어머니의 구시렁거리는 소리가 들렸다. 저 눔은 꼭 지 기집만 알어. 이어서 시아버지의 헛기침소리가 들려왔다. 흐흠, 산모가 먹어야제. 시부가 가져가던 달걀을 며느리에게 뺏기는 것이 시모는 몹시 섭섭한 모양이었다. 산모가 누워있는 날이 보름이 넘었다고 시모는 설거지를 할 때 유난히 그릇 부딪치는 소리를 내며 구시렁거렸다. 그깟 지집아 하나 낳길 대장군이라도 낳았남. 그러나 정순은 행복했다.

평생 두고 받을 남편사랑을 그때 다 받은 거. 정순은 그렇게 위로도 해보았다. 정순은 늘 그때를 가슴에 품고 살았다. 일생에서 그때를 가장 행복했던 때로 꼽았다.

은성이 세 살 때까지였다.

영혼이 떠난 스님의 빈 노구를 태우는 연기가 허공에 흩어지며 검은 재가 바람 따라 흩날렸다. 다비장을 둘러싼 야트막한 야산 아래는 소나무가 둘러섰는데 눈물을 흘리듯 지쳐있는 팔다리같이 보인다. 사람들은 모두 염주를 손에 들고 굴리며 염불에 열중했다. 그들은 처연한 눈빛으로 큰스님 가심을 슬퍼했다. 소맷자락으로 눈물을 훔치는 이도 있었다. 언덕의 누런 잔디에 앉아서 바라보는 스님의 다비식. 불길 속에 타고 있는 장작더미는 그저 타고 있음으로 자기 임무에만 충실할 뿐이었다. 허무라 해야 할까, 허망이라고 해야 할까. 귀신의 머리카락이듯 검은 재가 공중을 떠 다녔다.

은성이 사춘기 때였다. 정순은 재래시장 골목 안 옷가게에서 은성의 옷을 고르고 있었다. 날이 추워서 외투를 하나 사려고 은성에게 어울릴 옷들을 뒤져보는데 두 여자가 들어섰다. 엄마와 딸인 것 같았다. 무엇이 못마땅한지 은성의 나이만한 딸아이는 시무룩한 표정이었고, 그녀의 엄마는 이것저것 파카들을 뒤져보더니 하나를 골라서 딸에게 입어보라고 권했다. 옷에 억지로 팔을 꿰어 넣은 딸아이는 골이 난 얼굴이었다. 예쁘다, 예뻐. 환한 표정에 만족스러운 눈빛으로 보던 엄마는 가격을 물었다. 아주 잘 맞네요, 가게주인 여자는 호들갑스럽게 잘 맞는다고 장단을 맞추며 가격을 말했다. 너한테 잘 어울린다는 엄마의 소리에 딸이 눈을 흘기며 쏘아대었다.

"싸니까 그러지? 누가 이런 걸 입어? 쪽팔리게, 메이커 아닌 것 입는 애 봤어?"

"따뜻하면 됐지 메이커가 무슨 소용이야?"

"애들이 우습게 본단 말이야."

"누가 널 얕봐?"

딸아이는 입었던 외투를 벗어놓고 가게 문을 열고 나가 버렸다. 한숨을 쉰 엄마는 옷을 던지듯 내려놓고 딸아이가 간 방향으로 쫓아가고 있었다. 시장 골목 안에서 떡볶이며 김밥, 만두 등 분식점을 하던 정순은 은성의 옷을 고르다 제풀에 맥이 떨어졌다. 아버지가 없는 집안 사정을 알고 있는 은성은 겉으로 드러내지는 않았지만 가끔 친구와 시장 골목을 지날 때는 엄마를 모른 척 외면하고 가게 앞을 지나친 적이 여러 번 있었다. 두 모녀를 본 정순은 가슴 서늘해지도록 섭섭했던 기억이 생생히 되살아났다. 이런 심정을 자식이 알까, 남편이 알까. 아, 편지 한 장 없는 야속한 스님…….

여고 졸업을 앞둔 은성은 어머니의 운명이 슬펐고, 자신과 어머니를 버리고 간 아버지 성한 스님의 행로가 이해될 수 없었으며 그 모든 것이 아버지에 대한 미움으로 뒤바뀌어 버렸다. 밤을 새워 생각해도 부처님이 미웠다. 아버지가 택한 성불의 길은 은성 모녀에게 가장 커다란 가시였다. 자기들로서는 어쩌지 못하는 증오였다. 자비로운 미소를 머금고 바라보고 있는 부처님은 은성의 눈에 위선 덩어리였다.

아버지 성한 스님은 혹 망상에 미쳐 있는 건 아닐까. 그들이 말하는 열반에 이르는 길이 그렇게 고통스럽고 힘든 것이

라면 아예 인간을 만들지 말든가. 성불을 알게 하지 말든
가……. 은성이 알지 못하는 또 다른 경지가 있는 걸까? 그게
뭘까? 인간을 인간답게 살라고 가르치는 것이 가장 훌륭한
성인 아닐까? 은성은 아버지 생각만 하면 풀리지 않는 수학
문제처럼 머릿속이 복잡해졌다.

환경조사서의 아버지 직업란에 스님으로 적었더니 모두
들 스님이 파계해서 낳은 자식으로 알고 수근 대었다. 은성
은 그것이 싫어서 여고 때에는 빈칸으로 두었더니 담임선생
님이 자꾸 자세히 쓰라며 몇 몇 아이와 함께 지목하고는 재
촉을 해댔다.

졸업식 사진에는 초라한 모습의 정순과 은성이 꽃다발을
들고 학교 본관건물 앞에 서 있었는데 뒤의 배경에는 많은 사
람들이 묻어 있었다. 한 아버지가 졸업하는 딸의 어깨를 감
싸고 가족이 함께 활짝 웃고 있었다. 그늘이 배인 정순의 얼
굴에 가려져 반쪽만 나온 그 가족의 남학생 하나는 친구의
오빠였다. 은성은 자신의 가족이 드러나는 초라한 모습이 싫
어서 정순보고 빨리 가자고 재촉을 해댔다. 때문에 졸업사진
은 그것뿐이었다.

집으로 돌아와서 옷을 갈아입은 은성은 책상에 앉았다. 성
한 스님께 편지를 쓰기 시작했다. 수도 없이 원망을 하는 편

지가 되어 오랜만에 쓰는 편지로는 차마 적당치 않아 찢어버리고 두 번째도 지우고, 세 번째는 봉투까지 봉했는데 다시 뜯어서 망설이고 있었다.

그때 방문이 열리며 은성을 보고 나간 정순의 눈은 충혈되었고 운 자국이 역력했다. 아마 그녀도 짐작했으리라. 편지지 위에 볼펜을 든 은성의 손을 보았으니까. 간단히 쓰자. 그래야 자신의 감정이 날것으로 드러나지 않을 것이었다.

성한 스님, 편안하셨습니까?
오늘 여학교를 졸업했습니다.

한 번만이라도 꼭 한 번만이라도 아버지 손을 잡고 쇼핑을 하고 친구들 앞에서 어깨를 으쓱대며 자랑하고 싶은 바람이…… 은성은 이 문장은 지워버렸다.

성불은 멀었습니까.
가족이 멍드는데 성불은 해서 어디에 쓰시렵니까.
엄마와 저의 마음병부터 고쳐주세요.
이 편지가 들어가지 않기를 기도하며 보냅니다.
건강하세요. 은성 올림.

편지지의 여백이 하얗게 남아 있어서 허전한 곳을, 고구마를 조각하여 만든 연꽃도장으로 찍었다. 스탬프를 묻혀서 찍으니 연꽃이 푸른빛으로 선명했다.

그 후 졸업사진을 찾아와서 다시 보냈는데 대학생이 되어 몇 년이 지나도록 아버지에게서는 답장 하나 없었다. 잊어버리려 해도 끊임없이 그림자처럼 의식을 따라 다니는 게 가족이었다. 아니 가족은 핏줄이었다. 아픔이었다.

그런데 다비식에 이토록 많은 사람이 가득 차있는 데도 불구하고 텅 빈 듯이 느껴지는 것은 웬일일까? 그는 이 산중에서 모든 인연의 사슬을 끊고 고통을 삭이며 좀 더 처절하게 살기 위하여 몸부림쳤으리라. 그들이 말하는 해탈을 위하여, 득도, 대 자유, 참 나를 찾기 위하여, 다시는 윤회하지 않기 위하여…….

정순은 밤새 앓았다. 헛손질을 하며 성한과 은성을 불렀다. 한밤중에 은성이 부스스 일어나 할머니 방으로 가서 할머니를 깨웠다. 놀래서 뛰어나온 정순의 시모는 그 모습을 보고 이제는 은성 어미가 미치는가보다 하고 겁을 먹었다.

정순은 머리맡에 보퉁이 하나를 싸놓고 있었다.

"저, 어머니 제가 아범을 한 번 만나보고 와야 되겠어유. 이 번에 가서 아주 담판을 짓고 끌고 오던지 아니면 영원히 포 기하던지 둘 중 하나에유."

"몸이 성치 않은데 네가 가는 것보다 내가 가는 게 더 낫지 않응감?"

"제가 가겠어유."

그렇게 정순은 떠났다. 성한이 수행하고 있는 곳으로. 겨 우 물어서 찾아간 성한의 거처는 깊은 산중이었다. 철조망으 로 막아버린 그곳은 아무도 없는 듯이 사람 그림자가 보이지 않았다. 만약 아무도 없다면 정순은 철조망 안에 보이는 저 방에서 하루 묵게 해달라고 졸라서라도 기다릴 심산이었다. 이런 산중에서 젊음을 죽이며 살아가고 있다는 자체가 정순 은 이해할 수 없었다.

긴 시간 동안 문을 흔들고 사람이 나타나기를 기다려도 소 식이 없자 정순은 담을 넘었다. 마침 항아리 깨지는 소리가 나며 방문이 열렸다. 나온 사람은 성한이 아니었다. 상좌스 님인 듯 누구냐고 물었다.

"성한 스님 속가에서 왔습니다."

상좌승은 안으로 들어가서 전달하였다. 잠시 후 성한이 나 왔다.

성한은 정순을 보더니 큰소리로 명령했다.

"나, 저런 사람 모른다. 어서 내쫓고 문을 닫거라."

성한은 호통을 쳤다.

정순의 얼굴이 하얗게 질렸다.

"부처님도 이러시진 않으셨을 겁니다. 가족도 몰라보는 교가 그게 어디 사람교입니까?"

소리치는 정순의 몸이 부들부들 떨려왔다. 내친김이다. 두려 울게 무어냐. 정순은 심호흡을 한 번 했다.

"내 오늘은 작정을 하고 왔소. 은성 아버지께서 하산하지 않으면 여기서 며칠이라도 견딜랍니다."

성한은 어서 내보내라고 다시 한 번 소리를 쳤다. 어디서 나타났는지 젊은 스님 몇 명이 나와서 정순의 팔뚝을 잡고 밖으로 내몰았다. 다시 문은 굳게 잠겼다. 정순은 문밖에서 통곡을 하였다. 한 시간쯤 지나서 스님 한 분이 나타났다. 이미 정순은 마음속으로 성한은 하산할 사람이 아님을 예감하였다. 정순은 보퉁이를 스님께 내밀었다.

"이 안에 성한 스님의 내복과 겨울 승복이 들어있습니다. 제가 만든 것이라고 전해주세유. 다시는 안 올 것입니다. 부디 성불하시라고……"

젊은 스님은 전달해드리겠다며 받아들었다. 정순은 돌아

섰다. 왔던 숲길을 걸어 나갔다. 얼마쯤 가다가 돌아보니 거기 그 자리에 젊은 스님이 보따리를 든 채 서서 정순을 바라보고 있었다. 정순의 눈에 물기가 돌았다. 스님의 표정도 처연하게 보였다.

어느새 날은 어둑해졌고 타오르던 힘찬 불길은 재만 남기고 몇 점 불꽃이 일다 스러지고는 했다. 죽는다는 것이 뭔가, 내세 따윈 믿고 싶지도 않다. 한 번 가면 다시는 이승에 오지 못하는 것이 죽음이기에 인간들은 죽음을 가장 큰 두려움으로 알고 살아간다. 내세는 보지 못했고 그들은 현세가 마지막이며 전부인 것이다. 죽은 뒤 꼭 한 번 만날 수 있는 기회가 주어진다면 그들의 삶은 달라질 것이다. 물론 역사도 바뀌겠지. 은성은 사그라지는 불꽃에서 사라지는 성한 스님의 영혼을 본다.

정순이 최후로 성한 스님을 본 것은 수개월 전이었다. 이웃동네 광명사에서 법회가 있는데 성한 큰스님의 법문이 있다고 누군가 일러주었다. 정순은 그 소리를 듣는 순간 가슴이 두근거렸다. 밤새 공상 속에서 헤매던 정순은 다음날 비둘기 색의 개량한복으로 골라 입었다. 성한이 집을 떠난 지

사 십년 만에 고향의 절에서 법문을 한다는 것이었다. 설마 수행 처로 찾아갔던 그때처럼 못 본 척 하지는 않겠지. 아직도 정순은 포기하지 못한 것일까.

은성이 커서 처녀시절을 넘겼고 중년이 되도록 정순은 중오를 덮고 살았다. 물결처럼 일렁이는 그리운 가슴을 달래고 또 달래었다. 머릿속에서 옛 남편의 모습은 퇴색되지도 않는가 보았다.

정순은 광명사로 향했다. 시외버스에서 내려서 산을 향해 한참을 걸으니 산언덕에 들어앉은 대웅전이 멀리 눈에 들어왔다. 정순의 마음이 옥죄오며 숨이 턱에서 뿜어졌다. 이윽고 지붕의 잿빛 기와 아래 섰다. 연꽃잎의 기와가 세월을 견뎌 내느라 낡았으나 자태는 고왔다. 암키와와 수키와로 덮고 처마 끝은 수막새와 암막새로 마감한 모습이었다. 모든 이들이 옛날을 그리워하듯 우러르고 있고 선인들의 발자취를 따라가고 있다.

정순은 툇돌 위에 신을 벗어놓고 법당 한 구석에 자리 잡고 앉았다. 법당 안에 빽빽이 들어앉은 신도들은 모두들 정성스럽게 합장하고 큰스님께 절을 올렸다. 높은 곳에 앉아있는 성한 스님을 감히 고개를 들고 볼 수 없을 만큼 정순은 그의 근엄함에 고개 숙였다. 여윈 모습은 예나 지금이나 똑같았지만 많은 세월은 도 닦는 스님도 비켜가지 못했는지 주름진 얼굴에 눈빛만이 형형했다.

정순은 속가의 부인을 알아보는 이 있을까봐 이 죄인 살려주십시오, 하는 심정으로 똑바로 쳐다보지도 못했다. 그러자 가슴속 또 한구석에서 당신이 그렇게 큰스님으로 이름나기까지는 아무 방해 없이 앞길을 가로막지 않은 내 희생이었소. 도 닦는데 방해될까봐 두 번 다시 찾아가지도 못했소. 하는 소리가 한줄기 선혈로 가슴속을 그었다. 아니, 당신은 자식을 버리고 산으로 가버린 무책임한 아버지, 조강지처를 버린 종교에 미친 사람, 어머니를 화병으로 돌아가시게 한 불효자라고 소리쳐서 망신을 줄까. 아니야……. 지금에 와서 무슨 소용이야. 일생동안 그를 용서하려고 노력했듯이 끝까지 참아야지. 오히려 법회 끝나고 집으로 모셔야겠다는 생각에 정순은 부르르 몸을 떨었다.

그의 법문이 시작되었다.

"많은 사람들이 이렇게 부처님께 여쭸습니다. 많은 천신과 인간들 모두가 최상의 행복을 생각하고 바라니 고귀하신 부처님께서는 부디 으뜸가는 행복을 말씀해 주십시오" 하니 부처님께서는 이렇게 답하셨습니다.

어리석은 사람과 어울리지 않고 지혜로운 사람과 가까이 지내며 존경해야 할 분을 존경함, 이것이 바로 으뜸가는 행복이다. 자신에게 적합한 곳에서 살면서 일찍이 부지런히 공덕을 쌓으며 스스로 자신을 바르게 세움, 이것이 바로 으뜸가는 행복이다.

널리 배우고 좋은 기술을 익히며, 몸과 마음을 계율로써 다스리고 의미 있는 대화를 나눔, 이것이 바로 으뜸가는 행복이다. 공손히 부모님 모시고 배우자와 자식을 돌보고 안정되게 생업을 꾸려가는 이것이 바로 으뜸가는 행복이다, 라고 부처님은 말씀하셨습니다……."

부처님 말씀이라고는 하나 그 소린 모든 것을 몸속에서 삭이고 익혀서 다시 정화되어 성한 스님의 가슴속에서 나오는 소리 같았다. 평범하면서도 실천하기 어려운 생활 속의 철학은 자칫 위선같이 들리기에 쉬운 법문이었다.

모두 성한의 법문에 고개를 끄덕이는데 정순만은 속에서 반발하고 있었다. 그래서 당신은 대大를 위해 소小를 희생하신 겁니까? 소도 못 이룬 사람이 어떻게 대를 이루셨습니까.

정순은 마음이 엇나가자 그 자리가 괴로워졌다. 자리에서 일어나 문 한쪽을 밀었다. 서늘한 바람이 들어오자 몇 사람이 그녀를 쳐다보는 것 같았다. 정순은 문을 닫고 나와서 대웅전 아래 있는 오층 석탑을 바라봤다. 햇빛에 말끔히 드러난 돌탑은 눈부시게 빛을 반사했다. 정순은 합장하고 탑을 돌았다. 울컥 눈물이 솟았다. 생각 따라 몸이 석탑을 돌고 있는지, 몸을 따라 정신이 따라 오고 있는지 경계가 없다.

뿜어대던 햇빛이 시들해졌을 즈음 법당 옆문이 열리며 사람들 들썩이는 소리가 들렸다. 정순은 얼른 문 앞으로 가서 성한 스님이 나오길 기다렸다. 젊은 스님이 성한 스님을 보필하며 문밖으로 나왔다. 정순은 합장하고 허리 굽혀 반절을 하였다. 누구인가 하는 눈빛으로 정순을 보던 스님은 눈빛이 조금 흔들렸을 뿐 이내 젊은 스님들이 앞서가며 안내하는 데로 발걸음을 옮겼다. 순간 얼음 같은 찬바람이 성한의 법의에서 날렸다. 그 냉랭함이 사 십년 전 문밖으로 나가버린 성한의 모습과 겹쳐지며 정순은 또 한 번 정곡을 찌르는 아픔을 느꼈다.

정순은 스님의 뒤를 따랐다. 스님의 처소에 이르렀을 때 곁에서 시중을 드는 시봉 스님께 간청을 했다. 성한 스님을 집으로 초대하고 싶다고 하였다. 정순은 문 밖에서 초조히 기다렸다. 성한 스님께 말씀을 드린 시봉 스님은 밖으로 나와서 큰스님께서 일언지하에 거절하셨다고 전했다.

집으로 돌아온 정순은 퍼지고 앉아 엉엉 울었다. 억울함 때문만은 아니었다. 엊그제 같던 이별은 어언 사 십년이 흘렀고 득도하셨다는 성한 스님의 생애도 쓸쓸한 노인같이 보여 허무한 삶이 가슴을 파고 든 때문이었다. 자신의 늙음도 서러웠고 성한의 늙음도 허망했다. 그때 마침 엄마 집에 들른 은성이 울고 있는 정순의 모습에 당황하며 그 까닭을 물었다.

"……승복을 만들어 내복과 함께 들고 절에 찾아가도 들이지도 않고 문밖으로 쫓아내는 스님이었다. 그 뒤로 찾아가지도, 오지도 않았어. 기대는 하지 않았지만 집 동네까지 오셨다니께 한 번 모시고 싶었지. 내 이렇게 길렀시유 하고 중년이 된 너도 좀 보이고 싶고……."

은성은 상처받았을 엄마의 모습이 머릿속에서 그려졌다.

"엄마는 아직도 미련을 버리지 못했어요? 참 알 수가 없어. 증오하다가, 울다가. 난 다 잊었어요. 내 건강을 위해서."

"냉정한 년!"

은성은 싸늘한 바람을 일으키며 방문을 열고 나가 버렸다.

자리에 누워 정순은 참말로 고독함을 느꼈다. 외딴섬에 홀로 서 있는 듯 자신이, 그 여자가 불쌍해서 울었다. 당신은 진정으로 우리 모녀를 잊으셨습니까……. 뜨거운 눈물이 흘렀다.

정순은 큰스님들의 법문집들과 경전을 들추며 자기 자신을 위로하고 싶었다. 아니 자신을 위한 글 한 줄을 찾으려고 책장을 이리 저리 뒤적였다. 평시 강렬했던 한 줄의 법문도 그 날은 정순의 가슴에 와 닿지 않았다.

– 늙음에서 벗어날 자 아무도 없다. 질병에서 벗어날 자 아무도 없다. 죽음에서 벗어날 자 아무도 없다. 사랑하는 이들과 소유한 모든 것 남겨 두고 떠나야 할 처지에 있다. 누구든 반드시 죽음을 맞이하고 쌓은 업의 결과를 그대로 받는다. 선업을 쌓은 자 천상에 태어나고 불 선업 쌓은 자 지옥에 태어난다. 선업의 공덕을 스스로 쌓아야만 중생의 세계에서 벗어날 수 있다. –

오래 전에, 성한 스님의 법문과 스님의 강연하는 옆모습이 담긴 퇴색된 신문이 은성의 가방에서 나왔을 때 정순은 찌르르 가슴 밑바닥에서 전류가 흐름을 느꼈었다. 저것이 지 애비 닮아 냉정한 것 같아도 속은 그렇지 않구먼. 싸늘한 척 했던 거여. 그러면서 저도 아버지가 얼마나 그리우면 그렇게 신문이 누렇게 변하도록, 접은 부분이 닳아 해지도록 품고 다녔을까. 가엾은 것.

정순은 다 남편 복 없는 자신의 팔자거니 하고 살아가지만 자식에게 만큼은 상처를 주고 싶지 않았다. 어릴 때는 생일날이나 초파일 때면 은성이 잠들었을 때 선물을 머리맡에 놓고 날이 밝으면 아버지가 다녀가셨다고 둘러대었다. 자신은 남편을 욕해도 딸마저 아비를 욕하는 것이 싫은 것은 또 무슨 심사일까.

얼마를 더 살아야 하나밖에 없는 딸 은성이 어미 심정을 헤아릴 수 있을까. 요괴스런 인간의 변덕을, 슬픔을, 아픔을, 분노를, 기쁨을……. 아, 자신은 아직도 도 닦으려면 멀었는가보다. 그려, 어찌 보면 이런 아픔 속에서 자꾸 윤회하지 말고 딱 끊어버리고 행복한 천상에서만 사는 것이 지름길인지도 몰러. 성한 스님이 환상에 미쳐있는 것이 아니고 너무 현명해서인지도 몰러. 정순의 독백은 늘 이렇듯 자조로 끝나고만다.

은성은 일어섰다. 많은 인파가 서서히 오솔길을 가득 메우며 내려가고 있었다. 잔디 속에 숨어있던 푸른 싹들이 보일 듯 말 듯 발 밑에 밟혔다. 은성은 아버지의 독특한 생에 대하여 이해해보려고 대학 다닐 때 도서관에 가서 불교에 관한 서적들을 들춰보았다.

생성되는 것은 존재가 아니다. 자아라는 환상은 절대 자아가 아니다. 그러므로 존재하는 것은 모두 환상이요 무지요 비참이다. 깨달음이란 가장 고차원적인 명상의 단계에서 얻어지는 '밝은 통찰력'이다. 니르바나(열반)는 이 통찰력이 가져다주는 마지막 해탈이며 해탈의 목적이다……. 아직도 머릿속에 남아있는 인상적이었던 이 글은 어디서 보았었나, 은성은 기억하려고 머리가 무거워진다.

은성은 인파 속에 휩쓸려 내려가면서 술 한 잔 먹고 싶다는 술꾼의 심정이 문득 자신의 것이 되었다. 모든 것이 부질없었다. 이렇게 가고 있는 것도 오고 있는 것도 웃는 것도 우는 것도 모든 고민도 전부 부질없을 뿐이었다. 그 짧은 생을 살다 갈 것을…….

삶의 의미가 무엇인가. 자신에게 의미 있는 것이 무엇인가. 어머니에게 의미 있는 것이 무엇인가. 아니, 아버지에게 삶의 의미는 무엇이었을까. 어머니 정순은 진심으로 아버지를 용서하신 걸까? 아버지를 비난하면 오히려 나무라지 않는가. 법구경에 이런 말이 있다.

─ 증오를 품고 있으면 증오는 없어지지 않는다. 원한으로는 원한을 갚을 수 없는 것. 오직 용서로써만 그것을 풀 수 있나니 이것은 영원한 진리이다. ─

이 실천하기 어려운 이야기는 무엇을 뜻하는 말일까. 용서는 어디에서 나오는 것일까? 사랑이 있기에 용서가 가능한 것 아니었을까. 모든 것을 이길 수 있는 것은 사랑뿐이라는 말과 무엇이 다르랴. 어머니는 증오보다 애정이 앞섰고 은성은 애정보다 증오가 앞섰다.

그렇다면 깨달음이란 고통이 있기에 이루어질 수 있는 것 아닐까. 고통 없는 행복한 삶만 유지되었다면 아라한(깨달음이 최고의 경지에 있는 부처)이 있을 수 없었을 것이다. 많은 상념들이 은성을 휘감아 왔다. 성한은 정순에게 용서의 마음을 넣어주고 자신은 왜 붙잡아 주지 못했을까. 그게 뭘까. 마음 속에 수없이 돋아난 가시 때문이었을까. 가슴에 돋아있는 바늘 같은 가시 때문에 성한의 아픔과 용서가 들어앉을 자리가 없었던 것일까. 가르침으로 들어앉을 자리가…….

– 억울함을 당하는 것으로 수행하는 문을 삼아라. 억울함을 밝히면 원망하는 마음을 도웁게 되나니, 부처님께서는 저 장애 가운데서 보리 도를 얻으셨느니라. 사람들이 만일 먼저 역경에서 견디어 보지 못하면, 장애가 부딪칠 때 능히 이겨내지 못해서 법왕의 큰 보배를 잃어버리게 되나니 이 어찌 슬프지 아니하랴, 슬프지 아니하랴 –「보왕삼매론」

은성은 구구절절 맞는 법어에 무어라 항변할 말은 없어도 그대로 실천하기엔 가슴속에서 반발이 꿈틀댄다. 자신이 던진 돌이 아닌 남이 던진 돌을 어찌 그냥 맞고만 있으라 십니까. 우린 인간입니다. 너무 하시는군요. 당신은……

은성은 밤늦게 집에 도착했다. 자리에 누워 사십 넘도록 살아온 자신의 삶을 주마등처럼 떠올려 보다가 잠이 들었다. 이튿날 거실에 해가 반쯤 들어앉았을 때 그녀는 TV를 켰다. 마침 성한 스님의 일대기가 편성되어 화면에 가득 찼다.

<큰스님 가신 길>이란 제목 아래 성한 스님의 법문과 구도생활, 유품들이 하나씩 비춰졌다. 순간 은성은 읍하고 숨을 멈춘다. 몇 십 년 전에 아버지에게 보냈던 자신의 편지가, 화면 가득히 소개되었다. 속가에 딸이 하나 있는데 딸에게서 온 편지를 오랜 세월 간직했었다며 닳아빠진 편지를 카메라는 들이대었다. 누렇게 변한 편지지 위로 푸른 연꽃이 살아 있었다. 기왓장의 그 꽃이었다. 아, 그랬구나. 성한의 숨결이 묻어날듯 손때가 타 있었다.

과연 스님의 말씀처럼 인간의 가장 큰 인연은 그대의 마음과 나의 마음이 맞닿는 곳에 있을까. 그래서 스님은 그리 쉽

게 집을 떠나셨습니까.

성한의 배신이, 배신으로 인한 자신의 아픔이, 그늘에 가
리어진 삶의 상처들이 한데 엉키어 가슴속에서 떠돌았던 독
기가 한순간 안개같이 뿌옇게 피어올랐다.

은성은 TV를 껐다. 냉장고에서 얼음을 꺼냈다. 물을 조금
섞어서 얼음물을 한 컵 마셨다. 거실에 쏟아져 들어온 햇살
이 사람의 체온처럼 따스했다. 마치 세상에 태어나서 처음으
로 보는 햇살같이 낯설었다. 그리고 햇살은 부드러웠다.

죽은 뒤에야 무슨 원망이 있으랴. 원망하는 에너지도 상대
가 이 세상에 존재하고 있을 때에야 성립되는 것 아닐까. 대
상이 없는 미움은 헛간같이 허허롭고 메마르다. 갑자기 엄마
손을 놓쳐버린 어린아이처럼 뭉클 뜨거운 불덩이가 은성의
속에서 목울대를 타고 넘어왔다. 은성은 어린아이같이 바닥
에 퍼지고 앉아 온 몸으로 울었다. 다비장에서 참았던 응어
리가 이제서 터져 나오는가 보았다.

……아, 아버지! 가슴속에 돋아난 가시들을 없애도록 노력
해 보겠습니다. 새로운 싹이 돋아날 수 있도록 빈 터를 만들
겠습니다. 은성은 자신의 입에서 중얼거리는 소리가 누가 들
려주는 말인가 싶어 주위를 둘러본다. 주위엔 아무도 없었다.

햇살만이 여전히 따뜻하게 거실을 비춰주고 있었다. 아버지의 체온이 이랬을까. 🌿

꿈꾸는 침묵

꿈꾸는 침묵

1

한 낮이었다. 시장 속 골목에서 그 여자를 보았다.

옥화 미용실 신장개업. 화분에 담긴 난 이파리 사이로 '축 개업'이라고 쓴 빨강 리본이 바람에 팔랑거린다. 자고 나면 새로운 가게가 하나씩 개업을 했다. 이제 입주가 시작된 신도시는 분주했다.

유리창 안쪽에서 누군가의 머리를 다듬고 있는 그녀. 분명 그 여자였다. 내가 좋아하던 남자의 애인. 그녀가 날 알아볼까? 미용실 유리창은 돼지고기 삼겹살과 상추를 사 들고 있는 내 꼴을 여과 없이 비춰 주었다. 낡은 슬리퍼와 헐렁한 티셔츠에 반바지 차림인 나는 영락없는 동네 아낙 모습이다. 다시 옷을 갈아입고 나올까? 아니 그냥 들어갈까? 내 이런 모습을 보고 어찌 20여 년 전의 나의 모습을 떠올릴 수 있을까? 이렇게 푹 퍼져 버린 아줌마가 되어 버렸는데. 그런데 저 여자는 어떻게 살다가 이런 신도시의 한 동네 구석까지 들어와 살게 되었을까? 내 애인은 또 어떻게 된 것일까? 아니 그녀의 애인은.

그 순간에는 배고파서 기다리고 있을 남편도 까마득히 떠오르지 않았다. 나는 단정한 모습으로 한 번 들어가 보리라 생각하며 집으로 돌아왔다. 그 날 이후 나는 그 미용실 앞을 지나게 되면 나도 모르게 시선은 어느새 미용실 안으로 들어가 있었다.

그런데 그녀는 가끔씩 미용실 문을 잠그고 화려한 외출을 한다. 갈색의 세련된 머리 모양과 진한 빨강 빛의 립스틱, 거기에 맞춘 같은 빛깔의 손톱. 몸의 곡선이 드러나는 원피스는 늘씬한 키를 뽐내는 듯 돋보였다. 미장원 우측으로 붙은 떡집 할머니와 좌측으로 나란히 붙은 세탁소 아저씨는 가게 유리문을 통해 그녀의 외출을 호기심 있게 바라보기 시작했다. 소문이란 언제나 꼬리를 물고 어디든 따라 다니는 것이어서 하나의 스토리를 만들고 있었다.

그녀의 남편이 죽은 지 한 달 가량 되었다는 것이다. 그런데 마치 여드름 하나 짜내듯 쉽게 잊고, 상처도 없이 고운 살이 되었듯이 깡그리 잊고 저렇게 요란한 모습일 수가 있겠느냐는 게 주변 사람들의 쑥덕거림이었다. 그 소문은 곧 정부가 있다는 둥 남편이 죽기를 기다렸다는 둥 풍성한 이야깃거리로 구름처럼 모였다 흩어지며 떠돌아 다녔다.

그녀는 그때에도 그랬듯이 주변을 의식하지 않고 입고 싶은 대로 입고 말하고 싶은 대로 말하고 전혀 누군가에게 비위 맞추려는 자세가 없었다. 그것이 너무나 자연스럽고 당당해 보여 말 한마디에도 여러 모로 재보고 하는 나의 소심성과는 대조가 되었다. 은근히 그 여자로부터 주눅 들어 하며 부러워했던 기억이 또렷해 왔다. 마치 주인이 하녀를 당당하고 자연스럽게 거느리고 다니듯 해서 나는 그녀 옆에만 있으면 나의 존재를 하나도 인식하지 못할 지경이었다.

그녀가 그만큼 내 의식 세계에 꽉 들어차 있었다. 그런데 곰곰이 생각해 보니 그것만은 아니었던 것 같다. 내가 좋아하는 그 남자가 그녀를 데리고 다니며 내게는 안 하던 갖은 친절을 그녀에게 베풀 때마다 나는 이미 조금씩 그녀에 대해 패배감을 느꼈던 것 같다. 그 점이 그녀를 더욱 당당하게 보이게 했는지도 모른다.

그 즈음 나는 그녀의 애인, 아니 내가 좋아하는 그와의 상상의 데이트에 여념이 없었다. 사랑은 상상만으로도 풍선처럼 커져 갈 수 있었다. 대학 2학년을 막 올라간 봄이었을까.

그는 언제나 외톨이었다. 아무도 그와 친하려 들지 않았다. 대쪽 같고 고결한 성품을 가진 그를 이상스럽게 사람들은 싫어했다. 나는 그 원인이 무얼까 궁금해지기 시작했다. 그는 시인이다. 그가 패러독스를 뿜으며 시 정신에 대해 날카로운 칼날을 번뜩일 때는 어쩌면 저리도 순수한 소년 같을까? 감탄하지 않을 수 없었다.

그의 단순한 역설까지도 용광로처럼 뜨거웠다. 그것이 그에 대한 나의 열정을 더욱 부채질한 결과가 되었다. 그런데 모두들 그를 회피하는 눈치였다. 빚쟁이 보고 도망하는 그 정도는 아니지만, 아니다. 전혀 색깔이 다르다. 그렇다면 무엇에 비유해야 할까? 그의 가까이에서 그를 관찰해 보고 그 점이 무엇인지 찾아내기로 했다. 그리고 그 원인을 찾아서 알려주고 고쳐 준다면 더 없는 보람이 될 것 같았다. 그것이 마치 그를 위한 최대의 봉사인 것처럼.

그런데 오래지 않아 나는 그의 장점 속에 단점들이 묘하게 숨겨져 있는 것을 발견해 냈다. 고독하고 외로운 자. 남을 자신의 아래에 두고 지배하려는 교만함이 그를 멀리하게 하는 요인이라고 집어내게 되었다. 그는 현실을 부정하면서 역설적인 행동으로 상식 인들을, 자기의 상식으로 뒤엎고 비판하고 그러므로 자신의 우위성을 돋보이게 하며 거기서 위로를 느끼는 듯했다. 그 위로는 절망에 대한 항거라고도 볼 수 있었다.

인정 많고 착하지만 신들린 것 같은 그의 독설만은 모두 외면하려 했다. 그것은 그의 콤플렉스의 부분적 표출이 아니었을까? 나는 그의 그런 점이 가엾게 느껴지는 것이었다. 어느덧 나는 그의 사상, 가치관, 삶의 목표 모든 것이 관심의 대상이요 안타까움까지도 연민으로 둔갑되어져 갔다. 절망할 수 없는 데서 오는 절망이 그를 그렇게 비뚤어지고 고독하게 만들어 가는 것이라고 단정하게 되었다.

그는 남동생 하나와 자취를 하고 있었는데 동생의 학비까지 대주어야 하는, 소년 시절부터의 가장이었다. 어려운 살림, 어려서 여읜 부모, 주변으로부터의 무시하는 눈초리에 일찍부터 숙달되어 갔다. 그의 부모가 어떻게 돌아가셨는지 그가 자신의 상처에 대해서는 말해 주지 않아 모르지만 그는 늘 주변에 대해, 사회에 대해 불만이었다. 그러면서 그는 가끔씩 찾아오는 외로움을 시로써 풀어내곤 하였던 것 같다.

현실에서는 20여 년을 뛰어 넘었어도 머릿속에서는 바로 엊그제 일처럼 꺼내 볼 수 있었다.

2

신도시는 어디나 그런 모양이었다. 길에 다니다 보면 어디서 많이 본 사람인데 어디서 봤는지 생각이 안 난다던가, 슈퍼나 버스 정류장 같은 곳에서 소식 없던 사람끼리 우연히 만나 반갑다고 손을 잡고 흔드는 사람들을 흔히 볼 수 있다. 입주한 지 한두 달 가량 지나면 집들이로 인해 친척, 친구들의 방문이 있는데 그때에 자주 그런 모습이 눈에 띄었다. 또 서로 알지만 거북해서 모른 채 등 돌리는 사람들 역시 쉽게 볼 수 있는 모습이었다.

나는 언제나 이사를 가면 새 동네의 시장을 다니며 슈퍼나 채소 가게, 정육점을 단골로 삼을 집을 물색했다. 처음에는 잘 모르니까 여기 저기 고루 다녀 보다가 결정하는 게 행사처럼 되어 버렸고 애초부터 누군가 '저 집이 잘해 줘요' 하고 귀띔이라도 해주면 곧장 그 집만 다니게 되는 것이었다.

단골로 낯을 익히기까지는 시행착오도 꽤 해야 했다. 물건은 구색 맞춰서 좋은데 상점주인 인상이 좋지 않거나 성질이 못됐으면 꺼려지고 이 집 저 집에서 사다가 선택하는 것이어서 몇 개월이 지나야 단골집이 정해졌다. 한 번 들어가서 기분 나빴던 집은 결코 다시 들어가는 법이 없었다.

그 때문에 동네 사람들 얼굴을 대부분 빨리 익혀 두는 상인으로서는 '저 사람은 우리 집에는 오지 않는 사람'이란 걸 알고 있어서 그 가게 앞을 지나쳐도 부르는 법 또한 없었다. 파 한 단을 사도 꼭 내가 사던 집에 가서 사야 속지 않고 샀다는 안도감이 드는 것이었다. 그것은 주부들만의 특성인지 오래된 피해 의식인지 구분하기 어려웠다.

이제는 그 시기를 지나서 여기 저기 다니다 가장 친절하고 싸게 파는 신용 있는 집들을 전부 익혀 두었다. 부식 가게뿐 아니라 전에 살던 동네에서 멀리 이사 오고 나니 미장원이나 옷집, 화장품 가게도 새로 정해 두어야 했다.

이런 저런 이유로 동네 상가를 수시로 다니게 되었으나 아직 이곳은 상가가 전부 입주하지 않은 데가 많아서 불편한 편이었다. 대신 오래전부터 있던 재래시장이 조금 멀기는 해도 그곳에 가면, 아파트 상가보다 노점상이 많아 풍성했고 이상하게 정겨움이 있어서 늘 걸음을 그리로 옮기게 되었다.

새집이어서 생각지도 않은 작은 물건들을 사와야 할 것들이 많았다. 자주 엘리베이터를 타고 내려가야 하는 일이 번

거로운데도 나는 전에 살던 집보다 배나 넓은 것이 흐뭇해서
행복하기까지 했다.

야산이 멀리 병풍처럼 둘러싸여 있었고 약수터와 산책길
이 있어서 나는 운동 삼아 자주 숲 속으로 향했다. 우리 집은
9층이었는데 새벽에 베란다에서 바라보면 안개에 싸여 상당
히 멀리 보이던 산도 낮에 산책하러 가면 가깝게 느껴졌다.
다시 밤이 되어 창을 통해 내다보면 고요 속에 침묵하고 있
는 산은 영원히 가까워지지 않을 것처럼 보인다.

이렇게 잠 안 오는 새벽에 나는 가스대 위에 물주전자를
올려놓고 스위치를 돌린다. 파란 불꽃이 너울대며 주전자를
감싸 안는다. 찬장 문을 열고 커피 잔을 꺼내어 커피를 탄다.
커피 한 스푼 반, 설탕 한 스푼, 프림 한 스푼. 아직 어둠이 걷
히려면 멀었다. 벽시계는 새벽 네 시 반을 가리킨다. 건너편
앞 동에도 불이 켜진 집이 간혹 있다. 이렇게 잠이 안 올 때
는 맛보다 커피 향에 홀려서 즐기는 커피가 되어 버렸다. 빈
찻잔이라도 앞에 있을 때의 그 여유로움, 꼭 필요해서 마시
는 것이 아니라 어쩌면 커피보다도 그 평화를 느껴 보고 싶
어서 잔에 물을 붓고 있는지도 모르겠다. 마지막 몇 방울까
지 아쉽게 다 마신 후 나는 맑은 공기를 쐬어 볼까 하고 식구
들 깰세라 현관문을 소리 안 나게 닫고 나왔다. 승강기를 혼

자 타고 1층으로 내려와 밖으로 나왔다.

늘 다니던 산책길로 들어섰다. 낯선 길이면 무서웠을 텐데 왠지 전혀 무섬증이 일지 않았다. 약수터를 향해 가는데 어디선가 끊어질 듯 이어지며 들리는 창을 하는 소리가 있었다. 어느새 발걸음은 소리 나는 쪽으로 향하고 있었다.

약수터에서도 꽤 먼 곳이었는지 한참을 걷자 그 소리는 가깝게 들렸다. 목이 쉰 그 소리는 남자인지 여자인지 언뜻 구분이 되지 않았다. 그런데 소리꾼이 되기 위한 연습은 아닌 듯했다. 다듬어진 기교가 없고 대신 소리 밑바닥에서 목 울림이 있고 한이 깔려 있었다. 연습을 위한 것이라면 잘 안 되는 소절을 계속 반복할 텐데 그런 것 없이 많이 불러왔던 듯 몸에서 나오는 진득한 소리처럼 들렸다.

풀잎을 밟으며 숨죽여 간 다리에는 새벽이슬이 차갑게 닿았다. 벌써 여름이 지나고 있었다. 언젠가 많이 들었던 익숙한 창이었는데 곡명이 떠오르지 않았다. 그냥 듣기에 부담이 없이 자연스러웠는데 간혹 강물이 굽이칠 때처럼 한 소절 넘어갈 때마다 흐느낌이 배어 있었다. 여자였다. 긴 머리칼이 잠에서 금방 깨어난 듯 엉키어 흐트러져 있었고 잠옷 같은 긴 치마바지에 얇은 스웨터를 걸친 채였다. 집에서 입는 차림새로 봐서 가까운 아파트에 사는 것 같았다. 신도시라 계속 입주자가 늘어나고 있었고 바로 옆집 사람이라도 문을 닫고 살아서 얼굴을 익히기조차 어려웠다.

무슨 청승일까. 이 새벽에 자다가 뛰쳐나온 사람처럼 흐트러진 모습에 창이라니. 하기는 내 모습도 큰 차이는 없지만. 나는 좀 떨어진 곳에서 새벽 운동 나온 사람처럼 팔을 약간 벌리고 체조 시간의 몸통 운동을 하며 좌우로 상체를 돌렸다. 계속 같은 동작을 반복하며 그 여자를 주시했다. 여자는 곁에 누가 왔는지조차 관심 없는 듯, 아니 인식하지 못한 듯 끝까지 창을 했는데 왠지 애절함이 느껴져서 공연히 기분이 숙연해졌다.

남의 이상한 일에나 관심을 갖는 나의 저급한 호기심이 부끄럽기도 했다. 그 여자가 움직이기 전에 내가 먼저 약수터 쪽으로 발걸음을 옮겼다. 아무도 없는 곳에서 마음 놓고 부르려 했던 것이 내가 있음을 안다면 무안해 할까 하는 배려에서였다.

약수터에는 벌써 부부인 듯 보이는 노인 두 분과 50대로 보이는 아저씨 한 분이 와 있었다. 나도 그 뒤에 섰다. 약수를 20리터 물통에 담는 노인 부부는 말없어도 둘의 정겨움이 묻어나는 듯했다. 물통에 물이 가득 채워질 즈음 아까 본 그 창을 하던 여자가 다가왔다.

그 여자는 나처럼 물을 한 바가지 떠서 마신 후 조금 남은 물을 버리고 산책길을 따라 내려가고 있었다. 내 나이쯤 되어 보였는데 아직 새벽어둠이 남아 있어 생김새가 자세히는 보이지 않았다.

하루 종일 그 여자의 창이 귀에 머물며 입 속에서 흥얼거려졌다. 어디서 들었더라, 어디서 들었더라, 까마득히 옛일이었음은 알겠는데 갑자기 나간 전깃불처럼 깜깜하고, 현실로 연결되지 않았다.

오늘은 일찍 일어나 아이들을 등교시키고 세수하고 영양 크림을 찍어 발랐다. 화장을 할까 하다가 안 하던 화장을 새삼스럽게 하면 어색할 것 같아 립스틱만 살짝 발랐다. 머리를 다듬어야겠다. 그런데 왜 이렇게 가슴이 뛸까? 입었던 옷을 벗어서 세탁기에 넣고 꽃무늬 긴치마에 은색 블라우스를 입었다. 거울에 비추니 촌스럽기는 매한가지.

다시 고를 만한 것도 없고 외출복도 아니니 그냥 현관문을 닫고 나왔다. 옥화 미용실 앞에 섰다. 어느 날 캠퍼스에서 그와 함께 홀연히 사라진 저 여자. 능숙한 솜씨로 손님의 머리를 바쁘게 매만지는 그녀. 세월의 무게가 여지없이 나와 그녀의 얼굴에 내려앉아서 두 사람은 중년의 얼굴을 하고 있다. 문을 밀고 몸을 넣었다.

"어서 오세요."

시선 한 번 흘끗 줄 뿐 파마머리 만지느라 온 신경을 쏟고 있는 그녀는 나를 조금치도 눈치 채지 못하고 있음이 분명했다. 앞면 거울에 비치는 늘씬한 그 여자의 모습은 전혀 변함이 없는데 눈가와 입가에 주름이 가는 금으로 그어져 있었다. 나는 잡지책을 뒤적이며 그녀를 섬세히 살폈다. 이제 막 파마 롯트를 끝까지 다 말은 손님의 머리에 비닐 모자를 씌우고 타월로 겹 싼 뒤 스카프를 매어주고 있다.

그녀에게 머리를 맡긴 오십이 조금 넘은 아주머니는 알 품은 닭처럼 졸고 있었다. 그녀의 빨간 손톱의 긴 손가락은 능숙하고도 세련되게 기계처럼 움직였다. 그 아주머니의 머리를 다 매만져 놓고 그녀는 차례를 기다리고 있던 내게로 다가온다.

"어떻게? 커트하시게요?"

"예, 좀 다듬어 주세요."

나는 보던 책을 덮고 거울 속의 그녀를 바라보았다. 그녀는 내 머리에 분무기로 물을 뿌리더니 굵은 빗으로 쓸어내린다.

"파마, 언제 하셨어요?"

"두 달 정도 됐는데요."

"자르고 나면 파마 끼가 없어 다시 하셔야 되겠는데요."

나는 내 눈 속으로 파고드는 그녀의 시선을 마주 받으며

"그래요? 파마 얼마 하죠?" 물었다.

"삼만오천 원요, 파마하시면 커트 비용은 빼드려요."

나는 잠시 망설이다 내친 김에 한가한 오늘 같은 날 해야 겠다 싶어 파마를 선택했다. 그녀는 나의 고개를 똑바로 세운 다음 머리카락을 자르기 시작한다. 그녀의 망설임 없는 태도에 비례하게 머리는 시원시원하게 잘려 나간다. 아무 생각 없이 무턱대고 자를 리는 없고 이미 생각하고 나서의 결정한 커트였을 것이다. 우리네 인생에 그토록 이나 쉽게 결정 내려 행동에 옮길 만큼 생각이 능숙하다면 우리는 아마 노련한 삶을 살 것 같았다.

그나저나 실은 저 여자의 살아온 날도 궁금했지만 갑자기 밀려온 파도처럼 '그'가 더 궁금하여서 속으로 안달이 났다. 어떻게 된 것일까? 죽었다던 저 여자 남편은 그가 맞을까? 아니면 다른 사람하고 결혼했나? 설령 맞으면 어떻고 아니면 어쩌자는 건가? 그것은 초조함과는 또 다른 궁금증이 었다. 세월이 추억을 퇴색하게 했으며 나는 이제 그에 대해

여유로워 졌고, 그를 떠올리면 울컥 그리움이 샘솟던 감정도 기억 속에 잠재우고 있었다. 그를 보면 떨려 오던 가슴도 진득하니 한쪽 벽에 달라붙은 진드기처럼 침착성과 여유가 있었다.

"목영아, 너를 무척 아끼지만 우린 운명적으로 맺어질 수 없어."

"애써 운명을 만들며 비켜 가고 있군요, 신념과 고집을 착각하지 마세요."

그의 말은 내게 더없이 잔인하게 들렸고 나는 갑자기 쏟아진 굵은 소나기만큼이나 펑펑 울고 싶음을 용케도 참아 내었다. 나는 그녀를 통해서 완전히 잊은 것 같았던 그의 영혼이 내 가슴속에서 되살아남을 느끼며 조는 척 눈을 감았다. 그러면 커튼을 치듯 가려질 것처럼. 아니 은연중 내 생각의 초점이 그녀에게 전달될까 봐서였다. 정신세계에서의 교감일까. 어떤 사람이건 앞사람의 뒤통수를 한참 동안 집중해서 쏘아보면 그 사람이 돌아보는 경험을 여러 번 했기에 혹 그녀에게 들킬 것 같은 불안한 예감 때문이었다.

그때 미용실 문을 열며 여섯 살쯤 되는 사내아이가 고개를 들이밀었다. 나는 눈을 뜨고 시선을 문 쪽으로 돌렸다.

"엄마, 나 백 원만."

나는 그 아이를 보자 가슴이 섬뜩했다. 국화빵처럼 찍어낸 다더니 어쩌면 저렇게 닮을 수가 있을까, 날카롭고 높은 코에 뾰족한 턱이며 약간 곱슬머리에 쌍꺼풀 없는 이지적 눈매가 그의 축소판이었다. 한눈에 그의 아들이 틀림없었다.

"뭐 하려고?"

여자는 관심 없이 묻는다.

"또 뽑기 하려고."

"조금 아까 준 돈은?"

"사탕이 나와서 먹었어."

마치 그가 축소되어 들어온 것 같았다. 아아, 그렇다면 그가 죽은 것이 틀림없구나.

"자! 가져가."

귀찮은 듯 동전 바구니를 아들에게 내어 민다. 아이 녀석은 재빠르게 은빛 백 원짜리 동전 하나를 움켜 집는다. 순식간에 그녀의 아들은 사라져 버렸다.

"아들이에요?"

나는 관심 없는 척 물었다.

"예."

"아빠 닮았나 봐요, 곱살한 게 예쁘게 생겼네요."

그녀는 대답 대신 쓰게 웃으며,

"차갑기가 지 애비 같아서……."

그는 간혹 칼날처럼 혹독할 때가 있었는데 그것은 인정이 없어서가 아니라 그가 살아가며 가난으로 인해 난관을 극복해야 하는 의지가 그렇게 표출됐을 것이라고 판단됐었다. 그런데 그녀에게는 그 점이 차가운 사람으로 인식되었었나 보다. 하기는 나보다 십여 년을 함께 살아온 저 여자가 더 잘 알 터이니까. 그쪽의 편견이 더 맞을 수 있겠지. 그러나 나에게는 그의 차가움까지도 매력으로 보였었다.

"애 아빠는 직장에 다니세요?"

나는 자세히 보고 있었던 것처럼 보던 잡지를 한 장 넘겼다.

"아니요, 두 달 전에 작고했어요. 교통사고로……. 꼭 두 달 열흘 됐네요, 오늘이."

순간 파도가 모래를 쓸어가듯 나의 온 몸에서 피가 쓸려 내려가는 것만 같았다. 그 소문은 헛것이 아니었구나. 그녀의 화려한 외출이란 것도. 아아, 이렇게나 무관하게 살아오다니. 그의 죽음이 두 달이나 지났었는데도 살아 있는 줄만 알고 있었다니.

"원체 차갑고 독선적인 사람이라 죽을 때도 냉혹하게 갈 줄 알았더니 응급실서 내 손을 꼭 쥔 채 눈을 못 감고 가더라고요."

나는 그녀의 멍든 가슴을 건드린 것 같아 죄스러워지며 안쓰러웠는데 오히려 그녀는 덤덤히 얘기하는 것이다. 세월이란 그토록 무서운 것일까? 아니 그토록 은혜를 베풀 줄 아는 걸까? 그 상처를 아물리지 못하고 그대로 피 토하며 살아간다면 아마 그녀도 금방 남편 따라 저 세상으로 가 버렸을지 모른다. 나 또한 깊은 상처에서 헤어나지 못했을 것임은 두말할 필요가 있겠는가.

어느새 가르마를 타고 파마 롯트로 말기 시작한 내 머리는 거의 다 말아져 가고 있었다.

"전엔 어디서 하셨어요?"

내가 물었다.

"서울 은평구에서요."

"어떻게 이리로 오시게 됐어요?"

"참 이상한 인연으로 인해서요."

"……?"

나는 놓치지 않고 물었다.

"무슨 인연인데요? 사연이 많으신가 보죠? 이 동네로 오시게 된 것이……. 이렇게 주책없이 물어요."

"주책은요 무슨, 다 지난 얘긴데……."

"……."

잠시의 침묵 속에서 쉽게 대답할 수 없는 무거운 사연이 있는 것처럼 느껴져서 나는 더 이상 묻지 못했다.

그 날도 저녁 일곱 시쯤 해서 그녀는 여전히 화려한 색조 화장을 한 채 미용실 문을 나서는 것이었다.

"내 머리 드라이 좀 해주고 가."

그릇 가게 아줌마가 허겁지겁 왔다. 결혼식에 가야 한다며 장소가 시골이라 다음날 새벽에 출발해야 하기 때문에 지금뿐이 시간이 나지 않는다고 애원하듯 매달려도 그녀는,

"다음에 오세요, 미안해요."

라는 말로 고추 꼭지 따내듯 떼버리고 어디론가 가고 있었다.

"흥, 미용실이 자기네뿐인 줄 아나?"

그릇 가게 아줌마는 배신당한 듯한 무안함에 그렇게 중얼거리더니 다른 곳으로 발걸음을 돌렸다.

갈색 바탕에 노란 나뭇잎 무늬가 흔들리듯 촘촘히 박힌 요사스런 차림으로 가고 있는 곳이 어딜까? 남편 죽은 지 두 달좀 넘었다는 여자가 꼭 발정 난 암고양이처럼 살금살금 가고있는 그곳은……. 곱지 않은 세탁소 아저씨의 시선과 역시

의심스러운 눈빛의 떡집 할머니의 갸웃거림이 재미있었다.

　허망함, 갑자기 남편이 죽어버린 허망함을 그녀는 그런 식
으로 다스리고 있는 것일까? 사람들은 그렇게도 남을 이해
하는데 야박한 것일까? 도와주지도 못하면서……

3

　이사 와서 건드리지도 못하던 노래 테이프 상자를 방바닥
에 전부 쏟아 내었다. 이것저것 생각나는 대로 집어서 보고
한쪽으로 던져 놓았다. 스무 개쯤 정리가 되어 가는데 '아하!
이것 이었구나' 하고 하나를 집어내었다.

　우리나라 고전 민요가 주로 담겨 있던 테이프. 나는 빠르
게 테이프를 오디오에 넣고 스위치를 눌렀다. 카랑카랑한 창
이 흘렀나왔다. 새벽에 그 여자가 불렀던 같은 곡이었다. 기
억 속에서 나갔던 전깃불이 환하게 켜지며 과거와 현실을 연
결시켜 주었다. 그제야 생각이 난 것이다.

　초겨울인데도 이상 한파가 계속된 어느 날 그가 며칠째 보
이지 않자 나는 그의 자취방을 찾았었다. 산비탈을 오르는

달동네 골목에는 귤 장수, 군밤 장수 아저씨의 목소리가 구성졌었고 바람결을 타고 흐르는 냄새 어딘가에서 그의 냄새도 섞여 있는 듯했다. 아니 그가 사는 동네라 그랬을까, 없는 사람끼리 모여 사는 달동네라 그랬을까, 오랫동안 살았던 것처럼 정겨웠다. 비탈길을 오르자 숨이 차 잠시 걸음을 멈추고 들고 간 약도대로 맞게 가는가 싶어 산 정상의 모습을 바라보는데 나는 문득 탄성을 질렀다.

산등성이를 타고 이마를 맞댄 회색 시멘트의 집들이 꼭 어디서 본 듯 낯이 익었다. 너무 선명히 떠오른 그 장면은 불과 열흘 전에 꾸었던 꿈에서였다. 꿈이 앞으로 있을 일을 예시해 주었었나 보다.

겨우 찾은 무허가 건물의 그의 방은 낡은 나무 문짝이 바람에 혹독하게 부대끼고 있었다. 방안의 불빛이 습자지를 붙인 유리창 밖으로 새어 나왔다. 안도의 한숨을 쉬며 호흡을 고른 뒤 노크를 했다. 안에서 움직이는 사람 소리가 나는 것 같더니 그 나무 문짝이 열렸다. 그가 아닌 그의 남동생이었다.

"김현수 씨 댁 맞죠?"

"누구……세요?"

"학교 후배인데요, 신목영이라 합니다."

"잠깐 들어오셔서 기다리세요."

"어디 먼데 가셨어요?"

"아니요, 금방 다녀올게요."

그가 산비탈을 내려가기 시작했다. 아무도 없는 빈방에 들어가기가 어색해서 팔짱을 끼고 햇살이 비추는 벽에 기대었다. 그가 어떻게 받아들일까 조금씩 불안해 왔다. 10분쯤 지나자 그가 나타났다. 그는 날 보자 어이가 없어 하며 내 얼굴을 한 번 보고 한숨을 한 번 짓는다. 마지못한 것인지 반가움을 감추는 것인지 분간이 안 가는 표정으로 말했다.

"들어가 있어, 동생 보낼게."

"……?"

곧이어 동생이 다시 돌아왔다. 그는 군고구마 장사를 하고 있었다. 동생은 그 날 감기가 들어 마침 쉬고 있던 중이었다.

나는 그의 동생과 같이 앉아 있는 것도 서먹하고 저녁 시간이 되어 가니 어떡하나 망설이다가 내친김이다, 어쩌랴 하고 방을 정돈해 주고 부엌으로 나왔다. 쌀이 어디에 있느냐고 묻는 내 말에 동생은 미안해서 어쩔 줄 몰라 했다.

가리킨 쌀자루에서 이튿날 아침까지 먹을 양만큼의 쌀을 퍼내 씻으려고 수도꼭지를 틀었다. 헝겊과 비닐로 싸맨 수도는 다행히 얼지 않아 금방 나와 주었다. 아침 먹은 설거지 그릇들을 깨끗이 씻어 놓고 밥을 안쳤다. 나물을 무치는데 참

기름이 없어서 식용유를 살짝 쳤고, 김을 구웠다. 계란찜이 익는 냄새가 구수하게 날 즈음 그가 일찍 장사를 끝내고 군고구마를 들고 들어왔다. 나는 죄지은 어린아이처럼 한쪽 구석에 쪼그리고 앉았다. 그의 반응이 두렵기도 했다.

"앞으론 이런 짓 하지 마. 내 별난 성격 알잖아? 이리 내려와 앉아 거긴 차."

그것이 그의 심중 전부를 나타낸 말이었다. 나는 부엌에 나가 밥상을 들고 들어왔다. 셋이서 먹는 밥맛은 별미였다. 이 집에는 아무 격식도 없이 그야말로 있으면 있는 대로, 없으면 없는 대로 사는 집인데도 이상한 평화가 있구나 하고 느껴졌다.

나는 그 뒤로도 그 평화를 느껴 보고 싶어서 겨울방학 동안 자주 산비탈을 올라갔다. 그와 함께 군고구마 장사를 하고 손이 시려올 때는 하얀 면장갑을 낀 채 뜨거운 드럼통에 엎혀 녹이고 손님들이 사가는 재미에 연신 나무 조각들을 불 속에 집어넣었다. 탄 고구마 껍질이 묻은 손으로 얼굴을 만져 검댕이 칠을 한 것도 모르고 서로 쳐다보다 마냥 웃어댔다.

어떤 날 저녁에는 연탄불이 서툴러 밥을 태워서 눌은밥을 만들었는데 그가 기어이 자기 밥그릇하고 내가 맡은 눌은밥

그릇을 바꿔 놓는 것이었다.

"언제 배워 시집가겠니?"

자기 동생한테 하듯 나무랐다.

"이 없으면 잇몸으로 살지 뭐."

"잇몸으로 사니 오죽해?"

우리는 함께 웃었다. 좀체 잘 웃지 않던 그가 웃을 때는 수
줍어하는 소년 같은 모습이 담겨 있어 천진한 느낌이 와 닿
았다. 우리 집 찬장의 양념 그릇은 그때 자주 비어졌는데 내
가 덜어낸 것은 상상도 못하고 엄마는 세 들어 사는 아랫방
새댁을 의심하는 눈치였다. 그렇게 겨울 방학 동안 벌은 돈
은 꽤 되었다. 장사는 오히려 없는 동네가 더 낫다더니, 그가
내게 노래 테이프 한 개와 포장 안 된 산비탈 오르느라 신발
이 다 닳았겠다며 랜드로바 한 켤레를 사 주었다.

집으로 와서 그 노래 테이프를 틀으니 칼칼한 음성의 창이
나왔다. 그의 어머니가 좋아하셨다던 곡으로 모아져 있었다.
창에 대해 하나도 아는 곡이 없던 나는 그를 대하듯 관심 있
게 한 번 들었을 뿐이었다.

지금 다시 들어보니 새벽의 그 여자가 부른 곡과 테이프
속의 곡은 같은 노래였는데도 전혀 다른 곡처럼 들렸다. 한
사람은 가슴으로 부르는 곡이요, 한 사람은 고도로 세련된

기교적인 노래였다.

그때의 그는 언제나 평형감각을 잃지 않았는데 얄밉도록 철저히 이성적인 사람이었다. 독설적인, 그의 주장을 펼 때 외에는 결코 감정을 드러내는 법 없이 현실적이었다. 둘만의 시간이 간혹 주어져도 그는 한 번도 내 어깨에 손을 올려놓지 않았다. 나는 그때마다 나에 대한 그의 애정에 의심을 품었다.

문학 서클 활동에서도 동생 이상의 감정도 그 이하도 아니었다. 나는 철저히 그의 애인이고 싶어 했는데 말이다. 그 불만이 누적되어 나에 대한 그의 관심이 어떤 색깔일까 파헤치고 싶었을 즈음 느닷없이 그 여자가 나타났던 것이다. 언제부터 사귀어 왔던 것인지 어느 대학에 다니는지도 모르는 키가 큰 그 여자를 그는 어느 날 문득 캠퍼스 안에까지 데리고 다녔다. 캠퍼스 곳곳에서 그는 그녀와 함께 앉아 있었다. 나의 아픔은 안중에도 없었다. 책상머리에 앉아 왜 그랬을까하고 따져 보는 내 소심증은 그때 더욱 비대해졌던 것 같다.

그런데 그는 가끔, 아주 드물게 애절한 눈빛으로 나를 깊게 응시할 때가 있었다. 그때마다 나는 그 눈빛에 꼼짝할 수가 없었으며 그것은 햇볕에 봄눈 녹아 버리듯 전혀 항거할 수 없었다. 깊은 사랑이 아니고는 절대로 아무도 그런 눈빛을 흉내 낼 수 없는 깊은 우물의 물빛 같았다.

그러나 그 뿐, 그 순간이 지나고 나면 또다시 헤어진 과거 속의 인물처럼, 영화 속의 엑스트라처럼 그의 안중에 없었다. 그는 나에 대해 여전히 무심했다. 혹 나의 판단이 잘못되진 않았을까? 다시 확인하고 싶었지만 좀처럼 기회는 오지 않았다. 그가 내 손을 꼭 쥐고 내 이마에 그의 이마를 맞댄 것을 끝으로 그와 나의 인연은 영화 마지막 화면에 떠오르는 '끝'자처럼 그렇게 끝나고 말았다. 그가 홀연히 군대에 입대해 버린 것이다. 교정의 갈잎이 하나 둘 바삭이며 떨어질 즈음이었다.

나는 교정 구석구석에서 그의 실체를 찾아 헤매며 허망해 했고 오랫동안 아무도 침해하지 못했던(?) 도서관 한 구석 그의 자리에는 누군가가 차지하고 있었다. 자연히 그녀의 출현도 내 시야에서 사라져 버렸다. 어릴 적 깨진 사금파리 조각을 귀하게 필통 속에 넣고 다녔던 것처럼 입대 전날 송별회 자리에서 내 이마에 대었던 그의 따뜻한 이마와 꼬옥 쥐었던 손의 체온은 지금껏 내 가슴에 남아 있다.

그 즈음, 그리운 건 님이고 님은 그리운 거라고 자기 딴에는 멋진 시라고 써 가지고 와서 좌중을 웃겼던 동아리 신입 남학생 하나가 늘 스스럼없이 내게 말을 붙여 왔는데 가끔 나는 뉘 집 머슴 같은 이미지를 갖고 있는 그와 차를 마셨다. 그렇게 편안한 사람이었다. 시에 대한 매력을 이제야 느낀다며 새로운 느낌은 무조건 써 갈기고 고뇌도 없이 쓴 그 몇 줄의 낙서를 내게 보이며 평가를 부탁했다. 밤새워 쓴 것이라는데 놀라움과 웃음을 참으며 나는 주워들은 대로 시에 대해 아는 척해 가며 내 애인이었던 그처럼 패러독스를 그에게 대신 내뿜어 주었다. 그는 반박도 없이 무조건 수긍하며 내가 일러주는 대로 고쳐 보겠다는 것이다.

그런데 그렇게 우습게만 보이던 남자가 내가 그리워하던 그와는 다르게 편안했다. 철부지 어린애처럼 순박한 면이 바보스럽게 보였지만 차츰 나는 그 편안함에 이끌려 엉뚱하게도 그와 결혼해 버렸다. 가슴속에는 애인이 늘 살아 숨 쉬고 있는데도. 소식도 없던 그를 잊고픈 괴로움과, 허망함으로 인한 방황을 매듭짓고 싶었는지 모른다. 지금도 남편은 쾌활하고 무덤덤한 사람으로 편안하기는 예나 지금이나 변하지 않았다. 남편은 그가 군에 입대한 뒤에 동아리에 가입한 터여서 그를 못 봤고 그녀의 존재 또한 모를 터였다. 아마 바람처럼 소문은 들었을지도 모른다.

4

오늘은 상가 뒷골목을 들어가 보았다.

제법 큰 규모의 그릇 가게 옆으로 전자 제품 대리점이 있었는데 자세히 보면 그 사이에 작은 문방구가 끼여 있었다. 사람들은 양옆의 큰 가게 사이로 파묻힌 그 문방구를 알지 못했다. 나 역시 몰랐는데 문방구 출입구 앞에 대여섯 살부터 초등학교 저학년 정도의 아이들이 늘 서너 명씩 둘러앉아 있어서 바라보니 그곳이 문방구라는 걸 알았다.

게임기 속의 만화 같은 화면을 보고 있는 꼬마들의 표정은 늘 진지했다. 그 틈에 앉아 있는 그 아이를 보았다. 옥화 미용실, 그 여자의 아이가 열심히 게임기 조이스틱을 조종하고 있었다. 씨 도둑질은 못한다더니 그래도 그렇지 저리도 판에 박았을까? 나는 갑자기 그 아이에게 말이 걸고 싶어졌다. 그 아이가 살짝 웃을 때의 얼굴은 소년처럼 수줍은 듯 웃는 그의 모습과 너무 흡사했다.

게임에 졌고 돈이 떨어진 그 아이는 아쉬운 듯 일어서며 기다리던 뒤의 아이에게 쓸쓸히 게임기를 물려주었다. 그리고는 일어선 채 다른 아이가 하는 게임기 화면을 유심히 바라보기 시작했다. 나는 동전 지갑을 열었다. 백 원짜리 서 너개를 집어내 꼬마에게 주었다.

"이름이 뭐지?"

얼결에 동전을 받아 든 꼬마는 잠시 후 낯선 사람의 친절이란 것이 이상했는지 동전을 도로 내민다.

"괜찮아, 받아도."

나는 그 아이의 키에 맞게 상체를 구부려서 아이의 등을 가볍게 두드렸다.

"안 돼요, 우리 엄마가 아줌마 같은 사람은 무서운 사람이라고 했어요."

등에 얹힌 내 팔을 어깨를 흔들어 털어 내며 의심의 낯빛이 된다. 유괴범이 생각난 모양이었다. 코 흘리며 순박하게 '고맙습니다' 하고 아이답게 받아 드는 연상을 했던 나는 순간 가슴이 서늘해졌다. 흘깃 나를 한 번 바라보고는 쏜살같이 뛰어가는 것이었다. 정 떼러 온 사람처럼 도사리는 듯한 냉랭함. 언제나 이성을 잃지 않는 그의 똑똑함이 꼬마에게서 다시 되살아났다. 그에게서 느껴졌던 절망감을 꼬마가 다시 내게 옮겨 주고 있었다. 나는 쓴 침을 삼키며 걸음을 옮겼다.

파마한 지 보름쯤 지나서 다시 미용실에 들러 머리를 손질하고 있을 때 그녀는 내 물음에 여전히 남의 말 하듯 그렇게 대꾸하고 있었다.

"미용 기술은 언제부터 배우셨어요?"

"결혼 하구 첫애 낳구 나서부터요."

"둘째가 또 있어요?"

"사산했어요."

손님에게 호감을 사서 또 오게 하기 위한 습관적 상술이었을까? 집요하게 묻는 내 질문이 결코 유쾌하진 않았을 텐데 그녀의 말투는 언제나 도사림이 없었다.

"그런데 지금 몇이세요? 상당히 피부가 고우세요, 본래 나이보다 십 년은 젊어 보인단 소리 많이 들으셨죠?"

"그렇게 어려 보여요?"

"그럼요, 손님 머리 만지고 있으면 피부를 늘 가꾸는 사람인지, 또 어느 정도의 나이인지를 정확하게 맞춰요."

그 날은 손님이 여러 명 기다리고 있어서 진지하게 얘기가 오가지도 못했고 더 이상 이야기를 연결시키지 못했다.

나는 그 날 소주를 한 병 땄다. 밥상에 삶아 놓은 계란을 상 모서리에 톡톡 쳐서 균열된 껍질을 벗겼다. 하얀 살이 나온 알을 한 입 베어 물었다. 물 대신 소주를 반 컵 마셨다. 소주가 내부 속으로 흘러 들어가자 금방 정신이 알딸딸해 왔다. 나의 첫사랑, 그녀의 남편, 따뜻했던 그의 손과 죽어 가며 그녀의 손을 잡았던 체온. 그 무게는 비교될 수 없어도 둘다 진실이었던 것만은 누구도 부정 못하리라. 감히 사랑한다는 말 기대할 수 없게 했던 그와, 아내에게까지 냉혹하게 표현을 아꼈던 그의 차가움. 혹 그녀는 그 확답을 얻고 싶어서, 저리도 헤매는 건 아닐까? 내가 그의 사랑의 확증을 찾고 싶어 했듯이. 내가 느끼던 섭섭함을 그녀도 느끼고 있는 건 아닐까? 사랑하며 증오하며.

"당신 대학 2학년 때 생각나?"

밥상을 받고서 찌개 냄비 뚜껑을 열어 방바닥에 놓으며 남편이 묻는다. 웬 갑자기? 의아한 눈으로 쳐다보는 내게 말했다.

"당신 그 입 꼭 다문 옆모습을 볼 때 마다 꼭 그때가 생각나서 말야. 사람은 저마다 독특한 매력이 한 가지씩 있는데 당신은 앙 다문 입술이 반쯤 뵈는 옆모습이 특징이야."

"……."

"그 얼굴의 반은 현실이고 가려진 반은 우수였어."

"……?"

"극과 극이 매치된 듯한 이상한 매력에 끌려 시 쓴답시고 접근했지."

듣고 있던 나는 어이가 없어서 '참 별 음모적인 사람 다 보겠네' 했다. 그러나 듣기 싫지 않았다. 습관처럼 반주로 소주 반 병을 마신 남편은 취기로 내 육신을 더듬었고 나는 순순히 그의 요구를 들어주었다. 그의 손길이 닿자 금세 나는 비단결처럼 육신이 부드러워졌다. 이것도 사랑이다, 사랑이다 하면서 탐미해 갔다. 그로 인해 느꼈던 패배감만 아니었다면, 아니 그녀로 인한 절망감만 아니었다면 나는 이 남자와 결혼했을까……?

며칠 후 다시 내가 머리를 감고 미용실에 들렀을 때는 손님이 없고 내 애인의 애인이었던 그녀는, 아니 내 애인의 부인이었던 그녀는 빨간색 매니큐어를 긴 손톱에 칠하고 있었다. 나는 문을 밀면서 오늘은 손님이 없네요, 인사 대신 웃으며 의자에 가 앉았다. 격정적인 바이올린 협주곡이 미용실 공간을 떠다녔다. 그녀가 잠시 의미 있게 나를 바라본다. 순간 호흡이 멈추는 듯했다. 그러나 여태껏 나를 몰라보던 그녀가 지금에서야 새삼 알아볼 리는 없다고 확신을 하며 가슴을 쓸어 내렸다.

"차 한 잔 드실래요?"

여자는 한쪽 구석에서 끓고 있던 주전자를 보며 물었다.

"예, 고마워요."

그녀가 갖다 준 잔 속에는 커피가 담겨 있었다. 따끈한 커피를 한 모금 마셨다.

"날이 금방 차가워졌어요, 언제 여름이 가 버렸는지도 모르게."

여자는 습관적으로 내 머리를 한 번 손으로 훑어 내리더니 "머리가 빨리 자라나 봐요. 좀 다듬어야겠어요."

커피를 다 마신 그녀는 내 머리를 살짝살짝 다듬어 내었다. 그에 대해, 그녀에 대해 묻고 싶은 많은 말들이 내부에서 들끓었지만 자연스럽게 꺼낸다는 것이 쉽지 않았다.

까만색 오디오 위에 사진 각이 놓여 있음이 눈에 띄어 들여다보았더니 아이의 유치원 졸업식 날 찍은 사진이었다. 20대 때보다 약간 살이 오른 30대 후반쯤의 그와 그녀. 꽃다발을 들고 있는 아이가 웃고 있었다. 그 날은 한가해서 전체 드라이까지 서비스를 받고 미용실을 나왔다.

새벽에 이슬비가 내리고 있었다.

보통 때보다 늦은 시각이었는데도 훨씬 이른 것처럼 어두웠다. 나는 우산 대신 모자 달린 잠바를 걸쳤다. 밖으로 나왔다. 안개가 자욱했다. 산책길로 들어섰다. 약수터에 다다랐을 즈음 잔잔한 물결처럼 창을 하는 소리가 연약하게 들렸다.

진실은 사람의 마음을 움직인다더니 무엇에 대한 이끌림이었을까. 나도 모르게 발걸음은 어느새 그 쪽을 향해 걷고 있었다. 산 속 더 깊이 들어가자 그 소리는 가끔씩 수렁속의 소용돌이가 몰아치듯 들려오기도 했다. 여자는 온몸으로 소리를 뽑아내었다. 나는 문득 내 모습은 정상이고 저 여자의 모습은 청승이라고 생각되어 웃음이 나왔다. 반대로 볼 수도 있을 텐데도.

　나는 노래가 다 끝나도록 숨죽이며 감상을 했다. 인기척을 느꼈는지 그 여자는 노래 끝난 뒤 내 쪽으로 고개를 돌렸다. 어두워서 시선이 마주쳤는지는 모르겠으나 얼굴을 서로 바라본 것만은 틀림없었다. 나는 언뜻 스치는 그 모습에서 옥화 미용실의 그 여자임을 알았다. 나는 속으로 놀라움을 감추며 말을 건넸다.

　"춥죠? 어떻게 그렇게 창을 잘하세요?"

　"누구……?"

　그 여자는 가까이 다가오며 확인하려 들었다.

　"잠이 안 올 땐 가끔 이렇게 나와요."

　나를 가까이에서 본 그 여자의 입에서 짧게 아, 하고 알겠다는 감탄이 나왔다. 흐트러진 그 여자의 모습은 미용실에서의 화려한 모습과 너무 달라서 나는 재빠르게 상상으로 그녀에게 화장을 시켰고 화사한 옷을 입혔다. 운동화를 벗기고 미용실에서의 굽 높은 신발을 신기니 훤칠한 키가 더 크게 살아났다.

우리는 잠시 풀 숲 사이로 돋아난 바위에 걸터앉았다. 숲속의 풀벌레 소리가 무거운 분위기를 밝게 해주고 있었다.

"이사 온 지 넉 달쨌데 이 동네에서 이 산책길이 제일 맘에 들어요, 참 어떻게 이 동네로 오시게 됐다고 하셨죠?"

나는 하기 힘든 질문을 미용실에서처럼 자연스럽게 물었다. 그녀는 애써 의미 없는 듯한 표정을 짓더니,

"…… 남편의 재를 이 산에 뿌렸어요. 신도시로 개발하기 전에 남편과 같이 등산 왔던 곳이거든요."

또 한 번 가슴이 서늘해짐을 느꼈다.

"가슴이 맷돌에 눌린 것처럼 답답해질 때면 이렇게 자다가도 뛰쳐나와 창을 하고 나면 후련해져요."

처녀 시절부터 좋아했다는 창을 남편 죽은 후부터 다시 배우기 시작했다는 것이 그 화려한 외출임을 알았다. 그가 열창을 하는 그녀의 모습에 홀려 만나게 됐다는 것까지도. 그가 어렸을 때 보았던 창을 하는 어머니의 모습이 지워질 수 없듯이 그녀의 모습 또한 지워질 수 없도록 그의 가슴에 각인되었었나 보다. 나는 묵념하듯 그의 환영을 잠시 떠올렸다.

'······당신과 나는 아무 사이도 아니었습니다. 그러나 모른 척 등지고 살 수도 없는 추억들을 서로가 공유하고 있군요······.'

그녀는 더듬더듬 찍히는 타자기의 활자 같이 남편에 대한 말을 이었다.

"병아리 같은 여린 가슴에 활을 쏘고 말았어. 가난 때문이었어. 꼭 한 번 만나고 싶어."

그가 살아생전에 대학 때 가까웠던 여자가 이곳 신도시에 살고 있다고 하면서 들려준 말이었다고 했다. 가난 때문이라니, 너무 정곡을 찌르는 진실은 표현하지 못하는 법일까? 그것이 그에게는 표현할 수조차 없는 침묵이었던가? 그토록 갈망했던 내게. 그렇다면 그녀를 선택한 것은 덜 진실했기 때문이란 말인가? 가난의 고통을 이겨내지 못할 것 같은 나의 나약함이 그를 그렇게 판단 짓게 만들었나?

"처음엔, 그 말을 흘려들었는데 나중엔 속은 것 같아 분했었고 지금은 살아만 주었더라면 무엇이든 다 용납할 수 있을 것 같아요······."

언젠가 그 여자를 만나게 된다면 대신 용서를 빌고 싶다고도 했다.

"겉보기엔 냉정해 보여도 속은 정이 깊은 사람이었어요."

말을 마치며 그녀는 깊게 숨을 들이마시고 뱉는다. 그랬었구나. 오래도록 나를 방황하게 만든 사람이었는데…… 그때의 상처가 생생히 되살아나며 내게서도 깊은 숨이 토해졌다. 그 여자의 내뱉는 한숨 속에서 애증의 세월이 쏟아질 듯했다. 주변 가득히 이슬비가 내리고 있듯이 그 여자의 가슴은 오직 그에 대한 그리움이요, 아픈 사랑으로 가득 차 있었다.

그는 이제 그녀에게서 어머니 같은 깊은 사랑을 충분히 받고 있는, 예전의 외롭고 고독한 자가 아니었다. 지나고 보니 나는 그를 나의 어느 구석엔가 묻어둔 채로 살아오지는 않았는지. 그리고 젊을 때의 소망으로, 현실이 나를 절망시킬 때마다 의지하고픈 피난처로 만들어 온 건 아니었는지 처음으로 되돌아보게 되었다.

내 속에서 가장 강하게 부르짖는 침묵처럼 전혀 모습을 드러내지 않은 채. 그 침묵은 편리하게도 때때로 행복한 웃음 속에선 소멸될 때도 있었으며 쓰러졌다 다시 살아나는 들풀처럼 세월을 보내며 그렇게 사라졌다 다시 나타나곤 했다.

대화가 끊기자 어느 틈엔가 그녀는 창을 하기 시작했다.

……

저 산마루에 떨어지는 해는

내일 아침이면 다시 돋건만은

황천길이 얼마나 멀어 한 번 가면

영 절이라 에헤, 에헤야…….

목 울림, 깊은 흐느낌을 참아 내는 그 소리. 나는 왠지 온
몸에 전율을 느끼며 꼼짝할 수가 없었다. 그녀의 뺨에서 한
줄기 눈물이 풀잎에 앉은 이슬방울이듯 굴러 내렸다.

그가 좋아했다던 그 창은 그녀의 한도, 짧은 생을 마감한
그의 한도, 나의 오랜 상처도 한데 엉키어 이슬비에 젖어 들
고 있었다…….

그가 먼발치에서 이쪽을 보며 서 있었다. 한 그루 나무
였다. 🌿

매화꽃 사이로

매화꽃 사이로

우체국을 가면서 동네 공원을 지나가게 되었다.

겨울이 지나 어느새 나뭇가지에 돋아난 새싹들이 예쁜 연두 빛으로 내 눈에 들어왔다. 잠시 멈추어 서서 그 어여쁨을 만끽한다. 공원 입구로 들어서면 양옆으로 매화나무가 두 그루씩 서 있다. 하얀 꽃잎은 아직 셀 수 있을 정도만큼만 피어 있다.

나는 한참동안 매화꽃잎을 보던 시선을 거두고 부지런히 걷는다. 조금 떨어진 곳에 우체국이 있다. 우체국으로 들어가서 준비해온 우편물들을 지인들에게 부치고 나왔다. 동네 골목골목마다 봄볕이 가득 차있다.

해마다 이맘때면 늘 맞이하는 봄볕이건만 따사로운 햇빛

이 올해는 낯설었다. 마치 세상에 태어나서 처음 보는 햇살인 것처럼. 이렇든가, 봄볕이ー. 새삼스레 나는 주변을 둘러보았다.

느닷없이, 어디선가 엄마의 음성이 들려왔다.

"애, 큰애야, 나 아무래도 이 약 다 먹기 전에 갈 것 같다. 따뜻한 3월에 가면 얼마나 좋겠니?"

지난겨울, 입원한 병실에서 내가 타다 드린 3개월 치의 수북한 약을 바라보시며 91세의 노모가 문득 하신 말이었다.

"3월이 뭐가 따뜻해? 봄바람이 더 추워. 4월이 꽃피고 좋지. 가려면 그때 가. 4월이 더 따뜻해."

나는 늘 엄마 앞에선 퉁명하게 대꾸했다. 철없을 적부터. 무얼 물으면 엄마는 '글쎄~' 하신다. 나는 그때마다 '기면 기고 아니면 아니지 글쎄는 무슨 글쎄야' 했다.

그런데 나이 먹고 철이 조금 나서인지 언제부턴가 나는 엄마가 노인이라 한소리 또 하고 또 하셔도 묵묵히 들어준다. 명절에 남동생 네 가족과 우리 가족이 모이면 엄마의 살아온 이야기가 시작되는데, 남동생은 벌써 알고 방문을 열고 나가버린다. 나는 속으로 저 소리 또 해! 그러면서 겉으론 '예, 예, 어련하시겠습니까? 구월산(황해도) 정기를 이어 받아서……'

하면서 웃는다. 그러면 할머니가 돼버린 엄마는 마치 멍석 깔아놓고 노래하고 춤추라며 부추기는 어린애 같아져서 익숙한 얘기들을 처음 하는 얘기처럼 열정적으로 하신다.

젊은 시절 6·25 이후 살아온 얘기들을 녹음테이프가 되어 또 들려주는 것이다. 노인이 되면 누구나 가슴에 남는 기억들을 되짚으며 얘기를 하고 싶은가 보았다. 엄마는 늘 한가한 시간이 오면 북에 두고 온 부모님을 그리며 고향에 언제 가 볼 수 있을까, 혼잣말로 되뇌면서 자라온 고향 얘기를 하였다. 그렇게도 통일을 염원에 두었는데 영원히 그리움을 가슴에 묻은 채 가버리시게 되었다.

"너 생각나니?"

"뭐가?"

"아, 너 초등학교 때 냇가 나가서 빨래하던 일 말야. 집 뒤에 흐르던."

"응, 생각나."

오늘의 이야기 거리는 냇가이구나. 엄마와 마주 앉아 이야기를 하기 시작하면 한나절이 금방 가버린다. 에구, 효녀도 할 짓이 못되는구나. 어떤 날은 외출도 미루고 엄마 얘기를 들어줘야 했다.

따뜻한 햇살이 등허리를 감쌀 때 냇가에서 여인네들은 흐르는 물에 빨래를 했다. 빨래방망이 두드리는 소리가 여기저기서 들렸다. 가족들 아침 해먹이고 치운 후, 집집마다 여인들은 빨래거리를 세숫대야에 담아서 개울가로 나왔다.

　나도 엄마 따라 물가로 나왔다. 저마다 냇가에 박아 놓은 큰 돌멩이를 차지하고 모두들 열심히 빨았다. 엄마는 나에게도 작은 내 양말짝 두 개를 건네주며 빨라고 했다. 나는 흐르는 물에 빨래하는 것이 재미있어서 양말에 비누칠을 해댔다.

　육이오 전쟁이 끝나고 몇 년이 지난, 내가 일곱 살 때이니까, 초등학교 1학년을 들어갔을 때였다. 동네엔 폭격 맞은 집들이 드물게 방치되어 있었다. 언덕 위에 있는 판잣집들 사이로 매화나무가 있었는데 엄마는 빨래를 다하면 허리를 펴고는 그 매화꽃을 오랫동안 바라보고는 했다. 나도 엄마의 시선 따라 흘끔 바라보면 거기엔 하얀 꽃잎을 매단 매화나무 가지가 봄바람에 흔들리고 있었다. 엄마는 또 북에 두고 온 부모님과 과수원에 울타리처럼 심어놨던 매화나무를 떠올리시는가 보았다.

　나는 엄마가 좀 더 빨래를 오래 해주길 바랐다. 남동생의 장갑을 빠는 것도 재미있고 아버지 손수건을 빠는 것도 재미있었다. 빨래가 다 끝나 가면 엄마는 내가 가지고 빨던 빨래거리를 빼앗아 다시 주물러서 돌멩이에 치대고 헹구어냈다.

어떤 날은 내가 양말을 헹구어 내다가 센 물살에 놓쳐서 떠내려갔다. 너무도 급해진 나는 엄마~ 소리치며 양말 한 짝을 잡으려고 물속에 첨벙 들어가 마구 뛰었으나 물살은 나보다 더 빨랐고 놓친 양말짝은 멀리 떠내려가고 있었다. 나는 물에 반쯤 빠지게 되었다.

엄마는 물에 빠진 나를 안아서 빨래 돌 위에 올려놓고 추워서 떨고 있는 나보다 엊그제 사다 신겼던 떠내려가는 양말이 더 아까운 듯 물 쪽을 바라보았다. 집으로 온 엄마는 나를 안방으로 밀어넣고 젖은 옷을 벗겨내었다. 농 서랍 안에 개켜 놓은 보송보송한 속내의를 차가울세라 따뜻한 아랫목에 잠시 넣어 찬기를 가시게 한 다음 팬티부터 갈아입혔다. 차가웠던 피부가 온기에 금세 따뜻해지자 나는 내의의 보송한 감촉으로 안도감을 느꼈고 내복의 신선한 냄새가 좋았다. 그러나 그때는 그런 감성들을 표현해 내지 못하는 어린아이였다. 동네 아이들과 놀고 있을 때면 지나가던 어른들은 우리를 바라보며 '저만할 때가 좋지……' 하며 그리운 듯한 시선을 주고 간다. 그러면 나는 뭐가 좋을까, 어른이 좋지. 하면서 이상하게 생각하고는 했다.

나의 어린 남동생은 너무 어리다고 떼어놓고 또래들끼리

만 땅따먹기 놀이를 할 때면 동생은 심술이 나서 그어 놓은 칸 안에 들어와 마구 뛰며 훼방을 놓았다. 동생이 다섯 살 때였다. 나는 그런 동생이 죽여 버리고 싶을 만큼 미웠으며 아이들로부터 지탄을 받을 때면 동생의 등을 때렸다. 저녁에 동생은 엄마에게 고자질을 하여 꼭 나를 야단맞게 하고야 말았다.

"너는 누나가 돼서 동생 하나 봐주지도 못해?"

전등불이 어두워 미간을 모으고 뒤축이 다해진 양말을 깁던 엄마는 동생을 두둔하고 나를 야단쳤다. 그러면 나는 얼마나 속상하고 섭섭했던지 동생이 훼방 놓은 짓을 얘기하며 동생을 향해 눈을 흘겼다. 엄마는 아버지가 육이오 때 행방불명이 되어 남동생을 낳은 것을 보지 못했다고 했다. 유복자처럼 뱃속에 있었는데, 그래서였는지 엄마는 남동생을 더욱 불쌍히 여겼다.

저녁을 먹고 일찍이 아랫목에서 잠이 들은 동생의 겉옷을 벗겨내고 베개를 바로 돋아주고 이불을 덮어주는 몫은 내 할일이었다. 잠이든 볼이 빨간 동생의 모습은 천사같이 예뻤고 도깨비보다 더 미웠던 얼굴은 어디로 갔는지 한없이 사랑스러웠다. 낮에 했던 미운 짓은 가물가물 멀어지고 나도 동생 옆에서 까무룩 잠이 들었다.

오후반일 때는 나는 반드시 엄마 따라서 냇가에 빨래하러 갔다. 동생은 내가 학교에 일찍 가버린 오전반일 때는 심심해 하다가 오후반이 돼서 늦게 갈 때를 좋아라했다. 나는 물가에서 노는 게 재미있는데 동생은 내가 친구같이 저의 병정놀이 대상이 돼서 노는 걸 좋아했다. 한참 재미있게 놀다가 동생이 나를 나무대기로 찔렀다. 동생은 살짝 건드릴 참이었는데 실수로 그만 내 옆구리를 찌른 것이었다. 옆구리를 찔린 것이 아프기도 했지만 놀람이 더 컸다. 나는 개울가로 뛰어갔다. 엄마 앞에서 엉엉 소리치며 우니 엄마는 빨래하던 손을 멈추고 나를 바라보았다. 어른들은 보기만 해도 어느 정도 다쳤고 병원엘 가야 할지 집에서 치료만으로 끝내야 할지를 잘도 가려내었다. 잠시 바라보던 엄마는 시큰둥한 표정으로 하던 빨래를 계속 했다. 나는 순간 위로받고 싶었던 속셈에 타격을 받자 더 큰소리로 울며 소리쳤다. 그래도 무심한 엄마를 보며, 나는 세상이 뒤집어지기라도 한 듯이 목청껏 소리를 질러대며 울었다.

그런데 엄마가 냇가에서 빨래를 마치고 허리를 펴고 흘러내린 머리를 추스릴 때 나는 생전 처음 보는 이상한 모습을 보았다. 언덕의 다닥다닥 붙은 판잣집 골목에는 매화나무가 가로수처럼 나란히 줄지어 있었는데 하얗게 꽃을 피워내기 시작하였다.

그 골목에서 많은 사람들이 나왔다. 하얀 띠로 길게 늘인 것을 메고 베로 만든 옷들을 입고 여자들은 머리에 누런 베 수건을 쓴 채 새끼로 머리를 둘렀다. 짚신을 신고 종소리를 울리며 처량한 노래를 하면서 이동하는 모습이 괴이쩍고 사람들의 무거운 표정은 더욱 이상했다.

더욱 기괴한 것은 짙은 빨간 목단 꽃이 파란 잎과 함께 그려져 있고 분홍색의 연꽃도 그려진 작은집이 공중에 붕 뜬 채 가고 있었다. 자세히 보니 그 작은 집을 사람들이 둘러메고 가고 있었다. 단청으로 그려진 그림 위에 색실을 늘어뜨린 것이 보이는 가마였다. 색실은 가마가 움직일 때마다 찰랑거렸다. 동화책에서 보았던 새색시가 탄 가마 같은 모습이었다. 가마와 다른 것은 남자 어른들이 빨갛고 하얀 헝겊들이 바람에 날리는 깃대를 들고 수염을 길게 늘어뜨린 할아버지가 맨 앞에서 종을 치며 가고 있었다. 그들은 구성진 노래를 불렀다.

"사람이라면 누구나
한 번 왔다가는 저승길을
이 소리도 듣지 못하고 가야만하는 세상이 되다니
~~ 어이할꼬 어이할꼬 어허 어허 어허야~~

－ 간다 간다 나는 간다

이제가면 언제 오나~~어허 어허 어허허야"

앞서가는 사람이 종을 치며 노래를 하면 뒤에 가는 사람들
은 따라서 합창을 했다. 그 뒤를 베옷과 흰옷을 입은 사람들
이 울며 따라가고 있었다. 동네사람들이 전부 나와서 골목을
메웠고 아이들은 길가 옆에 서서 구경하였다.

빨래하던 아낙들도 엄마도 모두 눈물을 훔쳐 내었다.

화려한 색과 연꽃과 목단의 꽃들……. 무엇보다 나는 색
색의 실로 늘어뜨린 그 꽃술의 흔들림이 신기했다.

"엄마, 저게 뭐야?"

나는 엄마의 치맛자락을 잡고 흔들며 물었다.

"상여다."

"상여?"

"저 속에 뭐가 있는데?"

"죽은 사람이 있어."

"억! 죽은 사람이? 아유 무서워."

나는 엄마의 치맛자락 속에 숨었다.

가만히 바라보니 엄마는 상여를 슬프게 바라보았는데 그
속에 부러운듯 한 시선도 있었다.

옆에 서서 같이 바라보던 아줌마들의 두런대는 소리가

들려왔다.

"마누라 죽었는데 상여를 다 쓰고, 남편으로 할 도리는 다
하네 그려."

나는 그때 상여는 부잣집만 쓸 수 있는 거구나, 처음으로
그 상여에서 '부자'를 느꼈다. 우리 엄마도 상여를 타게 해주
어야지. 목단 꽃도 더 크게, 연꽃도 더 화려하게……. 그리고
꽃술도 더 근사하게……."

나는 호화로운 상여에 타고 앉은 엄마의 미소를 떠올렸다.
그리곤 아니 참, 저건 가마가 아니라, 상여랬지. 사람이 죽어
야 타는 거랬지. 아냐, 엄마……. 미안해. 엄만 영원히 죽지
말아야 해…….

나는 치마에 싸인 엄마의 다리를 꼭 감싸 안았다.

커서들은 이야기가 생각났다.

우리 집에 할머니가 계셨다. 어머니의 시어머니였다. 내
위에 언니가 하나 있었는데, 무늬가 바래고 앞코가 늘어나서
다 해진 고무신을 벗어놓고 새로 사다가 신긴 선명한 꽃무늬
가 그려진 고무신을 자랑하고 싶어서 옆집 아이들에게 놀러
갔다. 잠시 후 그 집이 폭격을 맞았다.

할머니는 허둥대면서 옆집으로 갔다. 방 안에는 피투성이

가 된 아이들 시체가 조각이 난 채 흐트러져 있었고 할머니는 종이 박스를 하나 구해가지고 왔다. 폭격 맞아 죽은 아이들의 시체를 보며 할머닌 그 박스 안에 여섯 살짜리 언니의 떨어져 나간 팔과 다리를 가려서 담았다. 할머닌 언니의 것을 잘도 골라내었다. 나는 그 이야기를 커서 들어 안 것인데도, 그 후 그 장면이 상세히 보이는 것이었다. 나는 그 장면을 어릴 때부터 그려온 것처럼 기억해 낼 수 있었다.

그리고 이듬해 할머니는 가슴앓이 병으로 돌아 가셨다. 그때 상여를 쓰지 못하고 인부를 불러서 하얀 옥양목으로 둘둘 말은 할머니 시체를 지게에 지웠다. 그리고 산에 묻었다. 육이오 전쟁 때 행방불명된 아들을 기다리고, 폭격 맞아 죽은 나의 언니인 손녀딸을 불렀다. 생떼 같은 내 새끼들…….

이렇게 허구 같은 이야기를 할머닌 가슴에 새긴 채 삭히지 못하고 울화병으로 가시고 말았다. 그때의 뼈저린 아픔을 엄마는 한숨으로 뱉어냈는데 나는 그런 엄마의 모습을 물끄러미 바라볼 때가 많았다.

줄지어 하얗게 핀 매화꽃잎 사이로 상여가 멀어져 가자 엄마는 다 끝낸 빨래들을 세숫대야에 담아 들고 한 손으로는 나의 손을 잡았다. 그때 엄마의 한숨과 함께 중얼 거리던 소리가 내 귀에 이상하게 들려왔다.

"아이고……. 누가 나를 상여를 써줄꼬?"

나는 속으로 상여, 상여, 상여……. 되새김질 했다. 그럴 땐 어린아이답지 않게 나는 어른들의 낱말인데도 기억 속에 새겨놓곤 했다. 엄마는 할머니를 떠올리시는가 보았다. 상여도 못쓰고 옥양목 천에 말려서 산으로 가신 할머니를. 엄마는 그분의 박복함과 자신도 죽어서 그렇게 갈 운명이 그려지는가 보았다.

나는 그때, 우리 엄마는 꼭 내가 상여에 태워 줄 거야……. 굳은 결심을 했다.

*

노인은 깨끗하고 단정한 성품이었다. 어쩌다 큰 딸네인 우리 집에 오면 엄마는 집안을 둘러보며 못마땅한 표정이다. 치울 거리가 많아 손수 치우느라 내가 차려낸 밥상에 빨리 앉지도 못한다. 글 쓴답시고 시간을 벌기 위해 대충치우고 사는 딸이 못마땅해서이다.

내가 딸아이 방을 치우면서 치우지 않는다고 잔소리를 하면, 딸애는 '저럴 땐 할머니하고 똑같아' 한다. 어느덧 나도 모르게 엄마모습을 닮아 가는가 보았다. 가슴이 메이도록 할 말이 가득차면 나는 아들아이는 제쳐두고 딸 아이 방에 들어가서 얘기를 늘어놓는다. 그러면 딸애는 '엄마 그 소리 들었어' 내가 그 나이 때 하듯 똑같은 반응을 보인다. 그러면 왠지 가슴이 서늘해지며 섭섭하다. 그땐 내가 왜 엄마의 그 심정을 몰랐을까. 맘껏 들어주지 않았을까.

노인이어서 거동하기 힘이든 곳인 인척 잔치나 영안실에는 큰딸인 내가 엄마대신 인사를 갔다. 그때 마다 꼭 휴대폰 노래 소리가 울린다. 나는 친척 손님들과 인사를 나누고 영안실서 얘기하다가 조심스레 받아보면 엄마다.

"거 너무 루즈 빨갛게 바르고 가지 말어."

"아휴, 알어."

끊고 핸드백 속에 넣은 지 5분도 안 돼서 또 노래 소리가 들린다.

"덧버선 신고 갔니?"

"아휴, 내가 못 살어!"

열아홉에 시집와서 한 번도 남편 앞에서 열 발가락을 보인 적이 없었다는 엄마. 언제나 한 여름에도 모시로 지은 덧버선을 신었고, 항상 머리는 단정하게 빗었다.

우리 딸인 외손녀에게 여자는 잠자는 모습도 시체처럼 자야 한다고 해서 딸애가 '어떻게 시체처럼 자?' 하면서 까르르 웃곤 했다. 아무리 큰일이 일어나도 한 점 흐트러진 모습을 볼 수 없었다.

엄마 어려서는 여자 아이들은 공부보다 집안 예절을 더 중시하던 시절이라 많이 배우지 못하였다. 그런데 지식과 교양은 다른 것이라고 나는 엄마를 보면서 알게 되었다. 인품이 넉넉해서 날개를 있는 대로 펼쳐서 주변 모두를 덮고 사셨다. 엄마의 친척 친구들 모두 우러러 보며 존경심을 일으켰다. 노인정에서도 인기순위 1위는 늘 엄마 차지였다.

딸애가 '할머니 피자 시켜 먹자' 그러면 할머닌 '또? 입 좋게 하다간 망한다' 절약하자는 얘기인데 그럴 때 우리 딸애는 '할머니, 한 번만 더 시켜먹고 망하면 안 돼?'하는 것이었다.

비가 오고 처마 밑에서 낙숫물이 떨어질 때, 가족이 대청마루에 둘러앉았다. 내가 삶아낸 김이 나는 고구마와 감자를 먹으며 셋이서 TV 화면을 보던 때가 가장 평화로운 모습으로 기억에 남는다. 엄마는 그렇게 나와 우리 딸애와 셋이 같이 쇼핑도 하고 외식도 하고 TV도 같이 옆에 앉아서 보는 걸 즐겨 했다.

어느 날 다 마른 빨래를 개키며 텔레비전을 보던 엄마가 부엌에 있는 나를 불렀다.

TV 뉴스에는, '염치없지만 남는 밥하고 김치 있으면 좀 나눠달라'는 유서를 남기고 젊은 여자가 굶어죽었다고 앵커는 전하고 있었다.

화면을 보던 엄마는 허리를 곧추 세우고 물었다.

"아니, 요즘 세상에 굶어 죽다니……. 무슨 짓을 해서라도 밥은 먹는 세상인데, 원……."

이해가 안 된다는 표정으로 또 내게 묻는다.

"뭐하던 여자래?"

"작가래."

작가란 말에 엄마는 한숨을 치쉬고 내리 쉬었다. 습관대로 엄마는 이튿날 낮에 노인정에 놀러 나갔다. 엄마는 말하기보다는 주로 남의 얘기를 듣는 편이다. 많은 할머니들 틈에 앉아서 이런 저런 얘기를 듣다가 어제 TV 뉴스에서 본 얘기가 나왔다.

이야기 끝에 엄마는 어두운 얼굴로 말했다.

"요즘도 굶어 죽는 사람이 다 있네요."

"그러게요. 젊은이가 할 일이 많은 세상인데, 어떻게 굶어 죽기까지 할까요?"

한숨을 깊게 들이쉬고 내쉰 엄마는 말했다.

"에고, 우리 딸도 글 쓰는데, 우리 딸도 글 쓰는데……."

엄마의 그 말을 들은 옆집 할머니가 그 말씀을 계속 하더라고 들려주었다. 쓰레기 버리러 나온 나를 만나자 넌지시 말을 건넨다.

"글을 쓰우?"

"네에……. 조금요."

나는 얼버무리고 말았다. 집안에 들어와서 나는 엄마를 윽박질렀다.

"엄마는 왜 쓸데없는 소리를 해?"

"……?"

"딸이 지금 굶고 사니 도와주란 소리야? 뭐야?"

"그럼 어때? 별소리 다 하네."

나는 그렇게 퉁명한 소리를 했지만, 노인네가 속에서부터 우러나오는 진정한 자식 걱정이었다. 얼마나 걱정이 되면, 되뇌이고 되뇌일까. 하필 책 안 팔리는 이 시대에 글 쓰는 길로 들어서서 돌아가실 때까지 걱정거리를 안겨 드릴까, 생각하니 불효막심한 딸이 되었다.

요사이 젊은 사람들은 돈이 되지 않는 일은 알아주지도 않는다. 작가 '최인호'도 태반이 모른다. '이문열은 아니?' 물으면 '그건 알지. 교과서에 나왔으니까' 한다. 모든 가치기준을

돈으로 재는 세상이 되었으니 아니 그렇게 될 수가 없겠다.

엄마는 입담이 좋으셔서 내가 여학교 다닐 때는 식모 애와 나를 앉혀놓고 당신이 보고 온 영화 얘기를 해 줄 때가 있었다. 나는 그때를 가장 행복했던 때로 떠올리게 된다. 웃기는 건, 외국영화를 보고 오셨을 때이다. 엄마는 영어를 몰라 ABC 알파벳 한글자도 모른다. 자막도 시력 때문에 읽지도 못하는데, 화면속의 배우의 움직임만 보고 오셔서 줄거리를 꿰뚫고 그 대사를 당신이 만들어서 우리에게 연극대사 하듯이 전하는 것이다. 엄마의 그 입담을 내가 글로 풀어내는지도 모르겠다. 입담은 없어도 쓰는 게 내겐 더 익숙하니까.

<마담X>, 비비안리가 나오는 <애수> 명화들을 우리는 영화보다 더 재미있게 들었다. 커서 그 영화들을 보았는데 엄마의 대사보다 덜 재미있었다. 다섯 살 때 엄마 손을 꼭 잡고 영화관에서 엄마 무릎에 앉아 보던 흑백 영화가 또 떠오른다. 명배우 김승호와 김지미가 나오는 <육체의 길>, 최무룡과 문정숙이 나오는 <꿈은 사라지고> 등등. 영화 포스터 들은 담에 붙어 있었다. 초등학교 다닐 때였는데 포스터의 배우 모습들은 학교 끝나고 집으로 가던 길에, 나의 시선을 오래 머무르게 했다. 나는 왜 그런 포스터 속의 배우의 모습에서 연민을 느꼈을까? 아마도 전쟁을 겪은 그 시대에는

집집마다 아픔이 없을 수 없고 그 슬픔을 비극영화를 보며 울면서 풀어버리니 극장은 거의가 눈물바다였다. 슬픔을 주고 돈을 버니 비극영화를 상영하는 극장 입구에는 연일 [만원사례]라고 붙여놓았다.

엄마는 늘 TV뉴스시간도 즐겨 보았는데, 특히 북한 소식이 담긴 뉴스는 열심히 귀를 기울였다. 혹여 당신의 고향소식이라도 담겨 있나 해서였다.

*

나는 내 딸에게 꼭 물려주고 가야될 것 같은 이야기가 있다.

엄마가 평생토록 나에게 가장 많이 들려주신 이야기, 1순위이다.

햇빛에 반짝이는 초록 잎은 외할머니에게는 금가루가 빛나는 것보다 더 소중했다. 싱싱하게 뻗어 올라가는 과수원의 나무들은 한 그루 한 그루마다 나의 외할머니, 외할아버지의 따스한 입김과 체온이 서린 자식들이다.

한창 익어가는 여름 햇볕속의 과실과 한철 땀 흘린 보람을 안겨주는 가을의 튼실한 과일은 농부의 마음을 흡족하게 했다. 겨울은 또 어떤가. 봄을 기다리며 마른 나뭇가지로 서서 옴 추린 모습은 추워요, 하고 응석을 부리는 듯이 보인다.

평화스럽던 그 산골에도 전쟁이 시작되었다. 인민군들은 여유만만하게 남쪽으로 내달리며 전쟁을 시작했다. 남으로 내려가는 군대들을 보며 길가에 나와서 박수를 치던 인민들은 꽹과리를 두들기며 사기를 돋우었다.

남쪽 사람들은 쫓기듯 부산까지 피난을 갔다. 미군과 유엔군이 들어와 인민군을 초토화시키며 북으로 반격해 갔다. 남한 군대에 밀려서 인민군들은 다시 북으로 쫓기듯 후퇴했다. 맥아더 장군의 인천 상륙작전으로 기세등등한 우리 국군은 서울을 탈환하고 평양을 점령했다. 태극기가 평양거리 곳곳에 걸리고 이승만 대통령은 시민들에게 연설을 했다. 겨울이 되자 중공군이 북한을 도왔다. 합세한 중공군의 숫자는 1백만 명이나 되었다. 그때에 '인해전술'이란 말이 쓰였다. 중공군은 죽은 사람을 방패막이로 썼다니까. 그들에게 밀려난 우리는 처참한 1·4후퇴를 해야 했다.

이북 산골의 피난민들도 혼비백산하여 남으로 내려가는 대열에서 이탈될까 두려움을 안고 바쁜 걸음을 떼었다. 나의 외할머니, 외할아버지는 다급하게 자식들 삼남매를 남으로 내려 보냈다.

"너희들부터 먼저 내려 가 거라, 우리 곧 따라 내려 가마."

큰아들과 딸, 막내아들 삼남매를 먼저 남으로 내려 보내고 두 분은 차마 버릴 수 없었던 집과 농지를 붙들고 소리 없이 남으로 내려갈 시기를 엿보시다가 그만 휴전선 안에 갇히고 말았다.

나는 남으로 내려온 그 외동딸이 낳은 손녀이다. 전쟁이 끝난 후 안정되어 갈 때 엄마는 일곱 살 먹은 나의 손을 잡고 길을 가면서 거지 노인들을 보면 반드시 가까이 가서 자세히 들여다보곤 하였다. 남의 집 처마 밑이나 다리 밑 혹은 시장 터 한구석에서 쭈그리고 앉아 있는 걸인과 따뜻한 햇볕이 내려쬐는 담 밑에서 웅크리고 앉아 끙끙 앓는 노숙인도 자주 볼 수 있었다.

엄마는 혹 고향의 외할아버지, 외할머니가 이남으로 내려오셔서 저렇게 되신 건 아닐까, 상상이 펼쳐진 것이다. 나는 기억한다. 휴전한지 몇 해 후에 초등학교 다닐 때니까 학교에 갔다 오면 웬 허름하게 보이는 할머니가 툇마루에서 소반을 안고 밥을 먹고 있었다.

일주일에 두 번씩 툇마루에서 소반 상을 받고 밥을 얻어먹던 할머니는 야윈 몸에 허리가 굽어 있었다. 할머니는 나중

292 · 마지막 기억

에 그냥 얻어먹고만 가는 것이 미안했던지 어느 날 할머니 가신 뒤 보니, 짐을 머리에 일 때 고이는 똬리를 슬쩍 두고 갔었다. 그것이라도 고마움의 표시를 하고픈 것이었으나, 무거운 짐을 머리에 이고 날품팔이를 하는 할머니로서는 소중한 재산이었다. 엄마는 할머니가 기어이 안 받으려는 것을 돌려주고야 말았다. 엄마는 꼭 그 노인에게 상을 차려주어 먹게 했다. 고향에서 못 나오신 당신의 부모님을 떠올려서였을까. 이때는 전쟁 후여서 보통 깡통 들고 집집마다 얻어먹으러 다니는 아이들이 많았다.

그때는 누구나 살아남기 위해 닥치는 대로 가리지 않고 일했고 모두들 생사의 갈림길에서 밥만 먹을 수 있으면 열심히 뛰었다. 다행하게도, 나의 엄마는 부산에서 건빵을 도매로 떼어다가 기차로 하역시켜 서울에다가 팔았다. 먹을 것이 귀했던 시절이어서였을까. 물건은 불티나게 팔리고 순간적으로 동이나 버렸다. 물건을 주문하고 서울서 부산까지 열차로 오르내리던 것이 발전하여 아예 과자공장을 차리게 되었다. 지금의 수원이었는데 피란 갔다가 돌아올 때 자리를 잡은 곳이 수원이었다고 했다.

수년 후 제법 성장한 과자공장이 되었다. 커다란 밤톨보다 큰 눈깔사탕, 건빵, 센베 과자가 주요 생산 품목이었다. 하늘

의 도우심이었을까? 고생스러웠어도 전쟁으로 인한 가난은
피해간 셈이었다. 내가 학교 들어가면서부터 클 때는 경제적
으로 큰 어려움은 없었다.

내가 다 성장 하도록 우리 집 대청마루에는 조기장사, 계란
장사, 옷 장사, 기름장사 등 보따리 장사꾼들이 늘 끊이지 않
았는데 엄마의 후덕한 인심이 사람들을 끓게 했던 것 같다.

그들은 행상을 하다가 지나는 길에 우리 집에 들렀는데,
엄마는 물건이 떨어지지 않았어도 늘 넉넉히 물건을 사주었
다. 이웃까지 불러들여 사람들이 모이면 장사꾼 아줌마나 아
저씨들은 한참이나 물건을 풀어헤치며 팔다가 마루에 누워
한숨 쉬었다 가고는 했다. 때가 되면 같이 밥을 비벼서 먹기
도 하며 힘든 몸을 이끌고 동네를 오르내리다 쉬는 곳이 되
어 버렸다. 어릴 때 나는 학교에 갔다 오면 늘 낯선 사람들이
북적이는 모습이 싫어서 그것이 불만이었다.

전쟁에서 벗어난 나라는 점점 안정이 되어 갔다. 보릿고개
시절은 가고, 산업화의 발전으로 국민소득이 어느 정도 높아
졌을 때, 나는 어느덧 중년이 넘은 나이가 되어 있었다. 그때
의 젊은 엄마였던 나의 엄마는 머리가 하얗게 센 할머니가
되었다.

내 아이들 어렸을 때에 툇마루에 앉아 소반 상을 안고 밥을 얻어먹던 그 할머니 이야기를 해주면, 대문을 꽁꽁 잠그고 자는 딸아이는 '거지에게 밥상을 차려주었다고?' 납득이 안가는 얼굴로 마치 동화 속에 나오는 이야기로 받아들인다. 지금은 거지를 볼 수도 없거니와 거지들이 강도로 돌변한 세상이다. 집집마다 담을 높이고 대문을 걸어 잠그고 사니, 남의 집 담을 넘어야 하고 강제로 빼앗는 험악한 강도사건이 늘어만 간다.

그런데 이변이 생겼다. 이남으로 내려오던 중 열댓 살 청소년이었던 엄마의 남동생, 즉 나의 막내 삼촌을 잃어버린 것이다. 틈만 나면 있을법한 곳을 뒤지며 다녔어도 영영 못 찾고 말았다. 살기 바빠서 생업을 포기하다시피 하며 찾을 수는 없었어도 온갖 방법을 다 동원하여 찾았으나 세월은 냇물 흐르듯 무심히 흘러 가버렸다.

그렇게 전쟁 때 태어난 내가 사십여 년이 흘러 오십을 넘겼을 즈음, 어머니 연세 80 중반이 되었다. 엄마는 그날도 큰딸네 집에 김치를 갖다 준다며 한통을 담아 들고 가락동을 간다고 전철을 탔다.

엄마는 2호선 앞에서 세 번째 칸이었다고 기억한다. 노인석에 앉아서 가고 있는데, 앞에 서 있던 당신보다 조금 젊은 웬 노인이 그 긴 시간동안 정신없이 엄마를 바라보더라는 것이다. 바라보는 노인의 시선이 심상치 않았다. 얼굴에 뭐가 묻었나, 머리에 뭐가 떨어졌나 하고 괜한 손짓으로 얼굴을 훔치고 다시 머리를 훑어 내리는데 그 노인과 눈이 마주쳤다. 그때 노인은 말을 걸어 왔다.

"저…… 혹시 이름이…… 영진 누님 아니세요?"

"네? 영진 누님요? 아닌데요?"

"그럼 혹 고향이 황해도는 아니세요?"

"예, 맞아요. 황해도예요. 그런데 영진인 아닌데……."

"예…… 실례…… 했습니다."

노인의 표정에 확연히 실망감이 스치고 지나갔다.

이야기를 하는 사이 어느새 전동차는 8호선으로 갈아타야 할 잠실에 도착했다. 엄마는 정성스레 싼 김치 통 보따리를 안고 내렸다. 벽에 붉은색 노선으로 안내표시가 되어있는 대로 갈아타는 통로를 걸었다.

엄마는 속으로 '참 이상도 하다. 영진이라……. 어디서 많이들은 이름인데……. 황해도라……. 그러고 보니 많이 익은 얼굴이었는데……. 에이 비슷한 사람으로 착각했나봐' 그렇게 생각하다가 엄마는 깜짝 놀랐다. 고향서 어렸을 때 집에서 부르던 자신의 이름이 영진이었다는 것이 생각났던 것이다.

호적에 올라있는 엄마의 현재 이름은 '숙진'이다. 이미 지워졌고 까마득히 잊었던 육십여 년 전 '영진'이란 이름이 어딘가 숨어있던 기억 속에서 그제야 튀어나온 것이다. 자신의 어릴 적에 부르던 이름이었다는 것을.

이 노릇을 어쩌나, 이 일을 어쩌나, 다시는 만날 수 없는데. 그 노인은 바로 1·4후퇴 때 남으로 내려왔던 엄마의 막내 남동생이 틀림없었다. 여지껏 만나지 못해 포기하고 살았던 60여 년 전의 그리운 혈육이었다. 이젠 늙어서 모든 기억이 까마득히 퇴색하고 말아 전혀 낯선 이로 보였던 중노인.

허무하고 기가 막혀 엄마는 계단을 내려가다 말고 털썩 주저앉았다. 아, 네가 영호였더냐. 막내였더냐……. 다시 2호선을 타고 가볼까? 불가능했다. 그를 다시 만날 수 있다는 것은. 오직 2호선, 앞에서 세 번째 칸에서 만났었기에 엄마는 그때부터 혹시나 하는 기대를 안고 2호선을 타면 앞에서 세 번째 칸에만 탄다. 그것은 무심히 하는 행동에서 그 사람의 관습이 배어 나오고 되풀이 될 것이란 생각이 들었기 때문일 것이다. 마치 그 후로도 노인이 앞에서 세 번째 칸에 또 타고 있을 거란 믿음이 강하게 지배한 탓이다.

황해도 연백군 연안읍. 소학교 다닐 때, 누렇게 익은 논두렁을 막내 동생 영호의 손을 잡고, 병을 하나 들고 엄마는 메뚜기를 잡으러 해가 산등성이를 벌겋게 물들일 때까지 들녘을 누볐다. 하얗게 센 머리와 주름 가득한 얼굴에서도 어딘가 누나와 닮은 모습이 기억 속에 남아있기에 조심스레 물었던 것일 텐데. 그러고 보니 엄마는 전철 속 노인의 얼굴과 동생의 청소년 때 얼굴이 겹쳐지며 더 어릴 때의 동생의 모습도 차차 떠올랐다.

가장 잘 익고 맛있게 생긴 복숭아를 따서 독 속에 감추었다가 막내에게만 먹이시던 고향의 어머님……. 정성들여 가꾼 과수원을 쉽게 저버리지 못해서 너희들부터 먼저 내려 가거라, 우리 곧 뒤 따라가마. 하며 자식들부터 먼저 남으로 내려 보냈는데, 그것이 영원한 이별이 될 줄이야.

이제 나의 엄마 연세가 90이 되셨으니, 그 긴 세월을 붙잡고, 자식들 보고픔에 수없이 목메어 부르며 돌아가셨을 고향의 부모님 생각에 90 노인의 눈이 짓무른다.

"이젠 다 돌아가셨겠지……. 나는 남으로 내려와서도 한동안 길에서 거지 노인만 보면 자세히 살피며 다녔었다. 혹 부모님이 내려오셔서 저렇게 되지나 않았을까 하는 생각 때문에……."

"엄마, 나도 기억해!"

나의 대답이었다. 엄마는 가끔 우리 집에 오셔서 평소 습관대로 복꾸래미(반짓고리), 닝큼(냉큼), 변설쟁이(수다쟁이), 뺑지가라(빨리가라), 같은 투박한 황해도 사투리를 우리 아이들에게 쓰셨는데 아이들은 그때마다 까르르 웃는다.

조용한 시간이 오면 엄마는

"죽기 전에 막내 동생 영호를 다시 만날 수 있을까."

얼마 남지 않은 자신의 삶을 바라보며, 되 뇌이곤 한다. 아마 돌아가실 땐, 그 말만 가슴에 새긴 채 가실 것 같다.

가장 기름진 땅 황해도 연백평야가 이북 5도 중 가장 못사는 도道로 전락했다니……. 정치가 얼마나 중요한지 알 수 있는 것 아닌가. 오히려 중국 가까운 압록강 근처에 사는 주민들은 마약 등 밀수와 밀매거래로 다른 데보다 잘 산다니 기가 막힐 노릇이다.

나는 압록강을 중심으로 깊은 곳부터 얕은 곳에 이르기까지 가 보았다. 중국 단동을 통해서 백두산 천지 아래 이천리 길을 지나며 보았는데 주변 산들은 전부 헐벗은 산이 되어 있었다. 북한 주민은 민둥산을 만들어 뙈기밭이라도 가져 곡식을 심어보려고 개간한 것이다.

압록강 건너 신의주에는 허름한 건물에 '21세기 태양 김

정일 만세!'란 빨간 글씨의 플래카드가 바람에 펄럭이고 있었다. 삶에 지친 북한 주민들의 시선도 못 받는 플래카드만큼이나, 보는 나의 마음도 지쳐버렸다. 아니 하도 어이가 없어 억눌렸다고 해야 할까?

얕은 개울가 모양 몇 걸음 다가가면 북한 땅인 곳에서, 지난해 홍수피해로 무너진 흙산이며 허물어질듯 한 판자 집 동네를 나는 사진을 찍어 와서 엄마에게 보여줬다. 사진 설명을 해드리는데 오히려 아픈 가슴을 헤집어 놓을까봐 조심스러웠다. 아주 헐벗은 주민상은 보여주지 못했고 가장 어려운 곳이 황해도란 말도 할 수 없었다.

평생 동안 이제나 저제나 통일을 기다리며 자식들 그리워하다 돌아가셨을 나의 외할아버지와 외할머니. 그때는 금강산도 갈수 없었던 때이었다.

뉴스를 보시다가도 북한 소식이라도 나오면 엄마는 조용하라고 손짓을 한다. 혹 고향 소식을 들을 수 있을까, 하는 기대 때문이었다. 나도 북한에 관한 새로운 소식을 듣거나 잡지에서 보기라도 하면 반드시 갖고 와서 엄마한테 내밀며 설명을 해드렸다.

문학지에 중국 소설가 정세봉의 작품이 실렸다. 그는 조선족이었다. 나는 그 책을 엄마에게 내밀었다. 그가 쓴 「빨간 크레용 태양」이란 단편작품을 엄마는 돋보기를 쓰고 띄엄띄엄 읽기 시작한지 3일만에야 다 읽으셨다.

"엄마, 지금 71세인 이 '정세봉'이란 작가는 큰형이 광복직후 동창생들과 서울로 나가 한국 해병대에 입대해서, 해군 준장을 지낸 '정세웅'이에요. 박정희 대통령과 같이 5 · 16 핵심멤버로 한국조폐공사 사장 등을 역임했고, 지금은 국립묘지 제1 장군묘역에 묻혀있어요."

엄마는 숨죽이고 나의 말을 들었다.

"그런데 그 사람의 둘째 형인 정세룡은 광복 직후 하얼빈에 진주한 조선의용군 3지대에 입대하였다가 1948년 조선인민군에 편입했는데, 조선인민군 제5사 탱크병으로 6 · 25 때 전사했대요. <혁명렬사비>라고 새긴 묘비가 연변, 옛 간도 땅이죠. 산언덕에 세워져 있답니다."

내 말이 끝나자 엄마는 예의 그 한숨을 푸욱 쉬더니 창문 밖으로 시선을 주었다. "이렇게 기막힌 역사를 가진 나라가 이 지구상에 또 없을 거다. 냉수 좀 다오."

나는 냉장고 문을 열고 시원한 물 한 컵을 갖다 드렸다.

"지금 세태에 '이념'이란 아무것도 아닌 것이, 국가를 전쟁으로까지 몰아가고, 한 가족이 파멸되는 아픔을 겪어야 했던 우리 민족의 슬픔을 누가 보상해 줄까?"

엄마는 혼잣말을 하며 고향을 생각하고, 또 부모님의 모습을 더듬는 것이 확연하게 느껴졌다.

나는 휴대폰을 열고 사진을 찾았다. 일주일전 정세봉 씨가 중국에서 한국에 나왔다. 여럿이 밥을 먹는 사진과 커피숍에 앉아서 담소하고 있는 모습을 담은 사진이었다. 나와 나란히 앉아 찍은 사진도 있었다. 나는 엄마한테 사진을 내밀었다.

"이 사람야, 정세봉 씨가."

엄마는 돋보기를 쓰더니 자세히 들여다보았다.

"깜짝야! 꼭 너의 아버지 닮았네."

"아버지? 아버지가 이렇게 생겼어? 이 사람은 여위고 얼굴이 조금 긴 편인데?"

"너의 아버지도 여위고 조금 갸름했어. 눈이 큰 편이었지."

"……."

"지금 너의 아버지 살아있으면 94세는 되셨겠다. 에구……. 무정한 양반."

너무 오래되어 포기하고 다 잊어버린 줄 알았는데 엄마는 표현만 안했지 가슴속의 상처는 아직도 그대로 살아 숨 쉬고 있었나 보다.

"다 잊어버리신 줄 알았어요, 엄마."

"……지켜야 할 것이 있어 살아올 수 있었다. 참 오래도 살았지……."

살아온 날들의 기억들이 엄마의 가슴속에서 소용돌이치는가 보았다. 그런데 삶이란 늘 소망을 배신하지 않던가.

　1세대가 가고 2세대가 가기 전에 통일은 이루어질 수 있을까? 지금 우리의 아이들은 두 번 다시 고향땅을 밟지 못하고 가신 조부모님들의 아픔을 모른다.

＊

　노인들은 죽음에 대한 두려움이 늘 가까이 있는 모양이었다. 엄마는 노환으로 병원에 자주 가시게 되면서 부쩍 기도를 하셨는데 죽을 때 고통스럽지 않게 데려가 달라는 기도였다. 아흔이 넘으신 연세이니 나도 엄마가 더 오래사시길 기도하지 않았다. 아무 때 데려가셔도 좋으니 아프지만 않게 해달라고 빌었다. 고통스럽지만 않게 해달라고.

　간절한 기도는 이루어지는가 보았다. 쉽게 눈감으신 주변 노인들이나 친구들을 보며 그렇게도 부러워했는데, 엄마도 따뜻한 봄날, 곱게 눈을 감으셨다.

　자신의 소망대로 3월 어느 봄날에 가셨다. 육이오 때 사라진 남편의 모습과 고향의 부모님을 가슴에 묻은 채였다. 심장 약을 오래 드셨는데 그때 타다 드린 3개월 치를 다 드시지 못한 채였다. 당신도 그런 복이 있을 줄이야. 그러나 호상이라지만 누구에게나 엄마의 죽음은 상처였다.

엄마가 돌아가시고 나는 남동생과 마주 앉아 가슴에 맺혀 있던 상여애기를 꺼냈다.

"상여?"

"응, 상여……!"

동생이 휘둥그렇게 뜬 눈으로 나를 한참 바라보더니 어이없는 표정으로 말했다.

"요즘 다 영구차지, 누가 상여를 써?"

"…….."

"그건 문화적 유산일 뿐이야. 박물관에만 있는! 시골에도 없어. 상여는."

한마디로 일축해 버린다.

"아이들 보기에도 교육상 좋을 것 같아. 장지까지만 따로 상여로 모시면 안 될까?"

"장례식장하고 예약이 다 돼있는데, 코미디 같은 소리 좀 고만해. 소설 쓴다더니…….."

동생은 뜨악한 시선으로 나를 바라보았다.

나는 입속으로 상여…… 중얼거렸다.

나는 영구차에 앉아서 창밖을 보며 뜨거운 눈물을 흘렸다. 현실적이고도 논리적인 동생의 말은 다 옳았다. 남동생이 성당에 50일 동안 연미사를 바치는 것으로 만족해야 했다. 장례식장에서의 동생은 의젓하고 많은 손님들의 조문을 받으니 내 마음도 한결 든든해졌다. 어릴 적 싸우던 개구쟁이 모습도 떠오르며, 지금 저 모습을 엄마가 보면 얼마나 대견해하실까, 생각되었다.

그런데 왠지 가슴 한 켠이 무지룩해졌다. 마음은 이미 다잡고 평정을 찾았는데도 눈에서는 계속 뜨거운 눈물이 흘렀다.

엄마는 연세 들수록, 우주의 질서에 순응하며 신의 섭리에 순종하시는 것 같았다. 엄마는 우리남매에게 '올바른 길이 아니면 바라보지도 말아라.' '모든 것 마음먹기에 달렸다'는 평범하고도 쉬운 말을 가장 많이 썼는데, 자기 자신을 다스리는 수행에 가장 기본이 되는 쉽고도 어려운 말이요, 들여다보면 자신을 지혜롭게 승화시켜 나가는 모든 것에서 최우선임을 깨달은 탓이었다.

우체국을 나와서 집을 향해 한참 걷는데 엄마를 한 번만 봤으면 하는 소망이 간절해 졌다. 공원의 벤치에 앉았다. 꽃샘추위가 더 춥다더니 나는 니트 재킷의 단추를 목까지 잠갔다.

　　그런데 언제 생긴 걸까. 동네에 새로 점보는 집이 들어섰다. 늘 지나다니던 공원 앞에 파란대문의 단독 주택이 있는데 <산신도사>라고 팻말이 붙어있다. 그 집 대문 기둥에 붉은 기와 하얀 기가 꽂힌 것이 눈에 띄었다. 수없이 지나다녀도 눈에 뜨이지 않던 집이었는데 눈에 들어왔다.

　　나는 답답해 하다가 망설여졌다. 이윽고 자리에서 일어났다. 불쑥 새로 이사 온 점집 대문을 열고 들어갔다. 뒤 곁에 작은 별채가 있었다. 새로 차린 점집의 도사님은 젊으셨다. 신당에 들어가서 한구석에 앉았다. 내가 돌아가신 엄마 얘기를 하자, 몸 주이신 자신의 할아버지 신을 통해 우리 엄마 얘기를 한다.

　　자라면서 속 썩인 적 없고 총명한 것 같아 엄마는 나에게 큰 기대를 걸었는데, 동생은 효자였고 나는 실망만 안겨 드린 불효녀가 되었다.

　　"큰 딸 때문에 가슴 아프다."

　　도사의 눈에 눈물이 글썽하니 그 눈물을 따라 나의 눈에서도 뜨거운 눈물이 흐른다.

아마 엄마가 살아있다면 지금 점집에 와있다며 전화로라도 수다를 떨었을 것이다. 나는 어려서부터 작은 이야기를 엄마에게 하나도 숨김없이 털어내었다. 버릇처럼 엄마 곁에서 종잘종잘 댔었다. 동생은 남자 아이라 별 대화 없이 컸는데 나는 엄마의 살아온 이야기와 그 상황들을 듣고 보아왔기 때문에 나하곤 늘 말이 통했었다.

나는 문득 기도한다. '우리 엄마 좋은 곳으로 인도해 주세요.' 이 기도만이 내가 엄마를 위해 할 수 있는 유일한 행위이다. 하얀 수염이 길게 난 산신 같은 할아버지가 좌대에 앉아 계셨다. 나는 할아버지에게도 우리 엄마 천국으로 보내달라고 빌었다.

엄마는 늘 내게 이렇게 얘기 했다. 이 세상 어떤 신이던 모든 섭리가 선善을 향해서 가르치고 있다는 것을 강조 하셨다. 사람은 땅을 본받고 땅은 하늘을 본받고 하늘은 도를 본받고 도는 자연을 본받는다고 했든가…….

옛 말씀이 옳은 것이라고 늘 입버릇처럼 하시던 엄마 목소리……. 그 말씀을 되새기는데 뭉클, 가슴속 뜨거움이 목울대까지 솟구친다.

엄마를 한 번만 봤으면 좋겠는데……. 습관처럼 '도대체 엄만 어딜 간 거야?' 나타나지 않는 엄마를 원망하며 나는 눈물을 훔쳐내었다. 늘 내가 찾을 땐 엄마는 언제나 그 자리에 그렇게 있어 주었는데…….

그윽한 향기가 풍기듯 엄마의 넉넉한 가슴이 생각났다. 나를 위해 애태우며 기도하던 엄마의 모습도 포개져 왔다. 엄마 하고 있었던 작고 큰일들이 파노라마 같이 눈앞에 펼쳐진다.

나는 1초라도 좋으니 엄마를 한 번만 보고 싶다. 감히, 욕심 부리지 않을 테니 더도 말고 꼭 한 번만.

'당신이 가신 길이 어딘데, 도대체 그 길이 어떤 길인데 한 번 가면 못 만날까? 이렇게 만날 수 없는가…….'

나는 가끔 생각한다. 일생동안 고향생각만 하며 그리워하다 돌아가신 그분들의 영혼은 어떤 색깔일까, 하고. 엄마의 고향에 대한 그리움이 내 가슴에도 새겨져 있다.

엄마 돌아가시면, 그 신기하고도 화려한 목단 꽃이 새겨진 상여에 엄마를 누이고 싶었는데……. 찰랑대던 꽃술이 흔들리며 움직이던 상여……. 그것도 마음대로 되지 않는 다는 것을 60을 넘긴 지금에야 깨닫는다.

공원 안의 하얀 매화꽃잎이 봄바람에 하르르 떤다. 아직은 이른 봄이라 쌀쌀한 바람이 몸 전체를 스치고 있다. 한겨울을 용하게도 견뎌낸 마른 나뭇가지는 꿋꿋하다. 춥다, 아프다, 슬프다 변명 없이 매화는 한결같다. 점잖다고 해야 할까? 겨우내 메마른 가지 속에서 꽃잎을 만들어 하얗게 밀어낸 다섯 쪽의 꽃잎이 경이롭기까지 하다. 꽃잎이 지면 그때는 파란 잎이 돋아날 것이다.

그땐 더 따뜻한 봄바람이 불어줄 테지…….

고향의 과수원, 하얀 매화꽃 사이로 사라진 엄마. 내 가슴 속 상여는 그렇게 가고 있었다. 그 길을 바라보며 나는 낯선 햇빛을 붙들고 소리쳤다.

"엄마, 이 못난 딸 용서해 줘. 엄마 미안해!"

별똥별 떨어지다

별똥별 떨어지다

"스님 그럼 전 어떡하면 좋겠습니까?"

간절히 호소하는 서영의 눈빛은 애원으로 빛났다. 서영의
시아버님의 두 번째 49제가 끝난 날 밤이었다. 스님은 묵묵
부답. 잠시 후 스님의 깊은숨이 밖으로 토해진다. 서영도 깊
은숨을 몰아쉰다. 그러나 고요한 어둠을 깨치지는 못했다.
어둠속에서도 달은 고요히 흘러가며 두 사람을 비추었다.

고통을 참느라 일그러지는 모습을 지켜보던 서영은 애가
탔다. 진통제를 놓아주기만 할 뿐 속수무책인 의사가 밉기도
했다. 환자의 아픔이 보호자인 서영의 가슴을 쥐어짜듯 전달
되어 왔다. 노인의 바짝 마른 몸은 어린애의 무게와도 같았

다. 그렇게 고통 속에 헤매던 서영의 시아버지는 결국 말기 위암으로 가고 말았다.

한 인간의 죽음은 거창하지 않았다. 세상에 태어나서 죽음을 처음 본 서영은 운명이랄 것도 없이 한 순간에 눈을 감고만 시부를 본 것이다. 어떤 삶을 살았건 적어도 인간은 죽음이 달라야 한다고 여겨왔는데 죽은 뒤 물체가 굳어버린 다른 동물처럼 조금도 다르지 않았다. 허무라고 표현하기에도 가벼울 정도로 존재의 무게가 느껴지지 않았다.

S시의 작은 화장터는 가을 아침에 텅 빈 모습으로 서영의 가족을 맞았다.

야트막한 산들이 병풍같이 둘러서 있고 처음 와보는 곳이었는데도 늘 왔던 곳처럼 눈에 익었다. 아니 눈에 익기보다는 가슴속 한 구석에 접혀져 있던 추억 속의 모습이 다시 눈앞에 펼쳐진 듯하였다.

11월임에도 야산자락에 서있는 아카시아 나뭇잎들은 누렇게 시든 채로 가지에서 바람에 나풀대고 있었다. 멀리 산자락 아래로 등 돌리고 앉아있는 몇 채의 집이 눈에 들어왔다. 그 앞에 가을걷이 끝낸 논은 텅 비어 있었다. 그 사이로 아침 햇살이 비집고 들어와 논에 시선을 떨구고 서있는 서영의 흰 치마 아래 끝까지 따뜻이 감싸주었다. 죽은 사람은 말이 없는데 햇살이 몸에 비추일 때는 따뜻하다가 바람이 일고 그늘이 지면 금세 추워서 옷깃을 여미며 햇살을 쫓아가니 서영은 이것이 살아 있다는 것이로구나 하고 생각했다. 자신이 생명체임을 일깨워주는 싸늘한 바람이 넋 놓고 있는 정신을 자주 흔들어 대었다. 아랫마을에서 컹컹 개 짖는 소리가 들려왔다. 그 순간 옳거니, 죽음이 달라야 하는 것이 아니라 삶이 달라야 하는 것이로구나, 서영은 참 이렇게도 철이 늦게 날까, 스스로 얼굴을 붉혔다.

서영은 시아버지의 장례 앞에서 딱 세 번 울었다. 전혀 눈물이 나지 않으면 맏며느리로서 조문객에게 민망하여 어쩌랴 싶어 영안실에서 평소 안 쓰던 안경을 쓰고 있었다. 시아버지가 돌아가신 다음날 12시쯤에 입관을 한다고 영안실 직원이 직계가족을 영구 앞에 둘러서게 하였을 때 남편 옆에서 뜨거운 눈물을 처음 흘렸다. 시아버지는 평소처럼 차갑고도 냉엄한 표정으로 편안히 누워 있었는데 남편은 시신의 머리를 쓰다듬으며 오열했다. 가슴속의 불덩이가 밖으로 터져 나오듯 남편의 얼굴은 벌겋게 상기된 채 눈물범벅이 되었는데 그 눈물이 전염되어 서영의 가슴속에서도 뜨거움이 솟구치며 눈물을 흘리게 했다.

남편은 삼분의 일쯤 떠있는 아버지의 눈을 자주 쓸어내려 주었는데 시체에 손을 대는 것이 싫어서 서영은 남편의 검은 양복 자락을 옆에서 잡아당겨 이성을 차리도록 주의를 주었다. 아들과 며느리의 차이점일까? 아니 죽은 이에 대한 정이 눈물의 양도 조절하는 것일까? 입관 후 하루를 더 영안실에서 지낸 이튿날 아침, 서영은 차분하게 영정 앞에 있던 짐들을 챙겨서 영구차에 실었다. 화장터로 떠나기 전 관을 운구한 뒤에 영구차 앞에서 돗자리를 깔고 영정을 놓은 채 발인제를 가졌는데 이때 두 번째로 서영은 소리치며 울었다.

주민등록증 사진을 확대하여 놓은 젯상 앞의 시아버님은 비애스러움을 감추는 듯 이제 막 울음 그친 아이같이, 아니 건드리면 또 울 것처럼 그들을 보고 있었는데 혼수상태에서도 큰며느리인 서영을 부르며 찾더라는 것이었다. 그 때 한 번 더 뵈러 왔어야 했을 것을 서울에서 직장을 다니던 서영은 직장 일을 핑계 삼아 가보지 않았다. 의식을 잃은 뒤 와보았고 운명하신 뒤 뵈러 온 것이 서영의 가슴을 아리게 했다. 그렇게 살다 가실 것을, 그 짧은 생애를 살다갈 것을 얼마나 오래 살 것처럼 갈등하며 순간순간 미워했었나. 제대로 모시지 못해 죄송해요 아버님, 소리치며 서영은 울었다.

돌아가시기 3년 전부터 모시던 서영의 막내동서는 쉰 목소리로 울어댔는데 우는소리는 더욱 쉰듯하여 며칠을 두고 계속 울기만 했던 사람처럼 목이 잠겼다. 꺼이꺼이 목이 꺾일 듯 울어댔다. 서영처럼 15년을 한집에서 살며 미운 정 고운 정 들어서 우는 것은 아니었다. 한 번도 같은 집에 살지 않았고 좀 떨어진 곳에 방 한 칸 세내어 아버님을 뉘어 놓고 밥은 아침에 한번 해서 점심까지 먹게 하고 저녁이면 자기 남편이 날라다 주었었다. 어차피 분식점을 하는 그들이었고 주문배달처럼 그렇게 아침에 한번 저녁에 한번 들러서 챙겨 주었다. 동서는 시아버지 혼자 사시는 방에 들른 적도 없어서 정 들 것도 뗄 것도 없건만 우는 것만은 기가 막히게 섧게 울어대었다. 마음 여린 서영은 남이 울면 영문도 모르고 따라 눈물 흘리는 섬세한 감성의 소유자라 그 우는 소리에 또 눈물이 솟았다.

  솔직히 자신도 전적으로 그 죽음이 슬퍼서 우는 것이 아닌 것이다. 막내동서의 눈물이 전염되어 불만투성이인 자신의 삶이 서럽고 슬프게 떠올라 그만 자기가 불쌍해져서 눈물이 난 것이었다. 막내동서는 또 얼마나 자신의 팔자가 기가 막혔을 것인가. 세 살배기 아들 데리고 하루아침에 청상과부가 되어 막내 시동생인 남편을 만나 개가하였고 오로지 피붙이인 친정 엄마가 석 달 전에 고혈압으로 가셨으니 그 설움에 우는 것이리라.

구조 조정에 밀려 실직한 서영의 남편은 모시던 홀아버지를 막내 동생에게 보내 놓고 장남의 도리를 다하지 못한 가책과 아버지가 중년 이후에 부모노릇 못해 증오해 왔던 자신의 행동이 또한 후회막심, 이 설움 저 설움이 겹쳤을 것이었다. 다시 모셔가라고 하면 어쩌나 전전긍긍한 것도 사실이었다.

어려서 큰집, 작은 집으로 이웃집 떡 돌리듯이 자식들을 떼어놓고 혼자 방랑의 세월을 살다간 아버지에게 무슨 정이 있으랴. 막내 시동생은 눈물은커녕 시원하다는 표정으로 울지 않았다. 아니 조금은 들뜬 듯 조문객들을 맞이하고 있었다. 차라리 그가 더 위선 없는 위인 같았다. 평소 아버지에 대한 정이 없다고 한 그의 말 그대로였다.

"잘 가셨어요. 이것도 복이에요."

가식으로도 꾸밀 줄 모르는 고지식하기만 한 막내 시동생은 본심을 그대로 드러냈다.

"삼촌, 그런 소리하지 마. 친척들이 들으면 뭐라 그러겠어?"

서영은 타이르면서도 저 정도니 모시는 동안 오죽했을까, 속으로 혀를 찼다. 자신이 한 똑같은 행동은 그럴 수 있어도 시동생의 그 말엔 섭섭해지며 흉보고 싶어지는 것이었다.

'삼촌은 삼년 모셨지만 나는 십 오년이야. 꼭 다섯 배였어.'

그 소린 고걸 갖고 그렇게 지겨워해? 하는 소리와 다름 아니었다.

세 번째, 화장터에서 관을 화구에 넣기 전에 유리 칸막이 안에 놓은 채 다시 제사를 지내고 술을 한 잔씩 따르는데 곧 울듯 한 시아버지의 영정 사진을 보자 너무 허망하여 서영은 또 눈물이 났다. 슬퍼서 우는 것이 아니라 그 인생이 불쌍하여 울었다. 아마 10년쯤 앓다 갔으면 지겨워서 울음은커녕 '축, 초상'이요 '쾌지나 칭칭나네' 노래가 나왔을지도 모른다. 그런데 그만 마지막에 자식들 힘들지 않게 봐주려고 가신 것처럼 중환자실에서 보름을 앓다가 돌연 가시고 말았다. 너무 짧아서였을까, 돌아가셨다는 것이 실감이 나지 않아 더욱 허무감이 들었다. 서영은 효도하던 며느리같이 의외의 울음이 나는 자신에 대해 대견하며 새삼 놀라웠다.

시아버지를 그렇게 훨훨 태워버리고 말았다. 한계령 산자락으로 가서 환경오염 때문에 상자에 넣지도 않고 하얀 종이에 싸준 따뜻한 유골가루를 남편이 양복 속에 품고 와 오열하며 허공에 뿌려댄 것으로 끝이었다. 3일 만에 마치 없었던 일처럼 흔적도 없이 사라지고 말았다.

친척들에게 애쓰셨다고 두루 두루 인사한 뒤 헤어져 시동

생 집에 들렀다. 부조 돈을 셈한 뒤 지출과 수입을 계산하고,
남은 돈은 동서에게 애썼다고 다 주고 왔다. 서영은 남편과
함께 고속버스에 몸을 실었다. 기울어 가는 노을이 차창 안
으로 들어와 피곤에 지친 서영의 얼굴을 붉게 물들였다. 버
스 안 TV에서는 스릴 있는 영화가 나오고 있었고 잠시 눈길
을 주던 남편도 이내 코고는 소리를 내며 고개를 떨구고 잠
에 빠져들었다. 창밖의 풍경이 서글퍼 보인다고 느끼며 서영
도 의자 등받이에 기댄 채 정신없이 꿈에 빠져들었다.

　두 시간쯤 지나서 서영은 눈이 떠졌는데 창밖을 보니 차는
깜깜한 고속도로 위에서 짜증스럽게 정체돼 있었다. 꿈속에
서 있었던 행사처럼 자신이 장례를 치르고 오는 사람이라는
게 실감이 나지 않았다. 언제 울었었던가, 눈은 부어 있었다.
망자나이 여든이면 호상이었다. 빈말이라도 아쉽다고 하는
사람이 없었다.

　그런데 돌아가시기 전날까지 중환자실에서 보름 동안 남
편이 간호를 했는데 병원에선 얼마나 더 살릴 수 있을 것처
럼 이 검사 저 검사를 한다며 피를 뽑아가고 소변을 받아가
더니 의사도 사망 삼일 전에는 더 이상 환자를 괴롭히지 않
고 버려두었다고 했다. 회진 때에도 의사는 고개를 돌린 채
말없이 가버렸다고 했다. 남편은 가망이 없음을 알았다. 위

암 외에 병명이 또 있었기 때문이었다. 환자의 의식은 말짱해서 말은 못해도 종이에 글씨로 표현하던 아버님은 서영이 언제 오느냐고 써 보이더란다.

그날 밤, 환자의 팔에서 링거 바늘을 뺀 사람은 누구일까? 얼마 못사신다는 판정이 나왔는데도 말이다. 다녀간 사람은 막내 시동생뿐이었고 남편은 보호자 침대에서 잠들어 있었는데 관심도 없던 막내가 새삼 무슨 울분으로 생명을 재촉했단 말인가. 절대 그런 행동을 할 성격의 사람이 아니었다. 남편이 깨어보니 바늘이 빠져있어 간호사를 불러 다시 링거바늘을 손등에 찔러 넣었다고 했다. 남편이 잠들기 전에는 확인 했었으니까 아무 이상이 없었는데 잠이 든 시간이 세 시간 정도였다고 했다. 30분 후에 운명할 것도 모르고.

남편이 성격은 다혈질이라도 평소 싫은 말도 제대로 못 하는 천성이라 모질게 해본 일이 없는데 보름동안 대소변 받아내며 잘 해오던 간호를 지겨워서 죽으라고 갑자기 빼버렸을까? 아무리 생각해도 도무지 아니었다. 본인이 빼버렸을까? 살고 싶은 의욕으로 가득 차 있던 노인이 그럴리 만무했다. 아버님은 손등의 주삿바늘 위에 고정시켜 논 흰 테이프가 떨어질 것 같자 자꾸 붙이려고 다른 손으로 다독였었다. 물 한 모금 넘기지 못하던 환자에게 링거가 유일한 생명유지의 수

단이었는데 참으로 알 수 없는 일이었다. 그 일이 있기 전에 약 일주일은 더 충분히 살 수 있을 것으로 추정했었다.

누가 안락사를 시켰을까? 옆의 침대에 새로 들어온 75세의 노인 할아버지 환자가 치매를 앓으며 췌장암 말기였는데 그 노인이 그랬을까? 왜냐면 노인은 자꾸 자신의 발목에 찔린 바늘을 빼버렸었다. 바짝 마른 몸으로 어디서 그렇게 우렁찬 소리가 나오는지 친구들이 지금 술 사준다고 술집서 기다리고 있으니 가야 한다고 간호사에게 주사기를 빼버리는 이유를 대었다. 보호자인 딸이 보다 못해 화가 나서 아버지를 때렸는데 그 광경이 너무도 우스워서 서영은 돌아서서 웃었다.

간호사들이 의논 끝에 노인의 손을 흰 거즈로 침대에 묶어버렸다. 노인은 풀어달라고 크게 울어댔다. 딸은 안 된다고 고개를 단호히 내저었고 서영이 왜 그러세요? 하고 묻자 노인은 손 좀 풀어달라고 했다. 노인이 다시 울기 시작하자 중환자실(이 병원은 준 종합병원의 규모로 개인병원과 같아서 중환자실에도 보호자가 늘 옆에 붙어 있어야 했다)이 온통 시끄러워져서 약속을 받아내고 풀어줬는데 그 노인이 남편 잠든 사이에 와서 그랬을까? 그때 이미 서영의 시부는 혼수상태에 빠지기 시작해서 잠들어 있는 사람 같았다.

어쨌거나 가신 뒤에 따져서 뭘 한담? 서영은 눕혀놨던 버스의 의자를 곧추세웠다. 서영은 돌아가신 영혼이 극락으로 가시도록 빌어보았다. 자신이 죽은 뒤 자식들도 이렇게 시원섭섭해 할 것을 생각하자 쓴웃음이 나왔다. 서영은 마지막에 아픈 고통을 잘도 참아 내시던 아버님이 새삼 또 불쌍히 생각되었다. 아버님 고통을 덜어드리고 싶어 애타던 자신은 소생하기 어렵다는 판정이 나자 편히 가세요 좋은 곳으로 가세요 그렇게 비는 방법밖에 없었다. 치료는 의사에게 맡긴 채.

혹 그 바늘을 자신의 손이 뽑았나? 섬짓하여 고개를 들고 주변을 살폈다. 언제나 이런 미친 망상이 현실과 상상을 넘나들었다. 누군가 네가 뽑았지? 하고 달려 들으면 상상의 모습이 실제였던 것처럼 자신이 한 걸로 의식되어지는 서영이었다.

시아버지가 의식 있을 때 다시 와보지 못했던 서영은 혼수상태에서 한번 뵈었고 임종될 줄 모르고 직전에 병원을 나왔는데 사망 소식을 길에서 휴대폰으로 듣고 다시 되돌아갔다. 터미널서 버스에 오르기 전이었다. 바늘 빠지기 전 시각에는 남편과 둘이 교대 중 이었는데 너무 고단해서 서영은 중환자의 보호자 대기실에서 두 시간 정도 눈을 붙인 후 병원을 떠나왔다. 어쨌거나 서영이 가고 없을 때 사고를 알았고 임종은 남편 혼자 지켰다.

"에미야, 오늘은 만두국 좀 만들어먹자."

"예, 만두국이 잡숫고 싶으셨어요? 그야 어렵지 않죠."

시어머님이 안 계신 탓에 결혼하면서 홀시아버지를 모시고 함께 살던 서영은 만두 속을 만들기 시작했었다. 신김치를 다지고 두부를 하얀 행주에 짜놓고 숙주나물을 데쳤다. 밀가루 반죽을 하는데 초등학교 2학년인 아들아이가 심심해하는 것 같아서 반죽을 탁구 공만하게 떼어주니 재미있어하며 주물럭거렸다. 서영은 부지런히 시아버지와 함께 만두를 빚었다. 점심시간이 훨씬 지난 세시나 되어서야 세 사람은 만두로 포식을 했다. 커피를 좋아하시던 아버님이 서영이 설거지를 하는 동안 며느리 것도 한 잔 타놓고 식는다고 빨리 오라고 성화이셨다.

말수 적은데다 어쩌다 한번 입을 떼면 퉁명스런 남편보다도 그 날 있었던 일은 시아버지에게 종잘종잘대던 서영이었다. 시어머니 이상으로 자상하면서도 깐깐한 성미의 서영 시아버지는 아들보다도 며느리와 손발이 잘 맞았다.

아파트 5층 베란다에서, 마당에서 놀고 있는 아이들 모습을 바라보던 시아버지는 자신의 손자가 제일 귀티가 나 보인다고 하면서 늘 놀러오던 옆집 아이 보고는 '갠 참 막생겼더라' 하면서 우쭐해 했다. 말해 놓고도 너무도 어린아이 같은 심리가 우습기도 해서 두 사람은 깔깔대고 웃으니 옆집 그 아이 엄마가 그 집은 뭐가 그리도 웃을 일이 많느냐고 갑자기 문을 열고 들어와 민망한 적도 많았다. 그러던 시아버지였는데…….

멀리 계시다가도 손자 녀석 유치원 졸업식, 초등학교 입학식 때는 꼭 오셔서 참석하신 탓에 기념사진에는 아버님이 한가운데에 주인공처럼 서 계셨다.

노인정에서도 할머니들 사이에서 인기라고 위층 사시는 할머니가 귀뜸을 해줬다. 냄새나고 술타령하는 할아버지들 틈에서 그래도 전문대학을 나오셨고 악기를 다룰 줄 알며 일본어도 유창하고 사교춤도 잘 추어 할머니들에게 동경의 대상이었다고 했다. 혼자 사시는 위층 할머니는 별난 음식을 만들 때마다 마나님 안 계신 영감님들이 제일 불쌍하다며 음식을 정성껏 쟁반에 받쳐서 손자들을 시켜 서영 집에 보내오곤 하였다.

아버님은 날씬하고 피부가 하얀 탓에 10년은 더 젊어 보였는데 주변 사람들은 마나님 안 계셔도 며느님이 수발을 잘해서 아드님하고 형님 사이인줄 알았다며 서영에게 칭송을 아끼지 않았다. 거의가 할아버지 인물 탓이건만 그 소린 마치 전부 자신에 대한 칭찬인양 서영은 결코 듣기 싫지 않았고 웃음을 머금은 채 사양하지 않았다.

한번은 노인정에서 커다란 일이 터졌다. 한낮에 집으로 전화가 왔었다. 서영이 받았는데 할아버지가 봉변을 당하고 있으니 빨리 와서 증언을 해주라는 요지였다. 내용인즉 노인정에는 회장이 한명, 총무가 두 명 있는데 회장직을 맡고 있는 75세 장 씨 할아버지와 총무를 맡고 있는 서영의 아버님인 박 씨 할아버지(당시 72세)와 80세이신 염 씨 할머니가 있었다.

그들은 매일 출근하다시피 하는 노인정 주요 임원들이었다. 그런데 어느 날 이른 아침에 어떤 할머니의 눈에 띄었는지 박총무 할아버지와 총무인 염 씨 할머니가 노인정 작은방에서 나오더라는 것이었다. 이는 박총무 할아버지가 염총무 할머니를 데리고 잔 것 아니냐는 것이었다. 그러면서 어제 할아버지가 집에서 주무셨냐고도 물어왔다. 마침 아버님은 그 날 제사 때문에 친척 오촌 아저씨 댁에 가서 다음날 바로 노인정으로 가셨었다. 그 말을 하니 의구심을 가득 품은 채 일단은 집에서 주무시지 않은 것은 사실 아니냐고 되물었다. 노인들이 하도 유치원 어린애들보다 더 어린애 같아 서 서영은 웃음을 참으며 한 마디 거들었다.

"우리 할아버지가 데리고 잤으면 어떻고 안 잤으면 어떻습니까? 평시에 총무 할머니께서 아들딸들이 주는 돈 모아서 회장단 할아버지들한테 식사를 대접하는 것을 낙으로 삼는다는 소릴 들었는데 고맙게 생각하고 있습니다"고 하자 전화속의 할머니는 박씨 할아버지는 자기가 아니라고 펄펄 뛰더라는 얘기를 덧붙였다. 물론 회장 할아버지도 아니라고 우기더라는 것이었다. 그러자 노인정의 노인들이 일제히 단합이라도 한 듯 애먼 사람 잡지들 말고 꼭 밝혀야 된다고 입장을 굳혔다는 것이었다.

그날 밤이 되어서야 돌아오신 아버님께 서영은 어떻게 된 거냐고 물었다. 아버님은 한마디로 일축해 버리는 것이었다.

"주책없는 늙은이들, 말할 가치도 없다. 오촌네서 제사 지내고 다음날 아침 일찍 노인정으로 바로 갔는데 집에서 잤냐, 안 잤냐 그걸 대라는군. 왜 내가 죄졌어? 죄인처럼 이실직고하게. 아니면 아닌 것이지."

작은 체구에 젊었을 때 상당한 미모였다는 염 총무 할머니는 기억이 부실해서 상상과 사실에 가끔 혼돈을 일으키는 모양이었다. 그것이 더 화근이 되었는데 할머니의 횡설수설이 노인들의 소문거리였다. 서영은 '소문의 주인공이 회장 할아버지였던 모양이지요?' 하고 말았다. 뒤에 곰곰이 생각을 정리해 보니 자신의 아버님을 중심 삼아 입에 오르내리는 것이 다 할머니들 사이에 인기 있는 탓 아니겠는가? 시쳇말로 스캔들이었다.

아버님은 또, 노인정에서는 만날 화투치기 하면서 싸우는 게 일이라고 머리를 저었다. '왜요?' '한판 끝나면 서로 내가 선이니, 니가 회니 헷갈려서 싸움질을 한단다. 10원짜리 내기에.' 하도 싸우게 되니까 이제 선을 맡게 된 사람은 빨간 모자를 쓰고 한다고 했다. 나는 폭소하였고 아버님도 한바탕 웃으셨다.

이 모든 우스운 얘기들도 뚝뚝한 서영의 남편하고는 안 통해도 며느리하고는 잘도 주고받았다. 그런데 두 사람의 공통점은 흑백을 꼭 가리고야 마는 성미가 돼서 의견충돌이 나면 반드시 언성을 높였다. 세월 속에 미운 정 고운 정이 묻혀 더께처럼 그들의 가슴에 내려앉았나 보다. 다만 말년에 외롭게 혼자 방 한 켠에서 외출도 안 하시고 사시다 가신 것이 못내 서영의 가슴에 한으로 남았다.

병원 계실 때 중환자실 맨 구석 자리에서 환자를 보호하던 할머니가 오셔서 '우리 영감은 곡기 끊고도 한 달을 더 버텼어. 할아버진 오래 사시겠어. 그러다 소생 하실지도 몰라, 우리 영감보다 훨씬 강단 있으니…….' 그 말에 서영 부부는 놀라서 마주 쳐다보았다. 저 고통을 어떻게 더 견디라고……
고통의 시간을 줄여준 그 손은 사랑이었을까…….

서울 집으로 돌아온 서영은 자기가 다니던 절의 스님을 뵙
고 49제를 시작했고 아버님 살아생전에 다니던 성당에 부탁
하여 좋은 곳으로 가시도록 연미사를 드려 달라고 당부했다.
연도도 물론 부탁했다. 그런데 왜 머릿속에서 링거주사기를
빼던 손의 임자는 숨바꼭질하고 있는 것일까? 일찍 가시게
해서 고통을 줄여준 누군가에게 고마운 마음에 절하고 싶고,
자손들에게 고통을 덜어준 아버님께 진심으로 감사드리고
싶은 마음도 솔직히 부정할 수는 없었다. 그러나 그 손이 자
신의 손은 아니었다.

그러고 싶었던 자신의 마음과 누군가 했던 손의 행동은 무
슨 차이가 있을까? 그러자 곧 그 손의 임자가 자신이었던 것
처럼 악수하듯 포개지는 것이 아닌가. 아니야, 아니야, 서영
은 강하게 고개를 내 저었다. 그런데 시아버지는 왜 그렇게
임종 전에 자신을 한 번 더 보시고 싶어 하셨을까? 서영은 수
수께끼처럼 궁금증이 일었다. 달리 하시고 싶은 말씀이 있
었나?

서영은 죽었다 살아난 사람들이 그 체험을 모아서 이야기
로 엮어 놓은 책을 본 것이 떠올랐다. 그들은 하나같이 죽어

서 영혼이 그 육체를 빠져나와 자신의 죽은 모습을 보며 식구들의 슬피 우는 모습도 보았다고 하였다. 서영은 시아버지도 이런 자신의 생각과 모습을 천상에서 내려다보고 계신 거나 아닐까? 하고 생각됐다. 그러자 왠지 섬쩍지근해졌다.

한번 가면 영원히 만날 수 없기에 인간들은 죽음을 두려워하며 산다. 죽은 뒤라도 다시 한 번 만날 기회가 있는 것이라면 아마 인간의 역사는 바뀌지 않았을까? 또 그렇게 까지 후회스럽고 원망스런 삶도 살다가지 않으리. 누구나 이승을 떠나 저승에 갔다 온다면 이승의 삶에 큰 변화를 몰고 오리라.

베란다의 시들어가는 씨클라멘을 보며 물을 주어야겠다고 생각하는데 아버님은 며느리에게 저승을 갔다 온 선험자로서 무엇을 타이르고 싶으셨을까? 상상이 가지를 쳤다. 서영은 그런 잡다한 상념들에 휘둘리다 잠깐 졸았다.

서영이 옛날 살던 집 앞마당에서 화초에 물을 주고 있는데 대문이 열리더니 마당에 선뜻 시아버지가 들어섰다. 아버님이 들고 있던 검은 가방을 받아드는데 겸연쩍은 표정으로 입을 열었다.

"밥 좀 있냐?"

"예 아버님, 상 차릴까요?"

"그래."

서영이 부엌 쪽으로 가려하자 시아버지는 그녀를 불러 세웠다.

"에미야, 누가 나를 먼저가게 했든 더 살게 해주었든 신경 쓰지 마라. 누구 원망 같은 거 안 한다. 내 인생은 내 스스로 구원하는 것이지 남에게 의지하는 것이 아니란다. 네가 내게 섭섭하게 했었던 일들도 언젠가 혼자 사는 시애비 측은하게 여겨서 외롭지 않게 해주려고 베풀었던 그 마음씨가 고마워서 잊으며 살아왔다. 그래도 에미가 가장 날 생각해줬다."

'허지만 아버님, 아버님은 용서하셨어도 제 자신은 용서 못해요' 마음속으로만 답변을 하고 있는데 그때 초인종 소리가 나서 깨어보니 누군가 아파트 초인종을 누르고 있었다.

"누구세요?"

거실에 있던 서영은 현관으로 급히 갔다.

"우체붑니다. 등기예요."

받은 이의 확인 싸인을 받아낸 우체부는 이내 가버렸고 서영은 우편물을 보았다. 누런 서류 봉투 속에 흰 편지봉투가 또 들어 있었는데 겉봉투의 발신자와 수신자는 같은 주소였고, 속의 흰 봉투에는 <에미에게>라고만 적힌 시아버지의 필체였다. 시아버지의 그 글씨체는 독특해서 수백 장 속에 감추어져 있어도 단번에 알아챌 수 있는 글씨체였다. 봉투를 뜯었다.

<에미 신세 다 못 갚고 떠난다. 에미한테 시에미 이상으로 시집살이시킨 것 반성 많이 했다. 외롭게 사는 시애비 외로움 덜어주려고 한 그 마음 고마웠다. 또 직장 다니다 하루 쉬는 일요일에 시애비 체면 유지시켜 주려고 내 친구들 불러와 멍석 펴고 술자리 마련해준 것 등 두루두루 고맙다. 저승 가서 갚으마. 부디 아범하고 건강하고 손자 석기 녀석 훌륭히 키워다오. 애비 씀>

더 이상 손에 힘이 없었는지 필체가 흐느적이며 흐려져 갔다. 꿈속에서의 표정과 편지 내용이 흡사하였다. 서영은 가슴이 뭉클해짐을 느꼈다. 아마도 이 편지는 남편이 부쳤을 것이었다. 외며느리 고운데 없다고 큰며느리 앞에서 미안함 없이 당당하게 받아들이고 행세하던 분이 둘째 며느리 겪어보면서 조금씩 서영에게 대하는 태도가 달라졌었다. 위선이요, 형식적으로 대하더라도 무시하는 것보단 나았는지 그것조차도 고맙게 생각하는 태도가 언제부터인지 눈에 뜨이기 시작했던 것이다.

부모로서 자식에게 짐만 지워주면서도 큰소리만 쳐대는

자기 본위 적이었던 시아버지가 이런 글을 남길 때는 보통 이상의 심경변화였다. 분에 넘치는 찬사를 듣는 듯 감동이 왔다. 아버님이 자식들에게 무얼 베풀어 주셨냐고 가슴에 콩콩 박히는 말을 했었던 자신이 그제야 떠올라왔다. 긴 세월이 애증으로 뭉쳐졌다. 그 세월의 앙금이 이렇듯 편지 한 장에 녹다니 아, 아, 참으로 새털보다 가벼운 인간의 마음. 어디서부터 어디까지가 한계일까. 끝도 없이 변해가는 것이 인간의 본성인가. 서영의 눈에 소리 없이 물이 괴었다.

그러나 그 손. 그 손은 어찌하랴……. 그것은 메아리 없는 외침이었다. 남편은 워낙 말수가 적었지만 별 동요 없이 상제로서 손색없는 나날을 보내고 있었다. 아버님이 병원에서 쓰셨던 편지는 분명 자기가 부쳤을 텐데도 집에 오면 자꾸 잊어버려서 우체국 지나가다 부치게 됐다든지 뭔가 한마디 할 법도 한데 전혀 관심 없는 듯 했다. 아니면 다른 이유가 있었다든지 등등. 의심하는 내색은 더더구나 없었다. 보통 때도 무슨 꿍꿍이속이 있는지 알 수 없는 사람이라 포기하고 산 지 오래돼서 서영도 무덤덤했다.

그런데 왜 하필 등기였을까? 일반우편으로 우표만 붙이면 됐을 텐데. 거기에 생각이 이르자 서영은 갑자기 섬뜩해지며 소름이 돋았다. 남편이 강 건너에 있는 사람같이, 아니 먼 친척처럼 거리감이 있고 겉돌아 보였다. 아니야, 그릴리 없어. 난 아니야. 절대로. 남편은 '영원한 비밀로 해둡시다' 꼭 그리 마음먹고 있는 사람 같았다. 다시 죽었다 깨어난 사람이 되어 아버님이 저승에서 이승으로 내려오신다면…….

서영은 불현듯 일어나 벽에서 내려다보고 있던 사진틀 속의 아버님을 벽에서 떼어내어 문간방으로 가서 책장 문을 열고 그 속에 세워 두었다. 장식품이 사진을 가려 시선을 직접 마주치지 않으니 바라보기가 훨씬 편안해졌다. 아버님은 분명히 말씀하셨어. 네게 고맙다고. 네가 날 그래도 가장 사랑해줬다고……. 괜시리 아무것도 아닌 것을……. 벌써 저녁 시간 되었네.

오늘 저녁은 무얼로 할까? 순두부찌개? 김치국? 동태찌개? 된장찌개? 무국? 미역국?

'에미야 오늘 저녁은 만둣국 좀 먹자' 아 참, 그렇지 오랜만에 만둣국을 끓여야겠군. '많이 할게요, 아버님' 그 생각은 말이 되어 입술을 움직였다. 서영은 장 가방을 들고 나섰다. 문간방에 시선을 주니 사진 앞에 세워두었던 인형이 쓰러져 있고 아버님은 '요망한 것' 하며 서영을 곁눈질로 흘겨보았다. 순간 숨이 꽉 막히며 명치끝을 찔렀다. 서영은 냉장고로 가서 찬물을 한 컵 들이켰다. 시원하게 가슴이 뚫리는 듯하였다. 문간방 문을 닫았다.

다시는 그 방에 들어가고 싶지 않았다. 아니 빈집에 혼자서 아버님과 둘이 있고 싶지 않았다. '모두가 팔자소관이야, 죽는 것도, 사는 것도' 서영은 시장을 향해 빠른 걸음을 옮겼다. 누가 발뒤축을 붙잡기라도 하는 것처럼. 지워버려야지. 아무 일 없지 않은가 말이야. 아니 난 아무 상관없는 사람이니까. 서영은 자신에게 말하고 있었다.

49제를 시작한지 두 번째 되는 일요일은 어두워서야 끝이 났다. 절 밖의 나뭇가지에 밤이면 혼들이 나와 나무를 맴돌며 숨바꼭질도 하고 춤도 추고 노는 듯이 서영의 눈엔 그것들이 보인다.

"스님, 무어라 한 말씀 좀 해주세요."

서영의 이야기를 다 듣고 난 스님은 계속 말씀이 없으셨다. 답답한 심경이 옥죄오며 스님의 중얼거리는 '나무관세음보살'도 무능한 자의 변명 같았다. 하늘을 바라보는 스님의 눈빛이 별빛과 같다고 여겨졌다. 그때 별똥별이 길게 어디론가 떨어져 내렸다. 아버님의 별이 아니었을까. ✤

그 해 가을바다의 상처

그 해 가을바다의 상처

파도는 집어삼킬 듯 달려들었다가 밀려가곤 했다. 하얀 거품이 발밑까지 넘실대다가 사라진다. 그 지긋지긋한 고요. 무작정 뛰쳐나온 지 이제 닷새밖에 안 됐는데 마치 오백 년쯤살아 온 듯 그 고요가 무서워서 나는 바다로 뛰쳐나왔다. 멀리 떨어진 도로에서 질주하는 오토바이의 폭음이 차라리 반갑기조차 하다. 시끄러운 것을 싫어하면서도 며칠간의 고요를 참아내지 못해 숨 막혀 하다니. 혼자 내동댕이쳐진 버림받은 느낌 때문이었을까. 끝도 없이 밀려오는 그 위협적인 파도를 보며 떠올라온 그 여자를 나는 한숨으로 뱉어낸다. 돌아갈까, 아니야. 떠올랐다간 사라지는 잡념들 사이로 느닷없이 어제 본 여자가 자꾸 파도처럼 나를 집어삼키려 달려들곤 한다.

어제 저녁 사방이 어둑어둑 해질 즈음 한기가 느껴지기에 밖으로 나왔었다. 뜨끈한 국물을 마시면 몸이 좀 편해질 듯 하여 불빛이 정겨워 보이는 곳으로 무조건 발길을 옮겼다. 바닷가 선술집이었다. 들어가서 자리를 잡고 앉았다. 뜨거운 조개탕 국물을 마시고 있을 때 갑자기 문이 열리고 그 여자 가 들어섰다. 하얀 블라우스 위로 흐트러진 머리카락이 엉켜 있었다. 풀리지 않는 운명이 그럴까? 왜 그 여자를 보며 운명 같은 걸 떠올렸을까. 어깨정도까지 오는 머리는 파마기가 약 간 남아있어 그 여자의 얼굴만큼이나 부스스 했다. 문을 열 고 찬 바닷바람을 몰고 들어온 여자는 빈 테이블에 무너지듯 주저앉았다. 여자는 이미 술에 취해있었다.

다른 테이블의 둥근 화덕 위에선 꼼장어가 꿈틀대며 구워 지고, 부둣가 노동자인 듯 서넛의 중년 사내들이 소주잔을 기울이고 있었다. 주모가 여자 앞에 물 컵을 놓고 가더니 김 치와 두부를 기본 안주로 내놓았다. 곧바로 여자의 주문대로 소주 한 병이 놓이고 불 위로 고기 몇 점이 펼쳐졌다.

퇴역 기생쯤 될까? 사십 초반으로 보이는 여자였다. 이곳 에 사는 여자 같지는 않았다. 쌍꺼풀 없는 동양적 눈매에 눈 동자의 초점이 흐려있었다. 오뚝한 콧날과 야무진 입매가 잘 생긴 유형은 아니나 매력적인 미모였다. 낯선 여자의 출현을 호기심으로 바라보던 사내들은 여자에게 슬슬 수작을 걸기 시작했는데 여자는 아랑곳없이 거푸 세잔을 마셔 버렸다.

여자는 작게 흥얼거리기 시작했는데 한참 들어보니 그 소린 노래 가락이었다. 혼이 나가버린 지 오래된 것 같은 여자는 취기가 오르는지 나가버린 혼을 불러들이는 의식 같았다. 남자들은 여자의 그 노래를 물 끼얹은 듯이 듣고 있다가 끝나자마자 그 의식에 힘을 실어주듯 박수를 쳐대며 '앵콜' 하고 소리를 질렀다. 잘하지도 못하지도 않는 가락이었다. 이곳 아닌 다른 곳 선술집 어디선가에서도 늘 들을 수 있는 가요, '목포의 눈물'이었던가. 나는 그 노래를 예전에도 자주 들어봤지만 여태껏 그렇게까지 애절한 노래인줄 몰랐었다. TV의 가요무대 프로에서나 들어보던 슬픈 노랫말 정도로만 알았던 것이 그 날 뼛속까지 으스스하게 전율되어 왔다. 그 노랜 마치 여자의 슬픔을 토해내는 것처럼 애절하게 들렸다.

십여 년 전에 돌아가신 나의 어머니가 친척끼리의 잔치모임에서 돌아가며 노래를 부르고 놀 때에 죽어도 못한다고 혼자만 굳이 안 했는데 원망을 듣다듣다 누군가 판을 깬다며 화까지 내면서 해야 한다고 윽박질렀을 때 하는 수 없이 밑도 끝도 없이 미완성으로 두 소절쯤을 불렀던 그 노래였다. 남자들의 부추김에 힘을 얻었는지 여자는 일어나서 춤까지

추었는데 발레도 고전도 아닌 소속도, 국적도 없는 춤을 추었다. 그 가락이 시키는 대로 어깨로부터의 팔 손가락까지 선율대로 고요히 움직였다. 한 구석에서 숨죽이며 호기심으로 바라보던 나는 그녀의 춤에 빨려 들어가 내 어깨도 들썩여졌다. 취기에서의 춤이 아닌 귀기까지 느껴졌다.

한이 서린 춤. 증조할머니 시대의 흥이 어린 춤이 저랬을까. 고전무용의 원조가 저랬을까, 고려 시대 혼령이 나와 장터에서 추던 막춤이 저랬을까, 참으로 알 수 없는 춤이었다. 돈 주고 배운 춤이라기보다 마치 영혼의 지령에 복종하고 있는 몸놀림 같기도 했다. 여자는 춤에 몰두하고 있었다. 그 순간 여자의 표정은 행복해 보였다. 정좌하고 앉아서 잡념 쫓으며 올곧은 참선을 할 게 아니라 저 여자의 춤을 배우면 곧바로 혼이 육신을 빠져나와 한 줄기 끈을 따라 가고 있는 것처럼 몰두될 것 같았다. 춤을 보던 나의 눈에서는 어느새 눈물이 고였다. 슬퍼서 우는 눈물도 아니오, 기뻐서는 더욱 아닌 알 수 없는 맑은 물이 의미 없이 볼을 타고 흘렀다.

술들이 거나해져서 대화조차 흐트러져 혼란스러워졌을 때 여자는 품안에서 사진 한 장을 꺼냈다. 이 아이를 아느냐고 물었다. 사진을 보며 머뭇거리는 그들 중 한 사내가 '어, 내가 알지요. 이 아이를 찾고 있어요? 갑시다.' 장난기 어린 말에 여자의 눈빛이 갑자기 고양이 눈이 되어 예리하게 그 사내에게 집중했다. 사내들은 상관없다는 듯 여자의 팔뚝을 거머쥐며 잡아 당겼다. 한 사내가 문을 열고 먼저 앞장서고 나머지는 여자를 이끌고 나가고 있었다. 여자는 몸이 말을 안 듣는 듯 문지방을 넘다가 치마꼬리가 밟히며 발이 걸려 넘어지고 말았다.

술 취한 사내가 다시 비틀대며 여자를 일으키다가 넘어지고 다시 여자를 일으키려고 시도하는 반복을 거듭하더니 바닥에 뒹구는 여자를 일으키기조차 힘들었는지 포기하는 것 같았다. 그 여자의 입에선 계속 그 목포의 눈물 가락이 비명처럼 토막 나서 새어나왔는데 그때의 그 노랜 아까 와는 판이하게 천박하고 때가 타 있었다. 사진 속의 아이의 소재를 알고 있다는 사내도 아리송한 미소를 짓던 사내들도 에이, 재수 없어 하며 모두 사라지자 술집 안은 고요해 졌다. 여자는 울고 있었다. 나는 좀체 움직일 수 없었다. 딱하게 바라보던 주모의 시선과 마주친 순간 나는 난감해졌다. 마치 내가 그렇게 만든 것처럼.

무슨 객기였는지 나는 취한 여자를 부축하여 내가 묵고 있던 민박집으로 갔다. 의무감을 갖은 사람이 되어 가는 도중, 나에게 기대고 있는 그 여자의 무게에 눌려 넘어지려 할 때마다 내가 지금 무슨 짓을 하고 있나 정신이 들었다. 민박집 대문 앞에 섰을 때 주인 노파는 잠이 들었는지 기척도 없었다. 외등부터 집안의 등까지 모두 꺼버려서 더듬게 됐지만 단순한 집안구조와 며칠 간 익숙해진 공간이라 쉽게 방문을 열 수 있었다. 나는 여자를 방에 쓰러트리듯 밀어 넣었다. 찬물을 한 컵 따라서 여자에게 먹였다. 창 너머로 계속 파도가 우는 소리를 들으며 나도 여자처럼 방바닥에 쓰러졌다.

  까맣게 현상된 필름같이 기억은 거기서 잘라졌다. 캄캄한 공간에서 부스스 눈이 떠졌을 때 문득 어젯밤 일이 떠올라 옆을 더듬었다. 여자의 치마 자락과 다리가 만져졌다. 만져진 마른 다리는 긴장하는 것 같았다. 순간 번개가 치듯 정신이 번쩍 들었는데 옆을 보니 여자는 벽에 기대 앉아있었다. 불붙이지 않은 긴 담배를 손가락에 낀 채였다. 언제 일어나 앉을 걸까. 여자는 내가 깰까봐 조심하느라 라이터 찾는 일을 잠시 포기한 것 같았다. 태우세요, 나는 전등 스위치를 눌렀다. 빛이 눈을 찌르며 방안을 환하게 밝혔다. 방안에서 금세 라이터를 찾아낸 여자는 불을 당겼다. 나는 그때 옆에 떨어진 그녀가 품고 다니는 사진을 보았는데 열 서넛쯤 돼 보이는 해맑은 여자아이의 미소 짓는 모습이었다. 얼핏 여자의 윤곽을 닮아 여자의 어릴 적 사진 같기도 했다.

"딸이에요?"

여자는 끄덕였다. 잃었어요? 죽었어요? 지금 어디 있는데요? 등등 많은 물음이 내속에서 꿈틀댔지만 왠지 그 여자의 표정이 물어선 안 될 것 같았다. 나는 입을 떼지 않고 보고 있다가

"귀엽네요."

하며 사진을 돌려줬다. 그 소린 해도 괜찮을 것 같아서였다. 여자는 길게 가슴으로부터 연기를 내뿜으며 신음소리를 냈다.

한 대를 다 태우기도 전이었다. 그렇게 가슴깊이 빨아들인 연기가 다 사라지기도 전에 여자는 몽유병자처럼 시선을 먼 곳에 둔 채 맨발로 문을 나서고 있었다. 여자는 무작정 걸어 바다 쪽으로 갔다. 나도 무엇에 홀린 양 그 여자의 뒤를 따라 나와 바닷가로 갔다. 새벽의 싸늘한 공기에 물비린내가 훅 끼쳐왔다. 여자와 나는 모래 위를 걸었다. 가끔 바람이 구겨진 그 여자의 긴 치맛자락을 휘감고 지나갔다.

"바다를 참 좋아했지."

묻지 않아도 그녀가 딸을 가리키는 말임이 분명했다.

"꼭 와 있을 것만 같았는데."

"……"

어제 밤 어떻게 나하고 같이 있게 됐는지는 궁금하지도 않

는 모양이었다. 아니 그런 세상사에는 이미 무신경해진 것 같았다. 한 해 여름 이곳에서 피서를 즐겼던 추억을 잊지 못하고 딸아이는 또 한 번 가자고 졸랐다고 한다. 그 후 딸이 실종 된지 3년째. 이곳에 오면 꼭 딸아이가 저 모래사장 끝에서 엄마! 하며 달려 올 것만 같았단다. 어쩌면 혼자 외로워 엄마를 찾으며 울고 있을 것 같아 느닷없이 달려오길 벌써 몇 차례, 그 여자는 늘 오늘처럼 배신만 당하고 돌아가곤 했단다.

저놈의 갈매기 새끼들. 여자는 갑자기 모래를 한 줌 집어 허공에 뿌려댔다. 울어대는 갈매기소리가 더 배신감만 부추기는가 보았다. 여자는 횡설수설하기도 했지만 꾸며대는 것 같진 않았고 뻥 뚫린 가슴으로 정신이 들어오기도 하고 나가기도 하는 것 같았다. 넋이 나간 듯 수평선을 바라보더니 딸아인 반드시 돌아올 것이라고 여자는 내게 딸아이가 말하듯이 들려줬다. 딸아인 무용을 했는데 엄마가 못 다한 꿈을 꼭 이루어줄 것이라고 덧붙였다.

"암요, 반드시 해낼 거예요."

나도 그 여자의 말을 믿고 싶었다. 정신이 돌면 어떠랴. 아니 그 여자는 절대 미칠 수 없었다. 그 여자만의 세계에서 여자는 딸아이와 같이 춤을 추며 살고 있는지도 몰랐다. 바닷가를 걷다보니 한참이나 떨어져서 걷게 됐는데 여자는 흥이 오른 사람이 되어 팔을 벌려 멀리서 춤을 추었다. 저 여자의 몸에선 가락이 흐르고 있을 터였다. 어두운 새벽이라 그 여자와 나 외엔 아무도 없었다. 저 여자가 물속으로 걸어 들어갈 것 같은 불안한 환상은 어느새 없어졌다. 여자는 무언가를 끊임없이 중얼거렸는데 세찬 파도소리가 방해 할 때만 빼곤 비교적 또렷하게 들을 수 있었다.

……그랬지. 우린 그래도 행복했어. 집 장만하느라 아등바등 거리며 살았어도……. 딸아이가 초등학교 1학년 들어갔을 때 직장 생활하느라 제대로 보살펴 주지 못한 것이 가장 가슴 아팠어. ……아침에 출근 때면 먼저 나와야 하는 시간 때문에 자고 있는 아이 머리 빗기고 옷 입힐 수 없어서 원피스를 그 날 입고 가라고 머리맡에 챙겨놓으면 혼자 입고서 갔었어. 머리는 늘 헤어밴드로 자기가 꽂고 갔지. 예쁜 리본으로 묶어주지도 못했어. 뒤 지퍼를 미처 다 잠그지 못해서 잊은 채 교실에 들어서면 짓궂은 사내아이들이 더 열어놓고 놀려댄다고 울었었지. 어느 날인가 아침 출근 때 엄마, 가지 마! 엄마, 가지마! 필사적으로 치맛자락을 꼭 잡고 울었는데 안 돼! 안 돼! 하며 치맛자락을 낚아채고 엄만 돈 벌어야 돼, 속으로 당당히 외치며 딸애의 울음을 외면했었지. 흐흐흠 그

그 해 가을 바다의 상처 · 347

게 가장 가슴 아파. 지금까지……. 흐흐흐흐흠!

여자는 울음인지 탄식인지 모를 소릴 내며 잠시 말을 끊었다가 다시 이어간다. 그랬어. 미술시간이면 엄마를 예쁘게 치장시켜 그려놓고는 꼭 다리를 그리지 않았어. 늘 다니기만 하는 엄마의 다리가 밉다는 거야. 퇴근 무렵이면 도착시간을 용케도 알고서 집 동네 어귀까지 나와서 빨간 우체통 뒤에 몸을 숨기고 있다가 내가 나타나면 뛰쳐나오곤 했지. 밤에 나와 있다고 혼날까봐 우연히 금방 나온 것처럼 제 딴엔 연극을 곧 잘 해댔어……. 내가 늦게 돌아와 자고 있을 때 보면 하얀 종이에 하트 모양을 그리고 그 칸 안에 까만 점을 수없이 찍어놓고는 '엄마 사랑해, 이만큼' 그려 놓은 것을 잠옷 앞가슴에 핀으로 꽂고 자고 있었어. 버석거리는 종이를 떼어내면서 뼈가 녹는 아픔을 느꼈었지…그렇게 서로 상처받으며 우린 사랑을 확인했었지…….

여자는 내가 듣던 말던 혼자 웃기도 하고 울기도 하면서 마치 친정엄마에게 남편의 잘못을 고자질 하듯 뱉었다. 아마 내가 그 자리를 떠나고 없어도 이야기는 계속될 것 같았다.

"그런데 당신은 어떻게 이곳에 오게 됐어?"

느닷없이 여자가 내게 묻는다. 나도 모르게 한숨이 길게 나왔다.

"……모르겠어요. 그걸 좀 가르쳐 주세요."

"흠…… 동상한테 움직이라고 하는 것보다 더 어려운 질문이네."

"……."

마침 갈매기 떼가 그 대답이라도 하듯 바다 한 가운데로 떠오르며 비행을 했다.

빙글빙글 지구 위가 돌듯 내 머리 속이 돈다. 이대로 바닥에 주저앉아 쓰러지듯 혼절하고 싶은데 현기증은 나도 의식은 또렷하다. 그런 자신이 밉기도 하다. 시간은 공기같이 흔적도 없이 가버린다고 하지만, 손가락 움직임 하나하나 짚고 지나가는 '확인자'인지도 모른다는 생각이 든다. 몸을 감싸며 지나는 공기이듯 그렇게 가슴을 쓸며 통과하는 바람 같은 흔적들. '무엇이다' 하고 잡히지 않는 무수한 흔적의 추억들은 확인자처럼 머릿속을 헤집어 논다.

상실의 슬픔에서 상처만을 안고 헤매는 저 여자는 흰옷만큼의 하얀 흔적을 잡고 확인하고 싶은 것일까? 흰색이 더 바라기 전에. 내 손가락은 어느덧 모래 위를 후벼 파고 있었다.

분홍은=3, 노랑=2, 연두=4, 검정=9, 투명=0, 흰색=1, 초록은=7…….

어디서 읽은 적도 본적도 없는 위의 공식들은 어느 덧 멀리서는 분명히 보이면서도 가까이서는 사라지는 안개가 되어 머릿속에서 자리 잡고 오랫동안 맴돌고 있다.

여자는 다가와 부딪치면 부서질 줄 알면서도 또다시 다가와 깨지는 파도에 넋을 주었다. 바다는 전설을 만들고 있는 걸까. 잃어버린 시간들이 파도와 함께 흩어지면서 분명 존재했던 물살이 다시 오지 않는다는 사실이 삶의 의미를 허망하게 했다. 여전히 새로운 파도는 미친 듯 몰려오고 있었다.

장승처럼 서서 파도를 보던 여자는 토막 난 단어를 뱉었는데 물거품 속에 파묻혀 버렸다.

"한 번……만이라도…… 볼…… 수 있다면……."

순간 그 여자의 말이 내 가슴을 쳤다. 여자의 얼굴에 흐르는, 모두를 포기한 자의 체념. 내게 그렇게 말할 땐 여자는 제정신인 것 같았다. 아니 놀랍도록 냉정한 얼굴이어서 나는 다른 사람을 보고 있는 게 아닐까 하고 주위를 살펴볼 정도였다. 여자는 더 이상 가슴에 묻어두기만 한다면 터져 버릴 것만 같아서 갑자기 잡고 있던 풍선을 날려 보내듯이 말했다. 나는 그 여자를 빤히 쳐다보았지만 아무 말도 할 수 없었다.

그 말은 바로 내 자신이 한 말 같았다. 형체는 없어도 분명한 것은 누군가에게서 의식을 상속 받았고 그리고 그 의식을 누군가에게 흘러들어갈 수 있도록 생명을 불어 넣어야 한다는 생각이 드는 것이다. 그것만이 진실 같았다.

파도의 흰 거품 속에 드러났다 사라졌다하던 그의 까만 머리는 가물가물 멀어져가고 있었다. 모래사장에 서서 바라보던 사람들이 악을 써댔다. 몇 사람은 구조대를 부르러 뛰어가고 사람들은 전화를 걸며 허둥댔다. 그가 구해낸 어린 아이는 인공호흡으로 살려낼 수 있었다. 지친 그는 사력을 다했으나 큰 파도 속에 묻혀버리고 말았다. 어린아이가 놓쳐버린 튜브만이 멀리 평화롭게 떠갈 뿐이었다. 잠잠해진 파도 속으로 그가 사라지자 뒤늦게 나타난 구조대원은 모터보트를 타고 사람들이 가르쳐준 그가 있었던 곳을 수 십 번을 돌았으나 그는 찾아낼 수 없었다. 그는 시간이 지날수록 점점 더 넓은 바다 한가운데로 떠갈 것이었다.

지나간 몇 천 년의 역사도 바로 전의 일처럼 사람들의 머릿속에서 흔적을 찾고 있을 테지만 시간이란 잔인한 것이었다.

두 사람만의 시간을 오붓하게 즐기자며 바닷가로 가자고한 약속에 나는 지남철에 달라붙은 쇠붙이가 되어 그의 팔짱을 끼었고 단숨에 바닷가로 향했다. 솔 나무가 운치 있게 자란 숲에 우린 텐트를 쳤고 그는 한가한 시간이 오면 나무 등에 기대어 늘 하모니카를 불었다. 나는 특히 하모니카 소리를 좋아했다. 음률에 취해 지긋이 감겨 있는 그의 속눈썹이 바르르 떨릴 땐 나의 혼을 빼앗기에 충분하였다. 어느 근사한 배우도 그의 멋을 흉내 낼 수 없었다. 그렇게 며칠을 황홀할 수 있었는데 그날 바닷가에서 물놀이를 하던 중 왜 갑자기 그 아이가 그의 눈에 들어왔을까? 아무도 눈치 채지 못한 장면이었다. 그는 밀려오는 파도를 헤치며 물속으로 가라앉는 아이를 향해 돌진해 갔다.

뒤늦게 찾아낸 지훈을 싣고 구급차는 귀청을 뚫을 듯 요란한 소리를 내며 병원에 도착했다. 그는 황급히 응급실로 옮겨졌다. 나의 가슴은 초침과 함께 졸아들어갔다.

의사는 심폐소생술을 실시했다.

"CPR 계속해!"

잠시 기운을 놓쳤던 의사는 초긴장 상태에서 땀을 흘렸고 흰 가운이 젖어 등에 붙어버렸다. 지훈은 심장 압박이 가해질 때마다 몸이 조금씩 옆으로 밀려났고 팔다리가 침대 밖으로 떨어져서 흔들거렸다. 낮춰놓은 머리 쪽으로 미끄러져 의사는 다시 딱딱한 판자위로 환자를 옮겼다.

레지던트 한 명이 채혈을 하려고 환자의 사타구니 쪽에 주사기를 반복해서 찔러대었다. 네 번쯤 시행 끝에 대퇴동맥으로 보이는 혈관을 찾아 피를 뽑아냈다. 동맥의 피는 선홍색인데 주사기 속의 피는 검붉은 빛이었다.

심장 모니터의 초록 선은 불규칙하게 파도를 탔다. 이때 담당 교수가 뛰어 들어왔다. 그는 퇴근 후 휴식을 취하다가 비상호출을 받고 급하게 뛰쳐나온 것 같았다. 티셔츠의 중간 단추가 하나 빠진 채 하나씩 어긋나서 채워져 있었다. 그의 눈에 들어온 모니터의 초록 선은 작은 높낮이로 불규칙 했으며 그나마도 전기충격으로 인해 유지되고 있는 듯 했다. 긴장했던 담당 교수의 얼굴에 실망의 기운이 역력했다. 응급실 안의 분위기는 잠시 막막해 졌다.

"계속할까요?"

"가능성이 있는 한 계속해야지."

단호한 그의 말이었지만 모두 불가능 쪽으로 고개를 갸웃 했다. 20분쯤 지나자 담당 교수는 심폐소생술을 하는 의사를 향해

"고만해요." 맥없이 말했다.

그리고 그는 병실 밖으로 나가 버렸다. 병실 바닥에는 빈 약병, 주사기 등이 흐트러져 있었다. 환자의 가슴에는 전기충격으로 작고 둥글게 탄 자국이 선명히 보였다. 환자의 침대는 피로 물들어 얼룩진 시트가 지저분해 보였다.

간호사 한 사람이 문 밖으로 나와 보호자를 찾았다. 간절히 기도를 하던 나는 지훈의 죽음소식을 들었다. 그때 나는 죽음이란 물리적인 결과뿐 아니라, 인간의 생명은 인간이 범접할 수 없는 운명의 틀 속에 이미 결정되어 있어서 어쩔 수 없는 한계를 느껴야만 했다.

어이 없이 가버린 지훈을 생각하며 나는 그가 생각날 때마다 이 바닷가를 다시 와서 그를 조금이라도 더 가까이 만나고 싶었다. 그러나 그를 만날 수는 없었고 인공호흡으로 살려낸 그 아이를 가끔 이 바닷가에서 마주쳤을 뿐이다. 그때마다 저 아이다! 나는 반가움과 동시 죽여 버리고 싶은 또 하나의 충동에 몸을 떨었다.

누군가 내게 말했다. 한마디도 못하고 간 지훈의 넋을 위로하고 좋은 곳으로 천도해주는 진오기 굿을 해야만 한다고. 그러면 쥐어뜯듯이 아픈 가슴이 풀릴 수 있을 것이라고. 굿이란 말에 꺼림칙해 하는 나를 보며, 죽은 사람보다도 산사람의 한이 풀릴 수만 있다면 해보는 것도 좋지 않겠냐는 말을 했다. 그를 보내고도 두 해를 한숨으로 흘러보내던 나는 그가 사라진 바닷가에서 진오기 굿을 했다.

만신은 물가의 방위를 보고 삼살 방을 가려내어 굿상을 차렸다. 부정 살을 다섯 방위로 놓고 상 밑에 한 개를 놓았다.

굿상 우측에 넋 반 혼 반상을 놓고 세발심지에 불을 붙여 한지로 접은 고깔을 씌워 바람을 막았다.

갯벌에 말뚝을 박아 지주 병을 무명 끈으로 묶어놓았다. 굿을 끝낸 후 병에서 머리카락이라도 나오면 혼이 나왔음을 증명해 보이려는 것이다.

신들에게 굿을 한다는 것을 알리고 오늘은 망자의 진오기 굿이니 동요하지 마시라고 귀뜸을 주는 신청울림과 주당물림이 시작되었다. 혹시라도 있을지 모르는 주당살을 제거하기 위해 만신은 겸허히 신에게 고했다. 모든 일귀등신님네들 좌정하시고 장구소리에 놀라지 마소서.

만신은 누구의 힘으로 저렇게 춤을 추며 소리를 하는 것일까. 누군가 그녀를 지시하고 있는 것임에 틀림없었다. 만신은 망자가 오기를 청하며 공수한다. 망자가 처음 들어서는 과정이었다. 만신은 이 굿거리 과정에서 가장 긴 시간 동안 춤과 혼을 쏟아 부었다.

만신은 영매가 되어, 그가 준 내가 끼고 있던 커플링 반지를 보며 눈물을 흘렸다. 그의 사랑이 확인되는 순간이었다. 서러움이 북받쳐 올라와서 입술을 깨무는데 나도 모르게 뺨에서 눈물이 흘렀다. 그의 음성이 들렸다.

"행복해야 해……. 이곳은 아주 편안한 곳이야."

죽음도 삶도, 실체가 없는 영혼세계에서 그는 미소 짓고 있는지도 모른다. 현세에서 실체가 없다는 건 배신을 의미한다. 여기에 없는 그는 과거와 현실, 미래까지 모두 가져가 버렸다. 지나간 시간은 나의 머릿속에만 각인되어 있을 뿐이다.

영매는 나의 눈물을 닦아주고 나는 영매의 아니 그의 눈물을 귀한 진주 어루만지듯 소중하게 손가락으로 묻혀냈다. 나도 데려가요……. 나도 그곳에 같이 있고 싶어요……. 나는 그를 붙잡고 소리쳐 울었다. 나의 피울음을 듣는지 그의 눈빛이 안타깝고도 애절하게 나를 응시했다.

구경하던 바닷가 동네에 사는 어른들과 아이들이 신기한 듯 초롱한 눈빛으로 굿 구경을 했고 아낙들은 울었다. 망자가 저승으로 갈 때 십대왕 앞으로 가는 굿거리 과정이 왔다. 수왕제석을 대접하고 망자를 저승길로 잘 모시고 가라고 저승사자를 대접하며 달래는 굿거리에서 나는 구경꾼 사람들 틈에 낀 그 아이를 발견했다.

나는 순간, 눈물을 찍어내며 구경하던 아주머니들 틈에 끼어서 호기심으로 바라보는 그 아이의 팔을 잡아끌었다. 나는 그 아이를 데리고 물속으로 뛰었다. 아이는 끌려오다시피 물속에 잠겨버렸다. 물살에 허우적대자 나의 블라우스와 아이의 티셔츠가 반쯤 벗겨져 버렸다. 너는 죽어야 해, 그래야 지훈의 고통을 알 수 있어. 그는 죽었어. 너 때문이야. 네가 죽였단 말야. 나는 솟구치려는 아이의 어깨를 사정없이 눌러 버렸다. 파도에 휩쓸리며 바닷물이 목구멍으로 꿀컥꿀컥 넘어갔다. 나는 몸부림치는 그 아이를 끌어안고 멀리 멀리 물 속으로 그를 향해 가고 있었다.

온 힘을 다해 내 허리를 껴안고 있는 그 아이를 잡고 나는 멀어져 가는 그를 붙잡기 위해 물살을 헤쳤다. 조금만 더, 조금만 더 그가 안타까워 소리쳤다. 커다란 그물에 걸렸다는 생각과 동시에 눈을 떴을 때는 아이와 나는 응급실에 누워 있었다. 잘라내고 싶어도 잘라낼 수 없는 기억들, 지우려 해도 지워지지 않는 기억들, 용서하려 해도 용서되지 않는 기억들…….

나의 이야기를 듣던 여자의 표정은 먼 훗날의 얼굴 같은 근엄함이 얼핏 서려 있었다. 도를 통한 큰스님의 얼굴이 그러했을까? 무작정 용수철처럼 뛰쳐나와 차를 몰고 이 바닷가로 온 나를 바라보며 여자는 완전히 제정신으로 돌아와 있었다. 순간, 여자의 표정은 나의 머릿속에 각인되었다.

나는 깊은 절망을 느끼며 떠오르는 해를 마주한다. 그가 나의 머리칼을 쓸어내릴 때 나는 그의 팔을 베고 그의 뒤어

나온 힘줄을 쓰다듬으며 그의 품으로 파고들었다. 그와의 다
정했던 그런 몸짓이 나를, 사랑의 실체를 잡으려 이곳까지
오게 했는지 모른다.

　하루를 늘려 놓고 싶었다. 그래서 한 발광이 아는 이 없는
한적한 곳에 가서 아무것도 안하며 시간과 맞서 서로 죽이기
를 한 것이다. 모두가 스스로를 못 견뎌 빚어내는 광란중일
지도 모른다.

　시간과 함께 가버린 사람도, 사랑도, 존재의 흔적을 붙잡
고 싶어 나는 여기 온 것일까. 여자는 존재했던 딸의, 사랑의
실체를 찾아서 끝없는 방황 속에 살 것이고 나는 지훈의 실
체를 찾아서 무언가 붙잡으려 할 것이다. 흔적도 없이 사라
진 시간은 어딘가에서 기다려 줄 것이다. 같이 보낸 과거의
추억들이 앞으로 내게 다시 펼쳐질 것처럼. 실존이 없다고
실패한 사랑일까? 사랑을 해보지 못한 사람의 소리 아닌가.
사랑은 배신을 앞세워 우리의 운명을 끌고 다니지 않던가.
죽음이든 이별이든…….

　나는 여자와 아침을 먹고 헤어졌다. 여자는 과거를 끌어안
고 또 어디를 헤맬 것인지 가보고 싶은 곳이 있다며 사라졌
다. 나는 갈매기 소리를 들으며 떠오르는 해를 온 몸으로 맞

이하고 있다. 해는 금방 온 천지를 눈부시게 밝혀 놓았다.

음식점에서 너댓 살 먹은 사내아이가 찌그러진 양재기를 들고 나와 바닷가 쪽으로 오더니 양재기 속의 토막 난 물고기를 갈매기들에게 던져 주었다. 순식간에 갈매기들이 몰려들었다. 가까이 가서 보니 그릇 안에는 밴댕이 대가리와 토막 난 꼬리들이 담겨 있었다. 녀석은 재미있다는 표정으로 도도하게 갈매기들에게 던져주고 있었다. 갈매기들은 필사적으로 먹이를 낚아챈다.

그 중 한 마리가 먹이를 물고 가다 바닷물 속으로 자꾸 빠뜨리는 모습에 저런 바보! 하고 자세히 보니 작은 새끼 갈매기 두 마리가 바닷물에 떠서 먹이를 기다리고 있었다. 어김없이 그 어미 갈매기는 정확히 새끼들 있는 위치에 입을 벌려 떨어트려 주고 있었다. 저 안 먹고 주는 어미 심정이라니…….

나는 파도가 핥고 간 젖은 모래를 끌어 모아서 둥그렇게 쌓아보았다. 두꺼비 집도 만들어 보고 나무와 해도 그려본다. 다시 허물어 버리고 그 솜털보다 짙은 그의 눈썹을 그렸다. 부드럽게 둥근 코와 믿음직해 보였던 입술을 만든다. 그의 다정한 시선을 그려보고 싶다. 그런데 눈동자가 잘 그려지지 않는다. 형체는 닮았는데 그는 자꾸 시선을 피했다.

"지훈 씨! 지훈 씨! 지훈 씨! 저를 좀 보세요!"

사라져 간 안개를 따라 지훈은 먼 곳을 응시했다. 영매를 통해 보여주었던 그의 눈빛은 도저히 도달할 수 없는 험한 산정이 되어 안개 속에서 커다랗게 나를 가로막고 있었다.

답답함에 나는 모래를 덮어버리고 서둘러 방으로 돌아온다.

방문을 여니 여자와 함께 잤던 흔적이 피곤과 함께 뒹굴고 있었다. 나는 흐트러져 있던 소지품들을 주섬주섬 가방에 챙겨 넣는다. 사진 속의 웃고 있던 소녀가 내 가슴 속에서 되살아 났다. 나는 소녀를 떼버리고 가방을 챙겨 방문 밖으로 나온다. 여태껏 솜같이 뭉쳐있던 답답함이 꿈틀대기 시작한다. 나는 누군가를 향하여 소리쳤다.

"갈게요! 갈게요! 가야 해요……!"

나는 계속 반복해서 외쳐댔다. 서둘러 차문을 열고 시동을 걸었다. 뜨거운 눈물이 핸들을 잡은 손 위로 떨어진다. 살아서 만날 수만 있다면 이 세상 모든 것 용서할 수 있다던 여자. 그 여자를 단지 호기심으로만 바라봤다는 것이 죄의식으로 나를 짓눌렀다. 나는 미친 듯 그 여자의 상처를 안아주고 싶어졌다.

여자는 지금쯤 어디에서 허망을 날려 보내며 헤매고 있을 것인가. 차가 미끄러지자 뒷좌석의 유리 곁으로 와서 여자가 웃고 서 있었다. 하얀 치마폭이 펄럭였다. 여자는 냅다 내 차를 떼밀어 주었다. 나는 가속 페달을 밟았다. 여자는 내 차바퀴를 굴리며 따라오고 있었다. 나는 전속력으로 가속페달을 밟는다.

어느 순간 여자는 감쪽같이 사라졌다. 백미러 속에도 여자는 없었다. 흐트러진 머리를 하고 있는 내 꼴만이 바람 같은 그 여자가 되어 있었다.

나는 지워버리고 싶다. 그날의 모습 위로 차바퀴는 세차게 굴러가고 있었다. 어쩌란 말야, 나보고. 잊어버리면 되잖아. 그가 말했다. 지훈 씨! 당신 어떻게 그렇게 잔인할 수 있어? 시간이 가면 잊혀져. 가슴속의 각인된 흔적은? 그러니까 미친 듯 여길 오지 말란 말야! 여기 와서 무엇을 얻었어? 무슨 도움을 얻었냐구? 그가 소리쳤다. 지훈 씨! 나는 사람이에요. 나는 그의 소매 자락을 붙잡았다. 그의 배신이, 끓는 김이 되어 뜨거운 한숨으로 토해졌다. …… 이젠 안 와요! 이젠 다시.

산다는 것은 이별의 연속이다.

이 세상에 태어나서 산다는 것은 그 자체가 필연적으로 잃어버리는 것 아니던가. 슬픔 없는 인생은 없다고 중얼거리던 여자는 지금 어디를 헤매고 있을 것인가. 나는 순간적으로 핸들을 꺾었다.

여자는 바다가 끝나는 뚝 위에서 춤을 추고 있었다. 그녀의 춤은 행복을 노래하고 있었다. 신이 보낸 시녀의 춤이 저랬을까. 성스러웠다. 요기롭기까지한 그녀의 춤은 나를 전율시켰고 멜로디가 몸 전체에 흐르는 듯 아름다웠다. 나는 알수 없는 서러움이 치솟으며 문득 그녀가 가련하고 슬퍼보였다. 환히 웃고 있는 그녀의 미소는 차라리 아픔이었다. 나는 그녀를 으스러지게 껴안았다. 눈물이 그녀의 뺨과 내 뺨을 타고 흘러내렸다. 무어라 이름 지을 수 없는 서러움이 두 여자의 가슴을 적시고 있었다.

"찾지 말아요. 기적은 전설일 뿐이에요!"

나는 부르짖었다. 누구에겐지 모를 소리를.

"난 괜찮아."

순간 그 여자가 뱉은 말이었다. 세찬바람이 등을 치고 지나가듯이 선뜻, 나는 꿈에서 깨어난 것 같았다.

"우리 이제 지나간 것은 그리워하지 말고, 미래에 연연하지 말고 깨어납시다. 지금 이 순간이 중요해요!"

꿈 속에서 헤매었던 내 모습들이 가슴 안에서 아우성치며 도피하고 있었다.

그래, 나는 꿈을 꾸었던 거야. 닷새 동안. 저 미친 파도처럼……. ✿

평설/

윤정옥 작가론

『마지막 기억』에 나타난 불교 철학적 사유와 '외상 트라우마'

신 상 성

(소설가, 디지털서울문화예술대학 초대총장)

1.불교 철학적 사유와 '외상 트라우마'

윤정옥의 이번 소설집 『마지막 기억』은 불교철학적 성불 成佛 개념과 어떤 지배적, 조직적 한계사회가 보여주는 '외상 外傷 트라우마'(Post-Traumatic Stress Disorder, PTSD)의 문학 적 화두로 압축된다. 큰 틀은 불교철학적인 가치관을 심층적 으로 보유하면서 현실적인 외상적 일상들을 프리즘으로 조 곤조곤 비춰준다. 그래서 '어떻게 사느냐?' 하는 문제에 집요 하게 파고든다.

이 소설집에서는 「감춰진 꿈」과 「그해 가을바다의 상처」 등이 대표적 흐름의 작품이다. 「감춰진 꿈」에서는 속세와 결별하고 더 깊은 동굴 속으로 들어가는 여승의 니르바나 가

치관을 단호하게 보여주고, 표제작인 「마지막 기억」에서는
사회적 한계의 극한상황에서 최종적으로 선택할 수밖에 없
었던 자살문제 등을 고발하고 있다.

　이 소설집의 주요 배경은 일상의 주변 이웃들 가운데 소외
계층이다. 극한적인 자살사건과 이루지 못한 과거의 사랑 등
변두리 인생의 고단한 삶을 조각보로 이어준다. 가깝게는 서
울의 골목길 풍경과 멀리는 6·25 후유증 파편들이다. 6·25
전쟁 그 자체보다는 전쟁 이후에 나타난 오랜 충격과 고통이
간접적인 '외상 트라우마'로 고발되고 있다. 갈치 생선 뼈 추
리듯 핀셋으로 발라내어 작은 손수건을 얼룩지게 만든다.

　여성 특유의 시각과 내레이션으로 이 사회 구석구석 숨어
있는 어두운 과거를 찾아내어 딱지 않은 그 상처를 다시 긁
어내 새빨간 생채기를 보여주는 것이다. 또 하나의 시대의식
으로 강변하고 있다. 이 시대적 외상 트라우마는 중국의 '상
흔傷痕문학'과도 상통한다. 마오쩌둥毛澤東의 문화대혁명의
약10년 간 대륙살육은 '공자를 죽여야 민중이 산다'는 아이
콘으로 '반공자反孔子 주의'로 일반 '민중의 오랜 생활과 전통
문화를 단숨에 파괴하는 대량 학살이었다.

　그것은 덩샤오핑鄧小平 정권의 수정주의 노선 이후, 대륙
전역을 휩쓴 '상흔문학'으로 폭발되어 숨 죽여 있던 작가들

의 분노로 분출되었다. 문화대혁명 기간, 수많은 모순과 분노가 분기탱천하여 뒤늦게 고발된 것이다. 세계적 명화가 된 장예모의 '붉은 수수밭'도 그 하나의 파편이다. 문학은 어쩌면 인생과 인간의 크고 작은 외상 트라우마이기도 하다. 국가 간 전쟁이든, 국가 정권적 폭력이든 어떤 강요나 구속은 '외상 트라우마'를 부차적으로 가져온다.

윤정옥류 변두리 인생의 이러한 상처문학은 중국 대표적 여류작가 예원링棄文玲의 상혼문학 등과 교차된다. 예원링의 『마음의 향기』(心香/ 신사명 번역, 조선문학) 등은 문화대혁명에 대한 대표적인 '외상 트라우마' 문학이다. 영국 D. M. 토마스의 『하얀호텔』(The white hotel/양기식 번역)에서도 이러한 외상 트라우마가 극명하게 보인다. 우크라이나 키예프(바비 야르)에서 독일경찰이 대량학살을 자행했던 그 협곡을 현지인들은 '바비 야르'라고 한다.

그 바비 야르 협곡은 '아우슈비츠 수용소'보다 더 노골적이고 전율적이다. 세 살 배기 어린애까지 생매장으로 계곡에 던져버리는 유태인 집단학살의 처절한 현장은 영화장면 같이 섬뜩하다. 그 현장에서 살아남은 여주인공이 평생 외상 트라우마(우울증)에 시달리다가 마지막에는 정신병원에서 어떻게 회복되게 되었는지, 프로이트의 '자아의식 회귀기법'

을 차용하여 치밀하고 잔인한 한 여인의 과거를 냉혹하게 들추어 보여준다.

칼 융(C. G. Jung)은 무의식 세계 가운데 '자기'(self)는 인격체의 근원적 조직 가치로서 '집단무의식 속의 자기중심적인 태고유형'이라고 했다. '자기'는 스스로의 인격을 통제하고 주변의 모든 것을 판단하고 감각과 감성을 감지한다. 인간은 스스로의 인격적 발달을 통해 자기 삶을 자각하고 파악해 나간다. 후천적인 학습을 통하여 더 많은 우주와 세상을 인지하고 때로 지배하는 힘을 갖기도 한다.

그 지배성은 어떤 '그림자'(shadow)를 만나느냐에 따라 결합이 되는 것이다. 빛과 그림자는 대조적이면서 통일성을 가지며, 둘이면서 하나이다. 내용과 형식이기도 하고, 안과 밖이기도 한 음양론陰陽論이다. 하나의 행동을 액션Action하기까지 인간은 이성과 감성, 선악, 이익과 손해 문제 등을 재빠르게 판단한 후, 뇌가 최종 명령을 내린다. 인간은 생태적으로 동물적 본성(DNA)을 가지고 있기 때문에 이성과 동성에 대한 개체적 반응이 나타난다.

선천적 본성에 플러스 하여 후천적 학습 환경에 따라, 개체화 성격이 형성되는 것이다. 이러한 동물적 본성의 태고유형을 융은 '그림자'라고 했으나, 프로이트는 유년기의 성性

문제에만 지나치게 집착하여 ID 문제를 메카니 즘으로 유형
화 시킨 것이 한계이다. 인간의 본성과 개체란 똑같은 노래
만 나오는 반복적 CD판이 아니다. 개인의 성장환경에 따라
트라우마는 전혀 별개로 나타난다.

똑같은 월남 전쟁터 같은 장소에, 같은 기간 근무한 사람
이라도 트라우마를 겪는 사람이 있고 그렇지 않은 사람도 있
다. 트라우마를 겪든 안 겪든 그 조건과 질량도 제각각이다.
그래서 매슬로우는 인간의 욕망을 5단계로 구분했다가 다시
2단계를 추가하기도 했으나 동양의 불교사상인 5욕 7정론
에는 미흡하다. 모레노는 프로이트의 정신분석학을 비판하
며 사이코 드라마를 인증해 보이기도 했다. 융은 인간의 사
고란 집단무의식의 신화, 역사, 문화, 개성 등 총체적인 학습
이라며 역시 프로이트와는 다른 갈래를 보여주었다.

마지막으로, 윤정옥 자신이 쓴 '작가 문학관'에서 '소설을
어떻게 써야 하는가?' 하는 작가 자신의 육성을 들어보자,
"나는 이야기를 능숙한 서사로 써 내려간 글보다는 좀 더 독
자의 가슴을 파고드는 감성적 글이 좋다. 읽고 난 뒤에도 오
랫동안 가슴에 남기 때문이다. '머리로 쓴 글은 머리만 때리
지만 가슴으로 쓴 글은 가슴을 울린다'란 표현에 공감한다.
소설은 우선 재미가 있어야 한다. 더 재미난 다른 것에 홀린

독자들을 뺏어오고 빠져들게 해야 한다. 그리고 다 읽고 책
장을 덮을 때 보이지 않는 뭔가가 우리의 가슴을 둔중하게
울려준다면 더없이 바랄 게 없겠다. 소설로서 엔터테인먼트
기능을 다 한 것이리라."

2. 윤정옥의 시대적 역사인식

전체적으로 이 소설집 『마지막 기억』에서 강변되는 윤정
옥의 화두는 크게 세 가지 프리즘이다. 불교 철학적 인과응
보 개념 사회적 극한상황에 대한 개인적 불행의 자살사건 문
제, 과거에 이루지 못했던 사랑에 대한 연민과 애환 그리고
6·25 분단가족으로 인한 월남민, 소위 3·8따라지의 구차
한 삶의 모습들이다. 특히, 6·25 전쟁에 대한 거대 담론보
다는 그 상처와 후유증으로 인한 우리 이웃들의 일상적인 고
난과 사랑의 골목동네 모자이크 들이다.

윤정옥은 전쟁으로 인한 가난과 고통을 소프트웨어로서
작은 상처들을 발라내고 있다. 작은 상처이지만 뿌리 깊은
근원적 상처를 보여주고 있다. 그 상처는 지금도 정신적
DMZ의 지뢰밭이다. 아니, 최근 세계를 공포로 몰아넣는 IS
(이슬람 무장단체)의 자살특공대 같은 '시한폭탄 삶'이다. 윤
정옥의 소설적 시각은 작은 목소리이지만 거대한 지배적 조

직에 대한 역사인식을 일반 변두리 민중들의 지난한 상처의 시대의식으로 고발하고 있는 것이다.

첫째, '불교 철학적 인과응보 개념' 으로서 세상과의 인연을 끊고 산 속으로 들어가야 하는 이유를 단호하게 보여주고 있다. 「연기와」에선 큰 스님이 된 친아버지의 다비식에 참관하게 된 주인공 외동딸(은성)이 회한에 전율한다. 아버지 자신은 이미 많은 대중들에게 큰 권위와 존경을 받게 되어 다비식도 거창하게 치러지지만 정작 은성과 정순 모녀는 그동안 얼마나 피눈물 나는 현실적, 세속적 삶을 살아왔는가? 다음에서 은성이가 여학교를 졸업하면서 친아버지 성한 큰 스님에게 쓴 편지를 읽어보자.

> '성한 스님, 편안하셨습니까? 오늘 여학교를 졸업했습니다. 한 번만이라도 꼭 한 번만이라도 아버지의 손을 잡고 쇼핑을 하고 친구들 앞에서 어깨를 으쓱대며 자랑하고 싶은 바람이…… 은성은 이 문장은 지워버렸다. 성불은 멀었습니까. 가족이 멍드는데 성불은 해서 어디에 쓰시렵니까. 엄마와 저의 마음의 병부터 고쳐주세요. 이 편지가 들어가지 않기를 기도하며 보냅니다. 건강하세요. 은성 올림.' p.213.

과연 성불이란, 열반이란 무엇인가? 처자식을 낳아놓고 무자비하게 자신만의 세계를 위해 도망(?)쳐 버려도 되는 것인가? 어린 은성은 단순한 쇼핑이라도 아버지 손목을 잡고 가고 싶다. 친구들에게 자랑하고 싶은 마음이 간절하다. 모녀의 사소한 일상도 실행할 수 없는 불행(?)에 대한 마음의 병을 고쳐달라고 절규한다. 그렇게 써 놓고도 또한, '이 편지가 아버지에게 들어가지 않기를 기도 합니다'라고 갈등한다. 아버지가 정작 이 편지를 보면 얼마나 힘들어 할까, 하는 배려이다.

'편지지의 여백이 하얗게 남아 있어서 허전한 곳을, 고구마를 조각하여 만든 연꽃도장으로 찍었다. 스탬프를 묻혀 찍으니 연꽃이 푸른빛으로 선명했다. 그 후 졸업사진을 찾아와서 다시 보냈는데 대학생이 되어 몇 년이 지나도록 아버지에게서는 답장 하나 없었다. 잊어버리려 해도 끊임없이 그림자처럼 의식을 따라 다니는 게 가족이었다. 아니 가족은 핏줄이었다. 아픔이었다. 그런데 다비식에 이토록 많은 사람이 가득 차있는 데도 불구하고 텅 빈 듯이 느껴지는 것은 웬일일까? 그는 이 산중에서 모든 인연의 사슬을 끊고 고통을 삭이며 좀 더 처절하게 살기 위하여 몸부림쳤으리라. 그들이 말하는 해탈을 위하여, 득도, 대 자유, 참 나를 찾기 위하여, 다시는 윤회하지 않기 위하여……' p.214.

어쩌면 단연한 이러한 절규도 은성이가 여대생이 되도록 단한 번도 아버지 성한 스님에게서는 답장이 없었다. 그래도 어머니는 딸이 아버지를 욕하거나 원망하지 못하도록 노심초사했다. '정순은 다 남편 복 없는 자신의 팔자거니 하고 살아가지만 자식에게만큼은 상처를 주고 싶지 않았다. 어릴 때는 생일날이나 초파일 때면 은성이 잠들었을 때 선물을 머리맡에 놓고 날이 밝으면 아버지가 다녀가셨다고 둘러대었다.'

그러나, 불교적 관점에서 보면 세속적인 일체의 인연을 두부 자르듯 냉갈령하게 끊어야 한다. 심지어 자기 자신과도 끊어야 한다는 고도의 대오각성(깨달음) 해탈의 수행법이다. 세속과 산 속의 시각과 'Nirvana니르바나'(해탈)가치관은 상반이 되고 갈등이 된다. 윤회輪廻를 끊어라! 과연 독자들은 어느 편에 서서 손을 들어주어야 하는가? 세속인가, 산 속인가?

'생성되는 것은 존재가 아니다. 자아라는 환상은 절대 자아가 아니다. 그러므로 존재하는 것은 모두 환상이요 무지요, 비참이다. 깨달음이란 가장 고차원적인 명상의 단계에서 얻어지는 '밝은 통찰력'이다. 니르바나(열반)는 이 통찰력이 가져다주는 마지막 해탈이며 해탈의 목적이다……. 아직도 머릿속에 남아있는 인상적이었던 이 글은 어디서 보았었나, 은성은 기억하려고 머리가 무거워진다.' p.225.

은성도 어디선가 보았던지 이 구절을 떠올리며 자신의 입장이 아닌 아버지의 위치에서 이런 고도의 불교적 가르침에 고뇌한다. 그러다가, 아버지의 속마음을 알게 되어 '아버지의 원망과 저주'에 대해서 깊은 후회와 참회를 하게 된다. 그것은 큰 스님 성한 스님의 일대기가 TV 화면에서 기록되면서 찾아낸 사건이다.

 '<큰스님 가신 길>이란 제목 아래 그의 법문과 구도생활, 유품들이 하나씩 비춰졌다. 순간 은성은 읍하고 숨을 멈춘다. 몇 십 년 전에 성한에게 보냈던 자신의 편지가, 화면 가득히 소개 되었다. 속가에 딸이 하나 있는데 딸에게서 온 편지를 오랜 세월 간직했었다며 닳아빠진 편지를 카메라는 들이 대었다. 누렇게 변한 편지지 위로 푸른 연꽃이 살아있었다. 기왓장의 그 꽃이었다. 아, 그랬구나. 성한의 숨결이 묻어날 듯 손때가 타 있었다.' p.227.

은성이가 보낸 편지들을 아버지 성한 스님은 일일이 모아 평생 간직해 왔던 것이다. '닳아빠진 편지' 장면이 화면에 나타나자 은성은 통곡했다. 평생 가슴에 품어온 가시를 뽑게 된 것이다. 아버지가 마지막 가는 다비식에서 처음으로 아버지를 이해하고 용서하게 된 것이다. 아버지의 니르바나 열반은 결국 자기 자신만을 위한 '깨달음의 길'이 아니고 모녀 가족을 위한 아니, 인생과 우주 자체의 깨달음을 위한 긴 고통과 수행의 길이었다.

큰 스님(성한) 다비식 날, 주인공(은성)은 아버지의 죽음에 대해 회한에 차 지켜본다. 처자식을 버린 아버지 산 속 큰 스님의 삶과 40년 갖은 고난의 모녀 세속적 삶, 과연 어느 쪽이 참다운 부처의 길인가? 아버지 자신의 종교적 극한 행복과 아버지 없는 모녀 가정의 극한 불행, 어느 것이 인간다운 휴머니즘 선택인가? 속세에 남겨진 어린 딸은 육친의 정을 그리워하며 산다. 성한 스님과 같이 세속 가족과도 결연히 단절해야 하는 수행의 길은 어쩌면 잔인하다.

결국, 평생 원한의 가시를 품고 살아왔던 40대의 딸(은성)은 마지막으로 아버지의 일대기에서 보여준 TV 화면 속에서 '자기가 보낸 편지'를 남모르게 간직해 왔던 아버지를 놓아준다. 증오의 가시가 마지막 순간에 깊은 사랑으로 돌변되는 순간이다. 이것은 '용서'이다. 윤정옥의 소설유형 가운데 하나는 대개 '해피엔딩'으로 마감된다는 점이다. 이것은 때로 '작위성'을 연상하게도 하지만 작가들 나름의 고집적 성향이기도 하다.

이러한 주제와 배경은 「감춰진 꿈」에서도 나타난다. 불교 철학적 고뇌와 가르침은 상통이 되는 주제이다. 이 단편에서는 '현생은 한갓 헛것이며 내세도 사실은 없다. 즉 윤회를 끊어야 한다, 성불을 하여 니르바나에 이르러야 한다'는 대명제이다. 기독교와 유교 철학은 현실적이고 구체적인 반면 불교와 노장老莊 철학은 이상적이고 관념적이다. 물론, 내세에 대해서는 지구상 종교들이 대개 신비주의적이고 형이상학적이다. 「감춰진 꿈」의 주인공 여승(법희, 순애)도 간절하게 따라다니는 현실적 연인을 단절시키는데 심한 갈등을 한다.

> '부처님께서 수보리에게 이르시길, 온갖 겉모양은 모두가 허망하니 모양이 모양 아닌 줄 알면 바로 여래를 보리라. 왜냐하면 이 모든 중생들이 마음에 모양(相)을 지니면 곧 나다, 사람이다, 중생이다, 오래 산다는 생각에 빠져들기 때문이며, 만일 법이라는 생각을 지녀도, 법 아니라는 생각을 지녀도 나다, 사람이다, 중생이다, 오래 산다는 생각에 빠져들기 때문이니라. 그러므로 마땅히 법도 지니지 말고 법 아닌 것도 지니지 말지니라.' p.68.

법희는 어느 날, 부모님의 천도재薦度齋 지내러 온 청년(정민석)을 만나게 된다. 그 청년의 간곡한 청혼에 크게 흔들리게 되며 심지어 스승인 묘인 스님까지 진심으로 그 청년을 따라 절을 떠나라고 한다. 부잣집 딸로서 행복한 결혼생활을 할 수도 있었던 묘인 스님은 '나는 평생 아상我相에 사로잡혀

속아 살아왔다'며 머리를 깎은 잘못을 고백한다. 삶에 대한 회의이다. 34세, 젊고 아리다운 육체의 법희는 환속의 고뇌 끝에 결국 더 큰 깨달음을 위하여 해탈하기 위해 다시 더 먼 토굴로 도망간다.

> '그녀는 금강반야바라밀경의 '묘행은 머무름이 없음을' '진여의 이치를 실상으로 봄'을 다시금 되새겨 본다. 허상에 매달려 있으면 결코 깨달음에 이를 수 없다는 말 아닌가? 법희의 몸속 어디에선가 흐르고 있는 진리 가 더 큰 것을 향하여 일깨움을 주고 있다.' p.69.

이러한 결단은 「연기와」의 큰 스님 성한과 같은 단호함이다. 일반 세속적인 인간적 감정으로는 얼음장같이 냉혹해 보일 수도 있다. 이러한 종교적 냉혹함에 대비하여 인간적인 모습은 한낱 부엌데기(공양주)에 불과한 아주머니가 이제 여섯 살 밖에 안 된 동자승(보현 스님)을 끌어안고 속가로 내려가는 모습이 오히려 감동을 준다.

> '아이고 시원타. 그려, 그려 아무럼 널 하나 못 먹여 살리겠냐? 이자 보현 시님은 내 아들이여. 시님도, 보살도 다 소용없다. 한 세상 사는 것 욕심 안내고, 맘 곱게 살다 가면 그만인 거여. 이웃 봉사가 그거이 진짜 성불이여.' p.70.

법희(순애)는 5살 때, 강가에 버려진 고아로서 고아원에서 성장하였다. 대학교 때 가정교사를 하는 주인 집 아들이 호시탐탐 기회를 노리며 접근하려 하자, 아예 산 속으로 피신했다. 거기서 묘인 스님을 만나 사미니계를 받고 시봉을 하게 된다. 그러나, 청년(정민석)의 집요한 청혼을 피해 토굴로 떠나게 되면서 그 동안 친자식 같이 아끼던 동자승(보현스님)까지 냉혹히 버린다. 주지인 묘인 스님까지 치매에 걸려 노인 요양원으로 떠나게 되자 부엌데기 공양주도 어쩔 수 없이 절을 떠나야 했다.

　그때 부엌데기 아주머니는 혼자 남아 또 다시 고아가 될지도 모르는 어린 동자승을 품에 안고 정처 없이 속세로 내려오는 것이다. '자기의 해탈만을 위해 토굴로 들어가는 것이 정말 부처의 뜻일까?' 부엌데기는 냉갈령한 법희 스님의 뒤에 대고 주먹질을 하는 것이다. 이러한 현실적 대안을 소설적 장치로 설정한 것은 작가의 능숙한 소설기법이다.

　이러한 구성적 소품처리는 주변 모두를 버리고 깊은 깨달음을 위해 더 깊은 산속 토굴로 향하는 주인공의 대치적 심리 관계를 기술적으로 처리한 탁월한 구성적 기법이기도 하다.

3. 사회적 극한상황과 개인적 불행

최근 한국사회는 '바다'를 배경으로 한두 가지 양극화 현상을 보여주고 있다. 하나는 '세월호' 3백여 명의 생매장 사건이고, 다른 하나는 이순신 영화 '명량'鳴梁에서 보여주는 약1600만 명의 관객 동원이다. 세월호 선장은 청소년 고교생들까지 침몰되어 죽어가는 상황에서 자기 혼자만 살겠다고 팬티 바람으로 자기가 지휘하는 배에서 가장 먼저 도피해 나왔다. 반면에 이순신은 모든 것을 버리고 오직 국가와 민족을 위해 명량 앞바다에서 격전을 치르다가 왜군의 독화살을 맞고 배에서 죽어간다.

세월호 이○석 선장과 거북선의 이순신 선장(실은 백의종군 무등병)은 대조적으로 양극화이다. 한국영화사상 최고의 관객 동원력도 세월호 사건에 대한 국민적 반발감이 이순신 향수를 불러온 것이다. 극단적인 이기심이냐, 이타심이냐? 의 양극화 대조법이다. 양극화는 이것만이 아니다. 지금 한국사회는 세월호 유가족을 상대로 정치적, 이념적, 사회적으로 양극화가 심화 되고 있다.

세월호나 명량이나 아이러니컬하게도 공통점은 '바다'이다. 왼쪽에 서해 바다를 끼고 있는 안산은 대부도에서 바라보면 한韓-중中간 가장 가까운 중국 칭다오靑島 공장의 연기가 멀리서 보일 듯도 하다. 옛날에는 닭 울음소리가 들릴 정도로 가까운 뱃길이라고 했다. 이렇게 해외로 눈 돌리면 뜬금없이 바쁘다. 중국의 국제무역량은 이미 미국을 추월했으며, 명량해전 남해바다 쪽 일본은 독도를 내놓으라며 윽박지른다. 국내는 양극화로 치닫고, 해외는 동해, 남해 우리 섬들에 곁눈질을 하고 있다.

「그해 가을바다의 상처」이 소설은 금년 중국의 문학전문지에도 번역되어 발표될 정도로 문제 단편이다. 주인공('나')의 1인칭 주관적 시점으로 전개했다.

나는 그 동안 미치도록 사랑했던 애인(지훈)을 바다에서 엉뚱하게 잃어버렸다. 물에 빠져 허우적거리는 소년을 구출하고 애인은 힘에 부쳐 파도에 밀려가 버렸다. 나는 가을이면 애인이 사라진 이 바다에 내려와 옛 추억을 더듬으며 배회한다. 그러다 어느 날, 바닷가 선술집에서 혼이 나간 듯한 반 미친 여자를 만난다.

실성한 그녀도 알고 보니 초등학교 1학년 어린 딸을 이 바다에서 잃어버렸다. 나는 결혼을 약속한 애인을 잃고, 그녀는 눈에 넣어도 안 아플 외동딸을 잃어버린 동병상련의 상처를 갖고 있다. 나는 통곡을 하며 몸부림치는 그녀를 끌어안고 나의 민박집에 데려온다. 하룻밤 같이 자면서 서로의 아픔을 보듬는 것이다.

'퇴근 무렵이면 엄마가 집에 도착할 시간을 용케도 알고서 집 동네 어귀까지 나와서 빨간 우체통 뒤에 몸을 숨기고 있다가 내가 나타나면 뛰쳐나오곤 했지. 밤에 나와 있다고 혼날 까봐 우연히 금방 나온 것처럼 제 딴엔 연극을 곧 잘 해 댔어…… 내가 늦게 돌아와 자고 있을 때 보면 하얀 종이에 하트 모양을 그리고 그 칸 안에 까만 점을 수없이 찍어놓고는 '엄마 사랑해, 이만큼' 그려 놓은 것을 잠옷 앞가슴에 핀으로 꽂고 자고 있었어. 버석거리는 종이를 떼어내면서 뼈가 녹는 아픔을 느꼈었지…그렇게 서로 상처 받으며, 우린 사랑을 확인했었지…….' p.348.

그녀는 바닷가에서 "아가야, 아가야, 단 한번만이라도 얼굴을 보여 다오!" 미친 파도처럼 소리치며 배회하다 미쳐버렸다. 나는 이 바닷가에서 죽은 그를 떠올린다. 그리고 절규한다. 그해 가을바다에서 있었던 상처.

'시간과 함께 가버린 사람도, 사랑도, 존재의 흔적을 붙잡고 싶어 나는 여기 온 것일까. 여자는 존재했던 딸의, 사랑의 실체를 찾아서 끝없는 방황 속에 살 것이고 나는 지훈의 실체를 찾아서 무언가 붙잡으려 할 것이다. 흔적도 없이 사라진 시간은 어딘가에서 기다려 줄 것이다. 같이 보낸 과

거의 추억들이 앞으로 내게 다시 펼쳐질 것처럼. 실존이 없
다고 실패한 사랑일까? 사랑을 해보지 못한 사람의 소리 아
닌가. 사랑은 배신을 앞세워 우리의 운명을 끌고 다니지 않
던가. 죽음이든 이별이든…….' p.358.

두 여자는 우리 이제 그만 슬퍼하고 과거를 잊고 현실에
충실하자며 서로를 껴안는다. 에크하르트 톨레의 매순간 충
실 하라는 말은 작품 말미에서 두 사람의 상처를 서로가 껴
안으며 희망을 지닌 현실로 돌아가는 암시를 주는 것으로 막
을 내린다.

이러한 극한상황에서의 불행은 소설, 「마지막 기억」에도
연결된다. 몇 년 전부터 한국사회는 우울증 트라우마가 사회
적 문제로 부상되었다. OECD 국가 중 청소년 자살 율이 1위
이다. 전국에 힐링 센터와 각종 심리상담 문제가 집중되었
다. 사춘기 고교생들의 왕따 문제와 군대 가혹행위 등은 어
떤 강압적 폐쇄적 집단 속에서 더 잔인하게 나타난다. 심지
어 일반 회사에도 왕따가 횡행한다니 문제가 심각하다. 이런
문제 집단 속에서 특히, 독일에서 시작된 '문학심리문제'는
다양한 예술심리치료와 함께 효율적으로 부각되고 있다.
주인공 '지유'는 하얼빈으로 여행을 간다. 석 달 전에 고교

생 아들 양진수(17세)가 자살했기 때문이다. 그녀는 카톡으로 아들의 사진을 들여다본다. 아들 진수는 계부 밑에 살면서 괴로워하고, 학교에서는 이유 없이 '폭력'과 '왕따'를 당하자 우울증 끝에 동반자살을 택했다. 너무도 쉽게 죽음을 선택하는 현시대의 청소년들. 자식을 잃은 어미의 슬픔을 삭이는 장면으로 시작된다.

> 지유는 창문을 연다. 비 그친 뒤의 바람에 실려 들어온 습기가 차갑게 뺨에 닿는다. 거실에 몰려든 눈에 보이지 않는 저 젖은 공기의 뒤엉킴은 흔적 없이 과거와 현재와 미래를 떠난 영혼의 섞임이다. 사라짐과 생성의 순환 속에서 그들은 무無도 아니요 유有도 아니며 옳고 그름도 없다. 색깔도 영원도 존재하지 않는다. p.118.

아들 진수는 인터넷 '자살사이트'에서 만난 실업자 청년 (승국)과 함께 마지막 3일간 남해여행을 마치고 김만중의 유배지를 마지막으로 거쳐 근처 모텔에서 다량의 수면제를 먹었다. 동반자살을 한 청년은 구토가 나면서 병원에 실려가 살아났으나 진수는 끝내 죽음으로 나타난다.

> '엄마, 용서하세요. 저는 아빠를 만나러 갑니다. 저 죽은 후에 너무 슬퍼하지 마세요. 이 세상 저 너머에는 아름다운

길이 있으리라 생각됩니다. 다시는 이 세상에 태어나지 않고, 하얗게 아무도 밟지 않은 길을 새롭게 걷고 싶습니다. 엄마 저를 잊어주세요. 죄송해요. 저도 이 세상을 용서하고 떠납니다. 미운사람도 예쁜 사람도 다 버렸습니다. 다만, 엄마가 끝까지 마음에 걸리네요. 엄마 사랑해요! 0월 0일, 진수 드림.' p.149.

집에서는 계부의 눈치를 살펴야 하고, 학교에서는 친구들의 눈치를 살펴야 하는 왕따 생활은 예민한 사춘기 고교생으로서 얼마나 고통스러웠을까? 끝내 자살이라는 극단적인 선택을 하기 까지 그리고 어머니에게 유언을 남기기까지 처절했을 것이다. 그럼에도 불구하고 이 소설에선 극단의 선택 이유가 독자의 시선 속에 극명하게 그려지진 않았지만 긴장된 구성력으로 그 흐름을 잘 살려내었다.

4. 이루지 못한 사랑에 대한 연민과 애환

우리는 때로 과거에 대한 그리움과 애착이 뜬금없이 한 밤중 소나기처럼 쏟아지기도 한다. 지난 과거의 열렬한 사랑 또는 저주의 상처일수록 깊은 상처를 준다. 평생 또 하나의 외상 트라우마이다. 혼자만의 말 못할 비밀을 깊이 감추어 둘수록 우울증이 깊어진다. 비린내 나는 생선은 장롱 속 깊이 숨겨둘수록 더욱 심한 비린내가 날 뿐이다. 개인에 따라서는 이러한 외상이 도중에 폭발하여 정신병원 문을 두드리게 하는 근원적 원인이 되기도 한다.

인생에 있어 사랑은 영원한 테마이다. 아름다웠던 사랑의 추억은 때로 '서편제' 영화의 둥~덩더쿵! 어깨춤의 고유한 큰북 소리같이, 파리 샹들리제 거리의 달콤한 샹송 같이 가슴 설레게 한다. 가령, 젊은 시절의 첫사랑과 연민은 아마 죽을 때까지 우리들 뇌리에 반복될 것이다. 목련꽃 그늘 아래서 베르테르의 편지를 읽는다거나, 괴테의 '가난한 애인'들처럼 가난했었기에 더욱 그립다.

「그대에게 가는 길」과 「꿈꾸는 침묵」은 이러한 연민과 애환을 면도날로 끄집어내었다. 더구나, 끝내 이루어지지 못한 짝사랑은 주먹만 한 흰 목련꽃이 뚝뚝 떨어지듯 큰 눈물을 자기도 모르게 떨어트리게 한다. 이 작품들은 대학시절 힘겨웠던 사랑과 뜨겁게 숨겨야 했던 과거의 연민을 현재형으로 연계하였다.

「그대에게 가는 길」에서 사랑은 가깝고도 멀기만 하다. 대학시절의 순정이다. 크게 2단계 구성으로 두 남녀 각각의 시점으로 전개된다. 1은 한석민 시점, 2는 송은비 시점이다. 주인공 '송은비'는 불같이 짝사랑하던 애인이자 오빠인 '한

석민'을 처음 가슴에 안아본다. 그러나, 그는 매정하게 군대에 가버린다. 한 맺힌 그녀는 곧이어 시골로 내려가 군청 공무원과 결혼하여 행복하게 산다.

많은 세월이 지난 후 우연히 신문 부고란에서 한석민의 죽음을 알고 부랴부랴 서두른다. 굳이 15살 된 딸 혜진을 데리고 장례식에 참가하여 마지막 인사를 시킨다. 혜진은 한석민이가 입대하기 전날 딱 한번 모텔에 갔을 때 임신되었던 딸이었다. 그의 외사촌 동생 미경은 송은비와 단짝 친구였다. 한석민은 원래 동양화과 미대생인 정애를 좋아했다. 장례식에서 돌아온 그녀는 평생 묻어온 과거를 남편에게 처음 고백한다. 그러나 성실한 남편은 오히려 송은비를 더 아껴준다.

> "혜진이 충격 받지 않을 나이가 되면 그때까지 기다리는 것이 좋지 않을까?" 사랑은 소유하기 위해 존하는 것 아니던가? 몰랐던 아내의 과거를 알고 끝도 없이 추락해 가던 한 남자의 타락은 그 여자를 그만큼 사랑하기 때문은 아니었을까? 인간의 사랑만큼 강렬하고 유치한 것이 또 있을까⋯⋯ (중략) 남편이 시선은 텔레비전에 두고 짐짓 은비에게 물었다. p.111.

변함없이 자상한 남편은 "당신 아직도 그 사람 사랑하나?" 그녀는 또렷이 대답했다. "아니요, 사랑했던 건 사실이지만 지금은 치유되었어요. 상처에서 당신이 나를 구원해 주었어요. 당신이 아니었다면 나는 깨어나지 못했을 거예요." p.111. 이 작품에선 처용같이 가슴이 넓은 남편 때문에 외상 트라우마가 다행히 치유되었다. 그 남편은 이미 15년 전 그녀의 과거를 알고 있었다.

「꿈꾸는 침묵」도 이런 애정소설이다. 신도시 시장 속 골목길에 있는 '옥화 미용실'이 배경이다. 주인공 신목영은 옛날 20년 전 대학시절 짝사랑 하던 오빠(김현수)의 당시 애인이자, 나중에 아내가 된 옥화를 우연히 만나게 된다. 가슴 한쪽에 질기게 남아 있던 열애를 회상한다. 달동네에서 군고구마 장사를 하면서 대학을 다니던 김현수와의 추억을 새삼 일으켜 세운다. 시인 지망생이기도 한 현수 오빠는 좀 독선적이며 냉혹한 데도 있었지만 주인공 목영은 그를 향한 불꽃을 끄지 못하고 속으로 좋아했다.

목영은 신도시로 이사 오면서 새로 생긴 미용실에 호기심으로 들어간다. 그 옥화미용실 주인이 바로 대학시절 오빠의 애인이자 부인이었던 것이다. 그 미용실에서 김현수의 죽음과 그를 빼어 닮은 옥화의 아이도 새롭게 발견하게 된다. 우연히 끔찍한 일련의 사건들을 알게 된 것이다. 그러나, 우연이 아니라, 목영은 늘 현수 오빠를 잠재의식 속에서 잊어본

적이 없다.

목영은 새벽 약수터로 가는 산책길에서 이따금 듣던 애간
장 녹아내리는 창唱을 또 듣는다. 나중에 알게 되었지만 창
(소리)하던 여인이 바로 미용실 주인 옥화였다. 그 동안 새벽
어둠 속이어서 사람은 안 보이고 소리만 들렸었다. 남편(김
현수)을 끔찍이 사랑했던 옥화는 자기 남편의 유골을 뿌려놓
은 약수터로 가는 이 숲길에서 그가 생전에 좋아했던 창을
하며 가슴에 맺힌 한을 풀어내는 것이다.

「꿈꾸는 침묵」이나 앞의 「그대에게 가는 길」은 오래 전
열애와 연민이 얽힌 애환을 새롭게 긁어낸 것이다. 이들 소
설의 결말은 오랫동안 남아 있던 상처를 치유하는 스토리로
독자에게 힐링 되어 돌아오는 엔딩이다. 자칫, 대중 소설같
이 신파적 스토리로 비춰질 수도 있는 소재를 칼 융의 '외상
트라우마' 치유의 과정으로 덧입혀 다소 심리적, 미학적으로
잘 페인팅한 소설로 성공했다.

「매화꽃 사이로」에서 윤정옥은 또 다른 소재로 영역을 넓
혀 월남 피난민, '3·8따라지'들의 삶을 쫓기도 했다. 아직도
'3·8따라지라고 불리는 분단 가족'들의 삶은 팍팍하고 어렵
다. 「매화꽃 사이로」는 가난한 월남 가족의 한 맺힌 가족사
이다. 육이오 전쟁 때 남으로 내려온 주인공 어머니를 화자인

'나'는 91세 된 노모(영진/숙진, 황해도 연백군)가 3월 꽃 피는 봄날에 죽게 되기를 마지막 염원으로 갖고 있음을 안다.

'통일'을 기다리며 고향의 봄과 북한에 있는 부모님(화자의 외할머니)을 간절하게 그리워하는 것이다. 그래서 나는 어머니의 장례식에는 고향 부잣집 마나님 같은 꽃상여를 마지막으로 태워 보내드리려고 한다. 그러나 그 속을 모르는 남동생은 어머니의 마지막 소원을 무시한 채, 성당에서 49일간 연미사를 드리는 것으로 장례절차를 마무리 한다. 북한의 가난했지만 매화꽃이 만발했던 어머니의 옛집 과수원을 떠올리며 다정했던 기억들을 떠올린다. 끝내 불효막심하기만 하다.

금년이 6·25 동란 발발 65주년이다. 북한이 38선을 기습하면서 한반도는 초토화 되었다. 국토의 황폐화와 함께 같은 민족끼리 피 튀기는 학살과 살육이 벌어졌다. 5천년 역사 이후, 같은 민족끼리 시퍼런 대창과 총칼을 서로의 가슴에 찌르는 사태는 역사상 처음이다. 1950년부터 3년간의 전쟁기간은 물론이지만 휴전 이후, 60여년이 지난 지금도 공포와 분노의 가혹한 '외상 트라우마'는 계속되고 있다. 특히, 월남으로 인한 '분단가족'들의 고통은 더 심하다. 1세대가 가고 2천 년대 이후, 2세대에 와서는 탈북자들이 늘어나고 있다.

지금 약 3만 명에 이르는 탈북자들은 제2의 3·8따라지, 즉 '이산가족'들이다. 제1, 제2 월남 피난민들의 분단으로 인한 트라우마는 아직도 계속되고 있다. 이 소설은 분단의 아픔을 그리고 있다.

5. 결론

윤정옥의 작가론은 결론적으로 '이야기꾼'이다. 이 시대의 어두운 구석을 손전등으로 비추어 핀셋으로 잘 꼬집어내고 있다. 그 핀셋에 올려진 생물들은 대개 소외되고 상처받은 이웃들이다. 거창한 큰 목소리의 거대 담론보다는 조용하고 부드러운 눈길로 조곤조곤 얘기한다. 그러나 그 부드러움 속에는 면도날 같은 예리한 '불교 철학적 사유'의 샘물이 숨어 있다.

윤정옥의 스토리에는 개인사적인 사건들이 연결되기도 하는데 작가로서의 창작열은 용광로 같이 뜨겁다. 단지, 글을 쓰기 위해 남쪽 끝 마라도 섬에 스스로 갇히기도 할 정도로 열정적이다. 그녀 자신의 말을 다시 빌려보자.

'삶을 지켜 나가는 위대한 힘—소설' 나에게 삶의 의미를 느끼게 해주는 것은 소설 창작이다. '이 소설을 쓰면서 어떤 새로움을 독자에게 줄 수 있는가,' 그런 생각들은 즐겁지만 작가로서 고통스럽기도 하다. 적어도 귀한 시간을 내어 어떤 창작품들을 읽을 때 재미, 감동, 느낌표! 그 셋 중 어느 것 한 가지라도 주어야지 아무 것도 얻을 수 없다면 그걸 왜 읽겠는가. 인터넷에 들어가면 현실보다 더 재미난 사건들이 넘쳐난다. 허구가 현실을 못 따라 간다는 결론이 나온다.'

윤정옥의 문학세계에서 속 깊은 은유를 찾아 낚시해 올리는 것은 독자들의 몫이다. 다만, 작가가 다소 친절하게 독자들의 시선을 배려하다 보니 대중적이고, 진부한 면도 없지는 않다. 그녀의 '소설쓰기' 기본적 전개유형은 대개 '현재—과거—현재'로 이어지는 쌍두기법을 주로 원용하고 있다. 따라서, 독자들은 결말을 쉽게 예측하게도 된다. 순차적 전개, 단순한 구성, 기술적인 반전이나 복선이 없다. 더구나, 내면적 구성력이 빈약하지만 이러한 문제들을 뛰어넘는 진솔한 스토리텔링이 어쩌면 값싼 기교보다 더 순수한 감동을 줄 수도 있다.

미용실 아주머니 또는 시장의 좌판 아줌마들과 스스럼없이 얘기하듯 풀어나가는 게 특징이며 장력이다. 늘 보던 동네얘기 같은 느낌이지만 신선한 감성을 안겨주는 것은 바닥에 깔리는 사소한 소품 하나라도 작가의 새로운 눈길이 스며 있기 때문일 것이다.

소재와 때로 작가의 의식 속에 불교철학적인 심오한 '존재론'이 내재되어 깜짝 놀라기도 한다. 이러한 탄탄한 문장력과 소설가적 열정은 이 작가가 탁월한 소재만 발굴하면 얼마든지 한국명작을 단숨에 거머쥘 골프채를 가지고 있다. 그 스윙은 한국 여성문단의 보기 드문 히든카드이기도 한 숨은 보물이다. ✎

마지막 기억

초판 1쇄 인쇄일	2014년 11월 9일
초판 1쇄 발행일	2014년 11월 10일

지은이	윤정옥
펴낸이	정구형
편집장	김효은
편집/디자인	우정민 김진솔 박재원 윤혜영
마케팅	정찬용 정진이
영업관리	한선희 이선건 허준영 홍지은
책임편집	우정민
표지디자인	박재원
인쇄처	월드문화사
펴낸곳	북치는마을

등록일 2006 11 02 제2007-12호
서울시 강동구 성내동 447-11 현영빌딩 2층
Tel 442-4623 Fax 442-4625
www.kookhak.co.kr
kookhak2001@hanmail.net

ISBN	978-89-279-0862-3 *03800
가격	15,000원

* 저자와의 협의하에 인지는 생략합니다.
북치는마을은 국학자료원 과 새미의 자회사입니다.
잘못된 책은 구입하신 곳에서 교환하여 드립니다.